LUZIFER
VERLAG

NEMESIS

G. MICHAEL HOPF

Allen gewidmet, die kämpfen und niemals aufgeben.

IMPRESSUM

Deutsche Erstausgabe
Originaltitel: NEMESIS: INCEPTION

Umschlag: Michael Schubert, Luzifer-Verlag
Übersetzung: Andreas Schiffmann
Lektorat: Astrid Pfister
Printed in Germany

Dieses Buch wurde nach Dudenempfehlung (Stand 2017) lektoriert.

ISBN: 978-3-95835-267-4

Bibliografische Information der Deutschen Nationalbibliothek:
Die Deutsche Nationalbibliothek verzeichnet diese Publikation in der Deutschen Nationalbibliografie; detaillierte bibliografische Daten sind im Internet über http://dnb.d-nb.de abrufbar.

»Der einzige Weg zum Weltfrieden führt durch den Lauf einer Schusswaffe.«

Gordon Van Zandt

22. FEBRUAR 2015

»Die zwei bedeutendsten Tage in deinem Leben sind jener, an dem du geboren wurdest, und der, an dem du herausfindest, warum.«

Mark Twain

Crescent, Oregon

»Lexi … Lexi … WACH AUF!«, hörte sie eine Stimme zum wiederholten Mal im Traum rufen.

Sie setzte sich erschrocken auf. Ihr Herz raste und kalter Schweiß klebte auf ihrer Haut. Sie fuhr mit zittrigen Händen darüber und blinzelte, um klarer sehen zu können, bloß brachte das in der Stockfinsternis überhaupt nichts. Schließlich ertastete sie einen Leuchtstab, den sie zuerst knickte und dann kräftig schüttelte. Kurz darauf fing er an zu glühen und erhellte den Raum bis in seine dunklen Winkel hinein. Sie gewöhnte sich langsam daran, doch in der Umgebung gab es für ihre blassbraunen Augen sowieso nur wenig zu sehen. An der Wand stand ein hohes Metallregal voller Dosen und Flaschen und davor zahlreiche Kisten. Der Geruch im Raum stieß sie zunächst ab, aber bald erkannte sie ihn als Mischung aus Staub, Pappe und abgestandenem Bier. Das feuchte Lager hinten im Restaurant von *The Mohawk Bar and Grill* war zwar keine Luxusunterkunft, doch wenigstens ein relativ sicherer

Platz, wo man sich geschützt vor der Kälte des Winters und den Gefahren draußen ausruhen konnte. Sie hatte das angebotene Obdach am Anfang abgelehnt und erst dann in Anspruch genommen, als ihr bewusst geworden war, dass es ihr dort nicht an Lebensmitteln mangeln würde und sie den älteren Mann, der hier lebte, ihres Erachtens im Kampf besiegen konnte. Nach zweimonatigem Ringen ums Überleben in der Neuen Welt befand sie sich ununterbrochen in Alarmbereitschaft. Diesen Umstand erachtete sie als einen der Hauptgründe dafür, dass sie noch nicht umgekommen war.

Lexi rieb sich die Augen und stöhnte frustriert, als ihr der nächtliche Traum wieder in den Sinn kam, der sie daran hinderte, die Ruhe zu finden, die sie so dringend nötig hatte. Sie war ihre Unfähigkeit, tief zu schlafen, mehr als leid geworden. Vor dem Zusammenbruch hatte sie immer ganz wunderbar schlafen können. Kein Wochenende war vergangen, an dem sie nicht erst gegen elf Uhr aufgewacht war, und werktags hatte sie sich beim Aufstehen deshalb umso schwerer getan – jeden Morgen das gleiche Drama – ein Dutzend Mal hatte sie die Schlummertaste an ihrem Wecker gedrückt. Jetzt störten Nachtängste und Ruhelosigkeit ihren Schlaf, falls man es überhaupt noch so nennen konnte.

Sie erschrak, als es plötzlich an der Tür klopfte, und schob sofort eine Hand unter das Kissen, um zu ihrer Pistole zu greifen; einer halbautomatischen Glock 17 9mm.

»Lexi? Alles in Ordnung bei dir? Ich hab dich schreien hören«, sagte jemand vor der Tür.

Sie schaute hinüber zur Schwelle, wo schwach Licht einfiel, das jedoch von einem dunklen Schatten unterbrochen wurde. Lexi kannte John nicht wirklich, geschweige denn, dass sie ihm vorbehaltlos traute, immerhin hatte sie ihn erst eine Woche zuvor getroffen.

Nach ihrer knappen Flucht vor ein paar Plünderern war sie mit dem Motorrad gestürzt, das sie am Highway südlich der Stadt gestohlen hatte. Ein kleines Kommando von Marines war dann auf sie gestoßen und hatte ihr Hilfe angeboten.

Da die Männer aber selbst nicht gewusst hatten, wo sie unterkommen sollten, waren sie mit ihr zum *The Mohawk* gefahren. Seit sie in der Stadt angekommen waren, pflegten sie eine gute Beziehung mit John. Crescent war nicht groß und besaß abgesehen von dem Restaurant keine weiteren aktiven Gewerbe mehr, also fand der verbliebene Rest der Gemeinde immer dort zusammen. Weil John keine Familie und auch sonst nichts hatte, lag es für ihn in der Natur der Sache, das *The Mohawk* als seine einzige Liebe am Laufen zu halten. Verderbliche Lebensmittel waren ihm rasch ausgegangen, wohingegen es ihm aber nicht an Alkohol mangelte, den er nun als Währung benutzen würde. John war ein großer, stämmiger Kerl mit schwarzen Haaren, die mittlerweile von silbergrauen Strähnen durchzogen wurden. Seine Frau hatte ihn schon Jahre zuvor verlassen, und da er kinderlos war, fungierten die Bewohner des Ortes als seine Ersatzfamilie.

Einige Zeit ihres Aufenthalts hatte Lexi mit Fitnesstraining und Kampfübungen mit ihren langen Fahrtenmessern zugebracht. Hinterher suchte sie üblicherweise nach einer Ausrede – jede war ihr dabei recht – zum Trinken.

John hatte sich dabei ertappt, sie zu beobachten, und war von ihren Fertigkeiten tief beeindruckt. Genauer gesagt war er neugierig, wen er da in seinem Hinterzimmer wohnen ließ. Heute nahm er sich vor, es endlich herauszufinden.

»Lexi, bist du da drin?«, fragte er erneut, dieses Mal, während er den Knauf der Tür umdrehte. Aber sie war verschlossen.

Lexi schaute die Tür an und ihr Instinkt, der bedingt durch die neuen Umstände äußerst geschärft war, sagte ihr, sie nicht zu öffnen. Da sie John noch nicht richtig kannte und im Laufe der Zeit einige schlechte Erfahrungen gemacht hatte, blieb sie zurückhaltend, was ihr Vertrauen anderen gegenüber betraf. Letzten Endes gewann aber ihre vernünftige und pragmatische Seite die Oberhand. Sie wusste nicht, wo sie hinsollte, wohingegen er aber über Mittel verfügte, die sie auf ihrer Jagd nach Rahab gut gebrauchen könnte.

»Alles klar bei mir!«, rief sie deshalb. Nachdem sie zur Tür gegangen war, sperrte sie diese auf und trat rasch wieder einen Schritt zurück.

John öffnete sie langsam und schob seinen Kopf vorsichtig durch den Spalt. Seine Lampe warf ein dämmriges gelbliches Licht in den Lagerraum.

»Ich habe Schreie gehört, darum habe ich mir Sorgen gemacht«, begann er, während er sich umschaute.

Lexi hatte sich wieder auf den Boden gesetzt und die Pistole zwischen ihre Oberschenkel geklemmt. »Mir geht's gut.«

»Dann lass ich dich mal weiterschlafen«, erwiderte er lächelnd. Aber als er die Tür schließen wollte, rief Lexi: »Warte!«

John streckte seinen Kopf wieder hinein. »Ja?«

»Wie spät ist es jetzt?«

»Oh, äh … gegen fünf Uhr.«

»Okay, danke.«

»Bist du hungrig? Ich kann dir schnell was machen.«

»Eigentlich eher durstig.«

»Dort in der Ecke steht Wasser, bedien dich einfach«, bot John ihr an. Er stand jetzt mit einem Bein wieder im Zimmer und zeigte auf einen Stapel Flaschen.

»Ich dachte eher an etwas, das ein klein wenig härter ist«, druckste Lexi herum, die sich nun ebenfalls zu einem Lächeln hinreißen ließ.

John, der dem Alkohol selbst beileibe nicht abgeneigt war, überlegte kurz und drückte dann die Tür ganz auf. »Irgendein Anlass dafür findet sich doch immer, oder?«

Lexi nahm das Schnapsglas in die Hand. Es war übergelaufen und deshalb außen klebrig. Eines hatte sich nicht geändert, nachdem die Lichter ausgegangen waren. Sie liebte das Feiern und Hochprozentiges immer noch. Zuvor hatte sie nicht viel vertragen, aber da es mittlerweile weder Eis noch Mixer gab, musste sie nun einmal auf ihre Lieblingsgetränke verzichten. Mit dem Vorsatz, sich zu berauschen, was mit Alkohol ja hervorragend funktionierte, kippte sie sich alles hinter die Binde, was sie in die Finger bekam. Als sie nun auf die Flasche Grey Goose Wodka schaute, kicherte sie vor sich hin. Vor ihrer Ankunft in Crescent war sie einer Familie über den Weg gelaufen. Diese Leute waren so gastfreundlich gewesen, dass sie ihre selbst gebrannten Spirituosen mit Lexi geteilt hatten. Trotz des ekelhaften Geschmacks hatte sie das Zeug getrunken.

Wenngleich sie nicht wusste, wie Abbeizmittel schmeckte, hatte sie es sich ungefähr so vorgestellt.

Nun hob sie ihr Glas und fragte: »Worauf stoßen wir denn an?«

»Ach, ich weiß nicht. Worauf haben wir denn noch nicht angestoßen?«, entgegnete John mit Bezug auf die sechs Gläser, die sie beide schon intus hatten.

»Ich weiß was!«, rief Lexi dann und hob das Glas noch höher. »Auf den Tod aller Dreckschweine. Mögen sie langsam und qualvoll verrecken!«

Verwundert zog John die Augenbrauen hoch. Er war zwar nicht zimperlich, aber Lexis loses Mundwerk und offensichtlich rabiates Ethos bestürzten ihn trotzdem.

Sie führte den Wodka an ihren Mund und stürzte ihn in einem Rutsch hinunter.

»Ah, das tut gut!«, stöhnte sie begeistert, während sie das Glas auf die Theke knallte.

John zögerte zuerst, tat es ihr aber kurz darauf gleich und schluckte seinen Wodka ebenfalls hinunter.

»Noch einen, Barkeeper«, meinte Lexi grinsend und schob ihm ihr Glas hin.

Aber er ignorierte ihre Aufforderung und stellte ihr endlich die erste intime und persönliche Frage: »Lexi, was ist mit dir passiert?«

Sie sah ihn abfällig an, antwortete aber nicht.

»Warum bist du nur … so aggressiv?«

»Meinst du das ernst? Echt jetzt? Schau dich doch mal um. Wer kann denn in dieser Lage nicht aggressiv sein?«

»Ich!«

»Dann bist du ein Idiot!«, blaffte sie ihn an.

»Ha, ich finde, du hast jetzt eindeutig genug«, erwiderte John und nahm ihr das Glas weg.

»Warte, warte, warte, es tut mir leid. Das war zu …«

»… zu aggressiv«, ergänzte John.

Er ging mit dem Glas hinter den Tresen und stellte es dort zusammen mit der Wodkaflasche ab.

»Du hast ja recht, tut mir leid. Nicht du bist der Idiot, sondern ich. Ich will einfach nicht über … das Ganze sprechen.« Sie schwenkte beide Arme hin und her, um auf die Umgebung zu verweisen.

»Du setzt dich an meinen Tresen, schläfst unter meinem Dach, isst mein Essen, säufst meinen Wodka und bist trotzdem nicht bereit, mir ein bisschen von dir zu erzählen? Du wohnst jetzt schon eine Woche hier, aber ich weiß immer noch nichts weiter von dir, als dass du viel trinkst, trainierst und mit Messern spielst.«

Lexi dachte kurz über Johns Worte nach und sah ein, dass sein Ärger durchaus berechtigt war. »Du hast ja recht und ich bin manchmal wirklich eine Zicke. Es ist aber eben so, dass ich, äh … nicht über bestimmte Dinge reden will, weil mir dann unweigerlich bewusst wird, dass sie real sind. Einfach hier zu sitzen, wie wir es in den letzten zwei Stunden getan haben, und nur über alte Filme, Essen, Cocktails und solche Dinge zu reden, hilft mir dabei, die beschissene Welt, in der wir jetzt leben, kurz hinter mir zu lassen. Dadurch kann ich … vergessen.«

John kam wieder zurück und baute sich direkt vor ihr auf.

»Ich habe da draußen eine Menge Scheiße erlebt. Ich habe gesehen, wozu Menschen in der Lage sind. Es ist wirklich widerlich und abstoßend, und ich hasse es wie die Pest«, fuhr sie fort.

»Ich kann nicht behaupten, das Gleiche wie du erlebt zu haben, weil ich mich dazu entschieden habe, mit meinem Arsch hierzubleiben. Die Stadtgrenzen zu verlassen, hielt ich nie für nötig.«

»Dann ändere auch nichts daran. Bleib einfach weiter hier. Da draußen existiert nur noch die Hölle.«

John griff wieder zur Flasche und stellte sie gemeinsam mit ihrem Glas vor Lexi ab.

Sie streckte sich danach aus, woraufhin er beides ein paar Zoll zurückzog, um anzudeuten, dass er noch nicht gänzlich bereit dazu war, den Wodka wieder herauszurücken.

Von draußen hörten sie nun leise Johns Truthahn gurren.

Lexi reckte den Hals und schaute zum nächsten Fenster. Zwischen den dünnen Metalllamellen des Ladens fielen die ersten morgendlichen Sonnenstrahlen ein.

Als sie sich John erneut zuwandte, fragte sie: »Was willst du von mir?«

»Eigentlich nichts Besonderes, aber falls du hierbleiben willst, würde ich wenigstens gern wissen, wer du genau bist. Unschöne Einzelheiten darfst du dir auch gern sparen. Ich bin nur ein alter Mann, der wissen möchte, mit wem er hier spricht. Ich sehe es so: Früher habe ich mich nicht um andere Leute gekümmert und einfach so vor mich hingelebt. Ich war einer derjenigen, die nie irgendetwas auf die Worte von anderen gegeben haben. Während irgendwelcher Unterhaltungen dachte ich immer darüber nach, was ich dazu sagen sollte. Richtig zugehört habe ich aber nie.« Er machte eine kurze Pause, um nachzudenken.

»Weißt du, aus diesem Grund ging bestimmt auch meine Ehe in die Brüche. Ich habe nie zugehört, ich habe immer nur geredet und geredet.«

»So wie jetzt?«, erwiderte Lexi scherzhaft.

John schmunzelte. »Genau, so wie jetzt. Aber wenn ich das Ganze noch zu Ende bringen darf: Nach allem, was passiert ist, beschloss ich, den anderen von nun an zuzuhören. Ich habe mir vor Augen gehalten, dass das Leben jetzt äußerst gefährlich ist und deshalb jederzeit vorbei sein kann – warum also nicht auf Leute eingehen, um sie richtig kennenzulernen? Jeder hat schließlich irgendetwas zu erzählen.«

Während Lexi sitzen blieb und John anstarrte, beschlich sie ein trauriges Gefühl. Aber weil sie vor niemandem mit ihren Emotionen hausieren gehen wollte, wählte sie freundlichere Worte anstatt solcher, die eigentlich ihrem brüsken Wesen entsprachen. »Gut, hört sich für mich nach einer gerechten Abmachung an. Du gibst mir zu essen und ein Dach über dem Kopf, also ist das Mindeste, was ich tun kann, dir zu sagen, wer ich eigentlich bin. Dummerweise gibt es über mich nichts Aufregendes zu erzählen, ganz im Gegenteil. Ich bin total langweilig, und der ganze Scheiß, der in letzter Zeit geschehen ist, war einfach nur grässlich. Falls ich aber noch ein oder zwei Drinks kriege, während ich dir meine Geschichte erzähle, dann bitte.« Ein erneutes Lächeln erhellte ihre stoische Miene.

John erwiderte sie stumm. Er betrachtete die junge Frau, die dort vor ihm saß. Müsste er ihr Alter schätzen, würde er sagen, dass sie Ende zwanzig war. Ihre zotteligen, ungleichmäßig geschnittenen Haare sahen aus, als seien sie einst blond gewesen, doch die dunkelbraunen Ansätze waren mittlerweile so weit herausgewachsen, dass sie nur noch helle Spitzen hatte. Dünn hätte er sie nicht bezeichnet, eher schlank mit sehnigen Muskeln. Zu den hellbraunen Augen passte ihr Teint gut, denn die Haut war goldbraun von der Sonne. In ihrem Gesicht, an den Händen und Armen erkannte man noch Spuren von Schnitten und Schrammen. Woher auch immer sie kam, sie hatte sich definitiv kämpfend bis hierher durchgeschlagen.

Nachdem er ihr das Glas wieder zugeschoben hatte, drehte er den Verschluss der Flasche auf und schenkte ihr noch einen ein.

Sie schnappte sich den Wodka und wollte ihn sofort trinken, aber er hielt sie auf.

»Moment, Schätzchen. Worauf stoßen wir denn jetzt an?«

Lexi lächelte wieder und ihre Antwort kam sofort: »Darauf, dass wir einander jetzt kennenlernen.«

»Das gefällt mir.«

Sie stießen an und tranken dann.

Wie zuvor knallte sie das Schnapsglas auf die Theke und fuhr sich über das Gesicht. Der Wodka wirkte allmählich. »Hast du vielleicht eine Kleinigkeit zu essen da?«

»Ich kann Frühstück machen.«

»Ich bin ziemlich pflegeleicht, eine Tüte Chips oder so etwas genügt vollkommen.«

»Würde ich dir gern geben, aber ich habe kein … oh, warte mal kurz.« John stand auf und verschwand eilig im Hinterzimmer.

Während er fort war, sah sich Lexi in der Bar um. Ihr früheres Ich hätte nie ein solches Lokal aufgesucht, weil es ihr zu »hinterwäldlerisch« vorgekommen wäre, wie eine Kneipe für die weiße Unterschicht. Sie hatte sich nie für solche Absteigen wie *The Mohawk* beziehungsweise eine Kombination aus Tränke und Fressbude für die Familie erwärmen können. Nun drehte sie sich auf ihrem Hocker um, bis sie die Jukebox erkennen konnte. Sie brauchte nicht aufzustehen und hinüberzugehen, um ungefähr zu ahnen, welche Scheiben darin steckten.

Als John zurückkam, war er fast überschwänglich vor Begeisterung. »Hätte ich fast vergessen, dass ich die noch habe«, sagte er und hielt eine Großpackung *Cool Ranch Doritos* hoch.

»Is' nicht wahr«, quietschte Lexi wie ein kleines Kind.

»Ist es doch!«

»Das ist meine Lieblingssorte.«

»Meine auch«, erwiderte er lachend.

»Du, mein Freund, bist absolut kein Idiot, sondern der Held des Tages«, sagte sie laut und war kaum imstande, ihre Freude zu verbergen.

»Falls du den Geschmack doch nicht magst, hab ich auch …« Er zog eine Tüte normale Nachos hinter seinem Rücken hervor.

»Ich bin nicht mal besoffen und glaube trotzdem, dass ich eine ganze Packung allein verdrücken könnte«, entgegnete Lexi aufgeregt.

»Nur zu.« John öffnete beide Beutel und legte sie auf die Theke.

Lexi fiel sofort darüber her. Die Nachos waren noch kross und knackig. Sie ging zwar davon aus, dass das Verfallsdatum abgelaufen war, konnte aber nicht feststellen, ob das etwas an der Qualität änderte. Vielleicht lag es daran, dass sie dergleichen schon so lange nicht mehr gegessen oder ganz vergessen hatte, wie es schmeckte.

»Wenn du dir jetzt noch einen Twinkie oder HoHo aus dem Arsch ziehst, steig ich vielleicht mit dir in die Kiste«, sagte sie grinsend.

»Um genau zu sein …«

»Ohne Scheiß?«, nuschelte sie, wobei Krümel aus ihrem offenen Mund fielen.

John wandte sich ab, um wieder zu verschwinden, hielt dann jedoch inne, drehte sich noch einmal um und sagte grinsend: »War nur ein Witz.«

»Bei mir auch. Ich würde nicht mit dir schlafen, bedauere. Du bist einfach ein bisschen zu alt für mich.« Lexi steckte sich eine weitere Handvoll Nachos in den Mund.

»Ha, nimm's mir nicht übel, Schätzchen, aber ich betrachte dich ohnehin eher wie jemanden, der meine Tochter sein könnte.«

»Da du dich schließlich über uns unterhalten wolltest, fängst du auch an«, forderte ihn Lexi auf.

»Nichts da, du zuerst. Ich stelle immerhin Snacks und Erfrischungsgetränke zur Verfügung.«

Nachdem sie sich noch ein paar Nachos in den Mund geschoben hatte, fing sie an: »Geboren und aufgewachsen bin ich in einer gar nicht mal so üblen Kleinstadt namens La Jolla. Meine Schlampe von Mutter kümmerte sich allerdings lieber um ihre nächste Dinnerparty oder um ihre Rolle als Gesellschaftsdame als um meine Schwester und mich. Heute kann ich darüber lachen, für sie waren wir eher so etwas wie Staffage. Unsere Erziehung übernahmen stets Kindermädchen, die im Laufe der Jahre ständig wechselten.«

Als John Lexi beim Sprechen betrachtete, beschäftigte ihn einzig und allein die Frage, wie jemand seine Kinder nicht lieben konnte. Er hatte zwar keine Erfahrungen dahingehend, aber das starke Gefühl, das er selbst, wenn er mit seiner Ex Nachwuchs gezeugt hätte, ein sehr liebevoller und gebefreudiger Vater gewesen wäre.

»Meine Mom war ein solches Miststück, dass sie meinen Dad vertrieben hat, als ich sechs und meine Schwester noch ein Baby war. Er konnte ihre Launen irgendwann einfach nicht mehr ertragen.«

»Das tut mir leid.«

»Mir auch, denn ich habe meinen Dad geliebt. Er gewann zwar dann das Sorgerecht für uns, starb aber nur zwei Wochen danach beim Absturz eines Kleinflugzeuges.«

Sie stockte kurz, während sie über das Leben fantasierte, das sie hätte führen können. »Wer stirbt denn schon bei einem Flugzeugabsturz? Ich meine, die Wahrscheinlichkeit ist so gering, dass es mir vorkam, als hätte das Schicksal bestimmt, dass ich von Geburt an verflucht war. Gott wollte einfach nicht zulassen, dass Carey und ich normal lebten.«

»Ich denke nicht, dass Gott …«

Lexi fiel ihm sofort ins Wort: »Keine Predigt jetzt, okay? Mir ist es egal, ob du an Gott glaubst. Kein Gott, der zulässt, dass Kinder schlecht behandelt werden und so ein Mist wie im Moment passiert, kann ein guter Kerl sein.«

John grinste. »Wenn du meinst«, sagte er.

»Mach mein Glas voll.«

Nachdem John es getan hatte, ließ er sich aus Lexis Schulzeit erzählen, wobei er noch zwei Mal nachschenken musste. Er schaute sie einfach nur an und dachte unterdessen, dass sie im Grunde ihres Herzens lediglich ein kleines Mädchen war, dem im Laufe der Zeit sehr oft wehgetan worden war. Sie hatte ihre Kindheit offenbar in relativ wohlhabenden Verhältnissen verlebt, aber für einen so jungen Menschen spielt so etwas eigentlich keine allzu große Rolle. Am wichtigsten ist Kindern, dass man ihnen Zeit und Aufmerksamkeit schenkt.

Später hatte sie dann ein Dasein in Armut ohne elterliche Liebe und Fürsorge gefristet. Soweit es John verstanden hatte, war sie ihrer Schwester sehr eng verbunden gewesen. Da sie diese nicht hatte alleinlassen wollen, war sie sogar auf ein College vor Ort gegangen. Danach hatte ihre Schwester wie in einen Film über Enttäuschungen, ihren High-School-Abschluss gemacht und ihre Koffer gepackt, um ein auswärtiges College zu besuchen. Lexi war deswegen tief gekränkt gewesen, hatte es aber wie eine Mutter akzeptiert und sich eingeredet, Carey sei damit nun alt genug, um für sich selbst aufzukommen.

Nach dem Auszug ihrer Schwester war Lexi in einen oberflächlichen und gleichmäßigen Trott aus Arbeiten und Partys mit Freunden gefallen. Ohne Ziele und Ambitionen hatte sie sich nur noch auf eines freuen können … auf die jeweils nächste Sause. Ihre Mutter war ihr komplett fremd geworden, und trotz gemeinsam verbrachter Ferien hatte Lexi nie schnell genug in einer Kneipe einfallen können, um zu versuchen, ihr Leben zu vergessen. Intime Beziehungen hatten nicht stattgefunden, denn die Männer waren ebenso so schnell gegangen, wie sie gekommen waren. Hatte einer mal aufrichtiges Interesse an ihr gezeigt, hatte sie versucht, ihn so schnell wie möglich loszuwerden. Nicht dass sie den Werbern misstraut hätte, vielmehr ihrem Schicksal. Sich von der Liebe leiten zu lassen, hätte nämlich Verletzlichkeit bedeutet, und jedes Glück, das ihr zugefallen wäre, hätte der Schmerz genau wie andere Dinge in ihrem Leben einfach nur zerstört, sobald die betreffende Person sie verlassen oder enttäuscht hätte. Ohne persönliche Beziehungen außer zu ihrer Schwester Carey hatte sie die Tage bis zu ihrem nächsten Besuch gezählt.

John hörte einfach nur weiter zu. Nach seiner ersten kurzen Bemerkung und Lexis pampiger Reaktion darauf war er einfach sitzen geblieben und hatte kein Wort mehr gesagt. Hin und wieder füllte er ihr Glas, doch nach ein paar weiteren, trank sie langsamer, weil sie sich mehr und mehr in ihrer Lebensbeichte vertiefte.

Die lange Tirade hörte auf, als sie vom letzten Treffen mit ihrer Schwester erzählte. Kurz darauf war der Strom ausgefallen und die Welt eine völlig andere geworden. Sie rührte sich nicht mehr, sondern schaute nur auf ihren Wodka und kippte ihn ruckartig hinunter.

John wollte ihr erneut einschenken, doch sie sagte: »Warte, ich bin gleich wieder da.« Nachdem sie abrupt aufgestanden war, hielt sie sich fest, weil der Alkohol ein Schwindelgefühl in ihr auslöste, und sie ging vorsichtig zur Toilette.

Sie konnte sich aber nicht schnell genug entziehen. Es kam ihr so vor, als erleide sie gerade eine Panikattacke. Noch nie zuvor hatte sie so viel von sich preisgegeben. Sich zu öffnen und ehrlich von sich selbst und ihrer Herkunft zu sprechen, gehörte definitiv nicht zu Lexis Stärken. Sie hatte nie Freunde gehabt, die an so etwas interessiert gewesen wären, und diese auch genau deshalb zu schätzen gewusst. Ihr war bewusst geworden, dass es einfacher war, andere auf Abstand zu halten, denn wenn sie jemanden genauer kennenlernte, stellte sie nachher womöglich fest, dass sie diese Person gar nicht mochte.

Als sie in den Schankraum zurückkehrte, war John nicht mehr da. Sie schaute sich um, fand ihn aber nirgendwo. Auf einmal polterte es laut in der Küche. Sie trat ein und sah, dass er gerade Eier in eine große Pfanne schlug.

»Hey, du warst ganz schön lange auf dem Klo.«

Lexi lehnte sich gegen die Wand. »Muss an den Doritos gelegen haben«, scherzte sie.

»Magst du ein Spiegelei? Ich dachte, du könntest ein wenig Proteine vertragen.« Er behielt das Brutzeln im Auge, während er dies sagte.

»Ich liebe Eier, gern. Aber jetzt erzählst du mir deine *Geschichte*.«

»Da gibt es nicht viel zu erzählen. Ich kam ein paar Meilen von hier entfernt auf die Welt, ging in der Stadt zur Highschool, heiratete meine Freundin und fand 'ne Stelle bei einer Holzfirma. Dabei träumte ich aber immer von einem Lokal wie diesem. Meine Frau wollte etwas anderes mit ihrem Leben anfangen. In einer Kleinstadt zu wohnen wurde ihr irgendwann einfach zu langweilig. Sie hat sich schon vor Jahren von mir getrennt, und statt wieder zu heiraten, habe ich kurzerhand diesen Laden hier aufgemacht. Seitdem waren diese Arbeit und meine treuen Stammgäste die einzige Familie, die ich hatte.«

»Keine Kinder?«

»Nein, dieses Glück war mir leider nie beschieden.«

»Sei froh. Glaub mir, mit Kindern ist es ein Kreuz.«

»Oh nein, das finde ich nicht«, widersprach er ihr, während er vorsichtig einen Teil der Eier auf einen Teller gab.

Diesen nahm Lexi ihm ab und lächelte, als sie sah, dass das Eigelb noch flüssig und damit perfekt für sie war.

John ging zum Herd zurück und schlug noch ein paar Eier für sich selbst. »Ich danke dir«, sagte sie.

»Keine Ursache, Schätzchen.«

Lexi schaute dabei zu, wie sorgfältig er vorging. Mit dem Heber, den er fest in einer seiner breiten, runzligen Hände hielt, und der fleckigen weißen Schürze, die er sich vor den Bauch gebunden hatte, sah er aus wie ein professioneller Schnellkoch, was er als Besitzer eines Imbissrestaurants ja gewissermaßen auch war.

»Hast du auch Angestellte?«

»Ja, aber die lassen sich schon seit Wochen nicht mehr hier blicken. Angeblich sind sie nach Portland gezogen.«

Trotz der schrecklichen und brutalen Umstände auf der Welt hatte Lexi hier einen sanftmütigen, netten und großzügigen Mann vor sich. Jemanden wie ihn kennenzulernen war wirklich eine angenehme Überraschung.

Auf ihren Irrwegen, nachdem das Stromnetz im Zuge des Elektromagnetpulses zusammengebrochen war, hatte sie extreme Beispiele für gute und schlechte Menschen gesehen. Es schien so, als seien alle charakterlich zutiefst verkommenen oder schlechten Menschen plötzlich ans Tageslicht gekrochen, sobald sich die Gesetzesordnung mitsamt ihren abschreckenden Konsequenzen aufgelöst hatte. Sie waren zwar schon immer da gewesen, doch erst jetzt, wo sie nicht mehr befürchten mussten, festgenommen zu werden, auf die Straße gegangen. Die entgegengesetzte Seite – viele gute Menschen, risiko- und opferbereit – hatten das Gleiche getan. Lexi wusste zwar, dass es beides gab, rechnete aber immerzu mit dem Schlechten.

Sie schaute wieder auf ihren Teller. Auf solch eine Weise an sie zu denken und so umsichtig zu sein, nicht nur Eier für sie zuzubereiten, sondern dies auch noch auf genau die Art zu tun, wie sie es am liebsten hatte, sagte eine Menge über John aus. Sie mochte ihn wirklich.

»Iss besser mal, bevor sie kalt werden. Besteck liegt gleich links neben der Registrierkasse.«

Lexi verließ die Küche, nahm sich eine Gabel und setzte sich. Kurz bevor sie das Eigelb durchstach, betrachtete sie es erneut. Sie konnte sich nicht entsinnen, dass ihre Mutter so etwas auch nur einmal für sie getan hatte, doch dafür kamen ihre erneut frühe Erinnerungen an ihren Vater in den Sinn. Dieser hatte das Haus als betriebsamer Mann für gewöhnlich bereits verlassen, wenn sie an den Werktagen aufgestanden war, doch ihre Wochenenden waren immer etwas ganz Besonderes gewesen, denn er hatte so gut wie jeden Samstag etwas Tolles für sie gekocht. Pfannkuchen, French Toast oder eben Spiegeleier hatten oft auf der Speisekarte gestanden. Nachdem ihr Vater ausgezogen war, hatte sie zwar nicht darauf verzichten müssen, es aber viel seltener erlebt, weil Carey und sie nur alle zwei Wochen zu ihm gefahren waren. Lexi hatte ihre Mutter dafür gehasst, dass sie ihren Vater vertrieben und ihm den uneingeschränkten Umgang mit ihnen verboten hatte. Das hatte nämlich nicht mit etwaiger Sorge zu tun gehabt, sondern war eher aus Trotz heraus geschehen und um ihm mehr Geld abluchsen zu können. Ihr Vater hatte sich allerdings zu helfen gewusst und einen großartigen Anwalt an Land gezogen. Letzten Endes war das volle Sorgerecht an ihn übergegangen, doch dann hatte sich das Leben von seiner hässlichen Seite gezeigt und ihn unwiederbringlich von ihr weggerissen. Als sich der Gedanke an den Tod ihres Vaters immer mehr aufdrängte, schob Lexi ihn sofort zur Seite, während sie ihre Gabel durch die Eigelbe zog.

John kam nun aus der Küche und fragte: »Schmeckt's dir?«

»Ja, klasse, vielen Dank«, antwortete sie und griff zur Flasche, um sich noch einen Wodka einzuschenken.

»Du verträgst ja echt so einiges. Wie alt bist du?«

»Gerade neunundzwanzig geworden, aber ich fühle mich, als hätte ich schon drei Leben hinter mir.«

»Erzähl mir doch davon«, verlangte John. Nachdem er die Schürze auf die Theke geworfen hatte, trat er vor und nahm auf dem Hocker neben Lexi Platz.

Obwohl sie ihn mochte, bestand ihre Reaktion darin, ein kleines Stück am Tresen wegzurutschen, als er sich mit weniger als zwei Fuß Abstand neben sie setzte.

John bemerkte dies und sagte sofort: »Sorry.«

Sie überspielte seine Entschuldigung, indem sie fragte: »Das war also immer dein einziger großer Traum, dieses Restaurant?«

»So solltest du das aber nicht ausdrücken! Das hört sich doch ganz schön negativ an.«

»Tut mir leid, das kam wohl anders rüber, als ich es gemeint hatte.«

»Sag mal, hast du auf deinem Weg hierher noch jemanden kennengelernt, der so toll ist wie ich?«, erwiderte er halb ernst.

»So toll wie du, John? Niemanden! Du bist ganz und gar einzigartig.«

»Das will ich doch meinen«, entgegnete er zwinkernd.

»Du bist ein guter Kerl und ich habe zwar auch andere gute Menschen getroffen, aber die kamen und gingen immer.«

»Sind sie gestorben oder lediglich verschwunden?«

»Sowohl als auch, aber ja, einige sind auch gestorben. Ich schätze mal, auf mir lastet ein Fluch oder so etwas. Andererseits hatte ich auch viel Glück. Der eine oder andere half Carey und mir, aber da draußen geht's momentan echt drunter und drüber. Weißt du, ich kann nicht fassen, dass es hier so ruhig geblieben ist.«

»Hier gab es schon Ärger, aber das war wahrscheinlich nichts im Vergleich zu dem, was du da draußen erlebt hast.«

Lexi nickte nur und aß weiter.

»Darf ich dich noch etwas fragen?«

»Oh je, jetzt kommt's.«

»Wo ist deine Schwester? Du hast ja die ganze Zeit in höchsten Tönen von ihr geschwärmt und erwähnt, dass sie vor der Katastrophe bei dir gewesen ist.«

Lexi wandte sich John zu und schaute ihn kalt an. »Irgend so ein Wichser hat sie umgebracht – sie kaltblütig erschossen.«

John würgte einen Bissen hinunter und kam sich plötzlich dämlich vor, weil er nachgefragt hatte. »Ich, äh …«

»Du wolltest es wissen, und das ist eben passiert. Du fragst dich bestimmt, warum ich hier bin, an deinem Tresen sitze, deine Eier esse und deinen Wodka trinke, oder? Ich mache nur eine kurze Pause hier, bevor ich weiterziehe und dieses Stück Scheiße töte.«

»Treibt er sich denn irgendwo hier in der Nähe herum?«

»Er ist irgendwo in Oregon, soviel ich weiß.«

»Wie heißt er denn?«

»Ich bezweifle, dass du ihn kennst, aber sein Name lautet Rahab. Er ist der Anführer einer Sekte, der Carey und ich in der kalifornischen Wüste über den Weg gelaufen sind.«

John grübelte einen Moment lang nach, für den Fall, dass ihm dieser Name doch etwas sagte, doch das tat er nicht.

»Was geschah dann?«, fragte er, obwohl er genau wusste, dass er sie dadurch nur noch mehr aufwühlte. Er war aber neugierig, was genau dieser jungen Frau widerfahren war.

»Meine Schwester war immer – ich sag's nur ungern, aber es stimmt leider – das Dummerchen der Familie. Sie sah das Leben stets durch eine rosarote Brille und lief vollkommen sorglos durch die Gegend. Dass wir zwei wirklich die gleichen Gene hatten, ist echt schwer zu glauben. Sie tat sich ständig selbst weh. Du kennst solche Leute doch bestimmt. Diejenigen, die immerzu Pech haben, auch wenn es nichts Dramatisches ist. Doch wenn jemand ein Getränk verschüttete oder etwas durcheinander machte, dann war sie es. So war sie eben.«

John stellte sich wieder darauf ein, Lexi stumm zuzuhören, während er langsam seine Eier verzehrte.

»Sie hat oft herrenlose Hunde angeschleppt und dergleichen. Nachdem wir von Rahab und seinen Leuten gefangen genommen worden waren, setzte auf einmal ein

Umdenken bei ihr ein. Endlich ließ sie sich nicht mehr alles gefallen, ohne sich etwas daraus zu machen. Sie beschloss daraufhin, sich zur Wehr zu setzen, doch es war der denkbar falsche Zeitpunkt dafür.« Lexi hielt kurz inne und schaute sinnierend ins Leere. »Sie hatte immer ein ganz schlechtes Timing.« Dies war eher ein laut ausgesprochener Gedanke. Ihr schwirrte der Kopf nun vor Eindrücken von ihrer kleinen Schwester. »Kennst du diesen Personentyp, der ständig ins Fettnäpfchen tritt?«

John nickte.

»Sie schaffte es damals, sich Thanksgiving zwei Wochen freizunehmen. Natürlich ging dann ihr Gepäck verloren, als sie am Flughafen landete, und solange sie in der Stadt war, passierte noch mehr Scheiß. Jetzt lache ich zwar darüber, doch damals war das überhaupt nicht lustig.« Sie senkte den Blick, während sie noch einmal die Situationen rekapitulierte, die sie seinerzeit verärgert hatten. Egal wie verfahren oder nervenaufreibend jene Momente auch gewesen waren, sie sehnte sich jetzt danach zurück. »Weißt du, ich würde alles dafür tun, meine Schwester und ihre ganze Tollpatschigkeit wiederzuhaben. Ich vermisse sie unheimlich.«

John füllte ihr Glas auf und schob es ihr zu.

Lexi nahm es und setzte an, trank aber dann noch nicht. »Ungeachtet ihrer vielen Fehler hatte meine Schwester aber ein unglaublich gutes Herz und gab mir gelegentlich auch sogar mal einen klugen Ratschlag.« Nachdem sie den Wodka getrunken hatte, schob sie das Glas wieder zurück.

»Ich weiß, das sind nur Worte, aber es tut mir trotzdem leid, dass du sie verloren hast.«

Lexi neigte ihren Kopf zur Seite und erwiderte: »Es ist traurig, aber jetzt habe ich immerhin ein Ziel vor Augen.«

»Ach ja? Und welches?«

»Rahab und sein Pack zu finden und sie aufzuhalten.«

»Hast du noch andere Verwandte?«, fragte John nun, um das Thema zu wechseln, wobei er hoffte, das Nächste wäre weniger emotional.

Lexi schwieg zunächst, grunzte aber dann. »Nein, nur ein paar Cousins, die überall im Land verstreut leben, doch die standen mir nie nahe.«

»Und Freunde?«

»Auch nicht … Nun ja, da gab es natürlich welche, die mir geholfen haben, Rahab zu entkommen, aber ich würde sie nicht als Freunde bezeichnen. Sie haben mir sogar angeboten, mit ihnen nach Idaho zu ziehen. Anscheinend haben sie da oben eine sichere Bleibe.«

»Und warum hast du's nicht getan?«

»Eine berechtigte Frage, denn das waren wirklich nette Leute. Wer weiß, vielleicht tu ich's ja eines Tages, mal sehen.« Lexi stützte den Kopf in die Hände und fuhr sich langsam mit den Fingern durch die Haare. »Im Leben kommt es vor allem auf das richtige Timing an.«

»Das stimmt wohl.«

»Unbedingt. Ich war genau zum richtigen Zeitpunkt auf der Straße vor der Stadt, sodass mir diese Marines helfen konnten. Außerdem waren wir ausgerechnet dann unterwegs in Richtung Vegas, als Rahab auf uns gestoßen ist. Timing ist nun einmal das A und O. Nimm hier oder dort eine Minute weg, und alles kommt ganz anders.«

John nickte, während er darüber nachdachte.

»Carey sollte eigentlich am Vierten des Monats wieder abreisen, ist aber meinetwegen geblieben. Wäre ich nicht gewesen, könnte sie jetzt noch leben.«

»Oder auch nicht«, relativierte John.

»Oder doch«, beharrte Lexi entschieden, weil sie nicht wollte, dass er von der Geschichte ablenkte, die sie gerade erzählte.

»Du darfst dir aber nicht die Schuld dafür geben.«

»Das darf ich sehr wohl und ich werde es auch auf ewig tun. Damals war ich so selten dämlich.« Mittlerweile lallte Lexi deutlich.

»Warum ist sie denn geblieben?«, hakte John deshalb nach.

»Zum Feiern – jedenfalls habe ich das so genannt«, antwortete sie. Dann schaute sie John kurz an und grinste. »Ich weiß, es mag schwer zu glauben sein, aber ich konnte mal so richtig die Kuh fliegen lassen.«

John machte ein verdutztes Gesicht und kicherte dann. »Was du nicht sagst.«

»Jetzt habe ich wenigstens einen richtigen Grund zum Trinken. Es hilft mir beim Vergessen, während ich damals einfach nur zum Spaß gesoffen habe.«

Er wusste, dass das nicht einmal im Ansatz stimmte.

»Bist du sicher, dass du dir meine traurige Geschichte noch weiter anhören willst?«

»Es muss darin doch auch Lichtblicke gegeben haben.«

»Nein, glaub mir, die gab es nicht. Das ist jetzt nicht auf dich direkt bezogen, aber wieso denken Männer immer, dass sie Frauen zum Besten halten können?«

»Was meinst du damit?«

»Nur, dass Männer Frauen andauernd wie Sachgegenstände behandeln, die man befummeln, ausnutzen und dann einfach wegwerfen kann. Das macht mich rasend, und stell dir vor, es war ein Mann – ein kranker, verdorbener und perverser Wichser – der mir dieses ganze Elend eingebrockt hat. Streng genommen brachte dieser Kerl Carey und mich auf den Weg, der schließlich hierher führte, wo ich jetzt sitze.«

»Rahab ist sein Name, richtig?«

»Nein, nein, das war noch lange vor Rahab. Der Drecksack, von dem ich jetzt spreche, war mein alter Arbeitgeber.«

John schenkte ihr den nächsten Wodka ein und schob ihn hinüber.

Lexi betrachtete das glänzende Glas. Die durchsichtige Flüssigkeit sah wirklich verlockend aus, doch sie widerstand dem Drang, sie sofort zu trinken. »Du schaust mich jetzt an und denkst, du würdest mich kennen, aber vor nicht allzu langer Zeit war ich noch eine ganz andere Frau – ein typisches kalifornisches Mädchen, blond und scharf aufs Feiern ohne konkrete Pläne oder Ziele abgesehen vom nächsten Rave, einer Bar oder Hausparty. Im Nachhinein bedauere ich, mich nicht besser vorbereitet zu haben. Mein früheres Leben war einfach sinnlos und eine massive Zeitverschwendung. Jedes Mal, wenn ich jemanden getroffen habe, der gemeint hat, man müsse sich auf einen Ausnahmezustand vorbereiten, habe ich standardmäßig die Augen verdreht. Wie hätte ich denn ahnen sollen, dass diese ganze verdammte Welt vor die Hunde gehen würde? Wer sieht denn so was tatsächlich kommen?«

»Ein paar haben es vorausgesehen.«

Lexi schüttelte den Kopf und klagte weiter: »Ich wünschte mir wirklich, besser darauf gefasst gewesen zu sein, vielleicht hätte ich Carey dann retten können. Ich habe so viele dumme Fehler gemacht, und hinzu kam auch noch mein Pech.« Schließlich ließ sie den Kopf hängen, kniff ihre Augen zusammen und atmete schwer aus.

Sie tat John leid. Er hatte keine Angehörigen verloren und wusste noch dazu sehr wenig von den äußeren Umständen.

Als sie den Kopf wieder anhob, nahm sie das Schnapsglas in die Hand und trank. Während sie es in der linken Hand hielt, zeigte sie auf John und sagte: »Eines garantiere ich dir, ich werde nie wieder zulassen, dass irgendjemand, ob Mann oder Frau, mich oder andere Unschuldige ausnutzt.«

»Das ehrt dich.«

Sie warf John einen abwertenden Blick zu und reagierte gereizt. »Das hat überhaupt nichts mit Ehre zu tun.«

»Um auf deinen ehemaligen Arbeitgeber zurückzukommen. Was war denn da los? Was hat er getan?«

Lexi schob ihm das Glas zu und antwortete: »Mach voll, dann sag ich's dir.«

3. DEZEMBER 2014

»Was wir den Anfang nennen, ist oft das Ende,
und ein Ende zu machen heißt, einen Anfang zu machen.«

T.S. Eliot

Rancho Bernardo, Kalifornien

Lexi schaute auf die Uhrzeit auf ihrem Handy. Sie schnaubte, weil nur wenige Minuten vergangen waren, seit sie zuletzt nachgesehen hatte.

»Müssen Sie vielleicht irgendwohin?«, fragte Adam.

»Oh, Verzeihung«, antwortete sie und klemmte sich nervös eine lange Haarsträhne hinter das Ohr. Auf die Bitte ihres Bosses Adam hin war sie aus dem Urlaub in den Betrieb zurückgekehrt, um bei einem außerordentlichen Projekt zu helfen. Ihre Schwester Carey war gerade bei ihr zu Besuch, und mit ihr zusammen zu sein hielt Lexi zwar für wichtig, doch dies galt auch für ihre berufliche Karriere, in der sie schließlich vorankommen wollte.

Adam legte den Stift hin, lehnte sich in seinem großen Ledersessel zurück und fragte: »Wie lange arbeiten Sie jetzt schon für mich?«

Lexi schaute hoch und erwiderte: »Äh, ich glaube, mittlerweile zwei Jahre. Warum?«

»Aus reiner Neugierde.« Sein Lächeln hatte etwas von einem teuflischen Grinsen, das er aber meistens zu überspielen versuchte.

Lexi runzelte die Stirn, als sie seinem Blick begegnete, und wich ihm schnell aus. Da sie den Gesichtsausdruck schon kannte, wurde ihr unwohl zumute. »Wäre es vielleicht irgendwie möglich, das Ganze morgen abzuschließen? Denn für meine Schwester ist heute der letzte Abend in der Stadt, bevor sie wieder abreisen muss.«

»Ich wusste ja gar nicht, dass Sie eine Schwester haben«, entgegnete Adam.

»Habe ich aber, und sie fliegt morgen wieder nach Hause«, sagte Lexi, während sie die Papiere auf dem breiten Tisch zusammenraffte.

Er beugte sich nach vorn und berührte ihre Hand. »Nicht so eilig.« Sie kniff ihre Augen ein wenig zusammen und zog die Hand rasch zurück.

Adam lachte kurz auf. Seine perlweißen Zähne strahlten, und beim Lächeln spannten sich die dünnen Lippen in seinem schmalen Gesicht. Er war Anfang vierzig, geschieden und betriebsintern als Aufreißer bekannt. Während der zwei Jahre, die Lexi bisher als seine Assistentin hinter sich gebracht hatte, war sie allerdings nie von ihm angemacht worden. Doch über seine Avancen zerriss man sich in dem großen Biotechnikkonzern, wo die beiden arbeiteten, bereits längere Zeit das Maul. Lexi fuhr mit dem Packen ihrer Sachen fort, beeilte sich nun allerdings noch mehr.

»Ich habe endlich die Zeit gefunden, mir Ihre Bewerbung für den Posten als Mitarbeiterin in der Geschäftsleitung anzusehen«, meinte Adam nun.

Ohne aufzublicken, antwortete sie: »Ich hoffe, Sie ziehen mich dafür in Erwägung.«

»Das werde ich bestimmt«, versicherte er ihr, stand auf und streckte sich. Nachdem er seine Hose hochgezogen hatte, trat er hinter dem Tisch hervor. Im Vorbeigehen an der Tür betätigte er plötzlich den Schließknopf.

Lexi hörte das Klicken und wusste genau, was er gerade getan hatte. Sie verkrampfte sich und schaute zu ihm auf. »Was haben Sie vor?« Sie erhob sich ebenfalls und wandte sich Adam zu.

»Nichts.« Er lächelte wieder, während er sich ihr näherte.

Lexis ganzer Körper wurde steif, und sie drückte sich gegen den breiten Tisch, als sie zurückwich.

Adam baute sich wenige Zoll vor ihr auf und deutete an: »Ich dachte, wir könnten doch jetzt schon mal ganz in Ruhe ein Bewerbungsgespräch führen.«

Lexi erschauderte. Als sie Adam zum ersten Mal getroffen hatte, war er ihr attraktiv vorgekommen, doch kaum hatte er den Mund aufgemacht, war diese Attraktivität direkt von zehn auf fünf gesunken. Anschließend hatte sie von seinem Benehmen erfahren, und aus der Fünf war eine Null geworden. Nun hob er eine Hand und berührte sanft ihre Haare. Abermals fies grinsend fragte er: »Sind Sie untenrum auch blond?«

Lexi drehte den Kopf weg und entzog sich ihm. »Bitte lassen Sie mich in Ruhe.«

Nun rückte er ihr richtig auf den Leib und drückte sich an ihren Körper. Während er mit der Hand an ihrem Arm hinunterfuhr, flüsterte er: »Wenn Sie etwas für mich tun, dann tue ich auch etwas für Sie.«

Lexi schloss ihre Augen fest und hielt sich bewusst steif. Sie wollte am Liebsten schreien, konnte es aber nicht. Stattdessen appellierte sie wieder an seine Vernunft: »Bitte lassen Sie mich in Ruhe.«

»Wie gern würden Sie die Stelle denn haben wollen?«, fragte er und rieb weiter ihren Arm.

»Adam, nein!«, fuhr Lexi entsetzt auf.

»Ich habe so einiges über Sie gehört. Sie sind ein Partygirl, und wir beide wissen doch genau, dass sich Partygirls gut unterhalten wollen.«

»Aufhören.«

Er beugte sich mit seinem Gesicht nach vorn, um ihren Hals zu küssen, doch sie wich ihm aus.

»Nein, ich will das nicht!«

»Und ob Sie das wollen.«

Lexi ließ sich in erster Linie von ihrer Angst leiten. Sie wollte ihren Job schließlich nicht verlieren, sich aber auch nicht sexuell missbrauchen lassen. Ihre Gedanken überschlugen sich. *Was sollte sie unternehmen?* Die strenge Stimme ihrer Mutter schoss ihr in den Kopf: »Lexi, meine Liebe, wenn du es zu etwas bringen willst, dann musst du auch das Notwendige dafür tun.«

Sie sträubte sich erneut, als sein Mund ihren Hals berührte.

»Nein, hören Sie gefälligst sofort auf!«

Seine rechte Hand wanderte zu einem ihrer Oberschenkel hinunter.

Kindheitserinnerungen drängten sich plötzlich in Lexi auf, und mit ihnen auch die entsprechenden Emotionen. Es war lange her, aber sie konnte den Mann noch genau vor sich sehen. Jemanden, den man ihr als vertrauenswürdig vorgestellt hatte … wie er in ihr Schlafzimmer gekommen war. Ihre Furcht, die sie jetzt empfand, war die gleiche wie damals. Ihre Eingeweide hatten sich zusammengezogen, als sie das Gesicht des Mannes erkannt und ihn gerochen hatte, eine Mischung aus Tequila und fast verflogenem Rasierwasser. Dieser Geruch sollte in der Luft zurückbleiben, nachdem er wieder verschwunden war, und ihre Hoffnungslosigkeit und ihre Schmach nur noch schlimmer machen. Nach einer Weile hatte sie seine Übergriffe körperlich zwar einigermaßen ertragen können, allerdings nie ihre Scham und ihren Selbstekel ablegen können. Mit gerade einmal sieben Jahren war sie außerstande gewesen, sich zu wehren, doch jetzt sah die Sache anders aus. Denn sie war älter und nicht mehr so schwach.

Adam begann nun, ihren Hals vehement zu küssen, und hatte seine Rechte zwischen Lexis Schenkel geschoben.

Sie drückte ihre Beine fest zusammen, doch er zwängte sie mit der Hand grob auseinander.

»Nein!«, rief sie erneut.

Aber er ignorierte ihr Flehen.

Vor ihrem geistigen Auge sah sie wieder das ängstliche Kind, das sie einmal gewesen war. Sie durfte nicht wieder so werden, so weit würde es nicht kommen, das nahm sie sich fest vor.

»Adam, nein, hören Sie auf!«

Aber er nahm es immer noch nicht zur Kenntnis.

Sie streckte jetzt ihre rechte Hand nach hinten aus und tastete auf dem Tisch nach irgendetwas, das sie als Waffe benutzen konnte. Schließlich bekam sie das kalte Metallgestell eines Tackers zu fassen und umklammerte es fest. Ohne eine Vorwarnung holte sie damit aus, zögerte aber dann doch. Zuzuschlagen würde ihr Leben komplett verändern, doch sie konnte nicht weiter darüber nachdenken, weil es sie genauso wenig kaltlassen würde, sich von ihm vergewaltigen zu lassen. Sie durfte nicht noch einmal in die Opferrolle zurückfallen. Fest entschlossen hob sie den Tacker noch höher, ließ ihn dann mit aller Kraft niedersausen und traf Adam an der linken Kopfseite. Jetzt hatte sie es getan! Doch was ihr in diesem Moment gar nicht bewusst gewesen war … es handelte sich dabei um den ersten Schritt auf einem Weg, in dessen Verlauf die alte Lexi auf der Strecke bleiben und eine neue Frau geboren werden würde.

Infolge des Aufpralls geriet Adam ins Taumeln. Er fiel auf die Knie und fasste sich mit einer Hand an die getroffene Stelle. »Du Miststück hast mich geschlagen!«, brüllte er. Als er die Hand herunternahm und Blut daran sah, machte er ein fassungsloses Gesicht.

Lexi fühlte sich plötzlich komplett klar im Kopf. Sie ging nicht auf seine Bemerkung ein, weil sich Worte für sie erübrigten und Taten das einzige Kommunikationsmittel waren, dessen sie sich noch behelfen wollte. Mit einer Wut, die von Sekunde zu Sekunde wuchs, setzte sie ihre Gegenwehr fort. Sie kniff die Augen zusammen, hob ihre Rechte hoch in die Luft und ließ den Tacker noch einmal auf Adams Kopf niedergehen. Er stöhnte und sackte daraufhin auf dem Boden zusammen.

Die beiden Hiebe gegen Adam linderten ihren Zorn allerdings nicht, sondern schürten ihn nur noch weiter.

Als er nun zu ihr aufschaute, war sein Gesicht blutüberströmt. Er machte riesengroße Augen, als er erkannte, dass sie noch lange nicht fertig mit ihm war. Wimmernd kroch er unter den Tisch.

Lexi hatte den Tacker nicht fallenlassen, sondern beabsichtigte, ihn noch weiter einzusetzen. Sie versuchte nun, Adam unter den Tisch zu folgen, doch seine Tritte hinderten sie daran. In ihrer Raserei gelang es ihr schließlich, das Möbelstück umzukippen. Die Kraft, die ihr der aufgestaute Ärger verschaffte, war einfach nur berauschend.

Adam drehte sich auf den Rücken und schrie laut: »Hilfe!«

Kurz darauf klopfte es laut an der Tür des Besprechungszimmers, doch in Lexis Ohren hörte es sich seltsam weit weg an. Sie konzentrierte sich nur noch darauf, Adam für all seine Anmaßungen büßen zu lassen. Nachdem sie ihm so fest sie konnte, in den Schritt getreten hatte, baute sie sich breitbeinig über seinem erschlafften Leib auf.

Tränen mischten sich unter das Blut in seinem Gesicht. »Bitte nicht, nein«, bettelte er.

»Nein?«

»Bitte nicht, nein«, wiederholte er.

»Meinst du das verdammt noch mal ernst? Ich habe auch Nein gesagt, und du hast es einfach als ein Ja aufgefasst, also heißt dass deiner Definition zufolge doch, dass ich dich noch einmal schlagen soll, oder?« Sie schaute auf ihn hinab, während sie den Tacker erneut über ihren Kopf hob.

Das Klopfen und Schreien vor der abgesperrten Tür wurde noch lauter.

Adam drehte seinen Kopf in die Richtung und brüllte panisch: »Helfen Sie mir, schnell! Sie will mich umbringen!«

Noch nie im Leben hatte sich Lexi so gut und so befreit gefühlt. Insgeheim wusste sie natürlich, dass das Ganze nicht gut für sie ausgehen konnte. Sie würde ihre Anstellung verlieren, und die Abreibung, die sie Adam verpasst hatte, würde sie sehr wahrscheinlich in den Knast bringen.

Auf einmal gab die Tür nach und mehrere Personen stürmten herein, darunter auch Jeff, ein Freund von ihr und Mitglied des firmeninternen Sicherheitsdienstes.

Lexi drehte sich nicht nach ihnen um, denn ihr war nun alles egal. Ob sie Adam ein- oder fünf Mal geschlagen hatte, spielte keine Rolle, denn ihre Strafe würde wohl die gleiche sein. Dieser Gedankengang führte dazu, dass sie den Tacker noch ein letztes Mal hinuntersausen ließ. Ihr gefühlloser Blick wurde wieder glücklich, während sich ein Lächeln auf ihren Lippen breitmachte.

Als ihr Adam wieder in die Augen schaute, packte ihn erneut die Angst, denn er erkannte deutlich, dass sie noch nicht fertig mit ihm war.

Sie sah, wie schlimm sie seinem Gesicht und Kopf mit den ersten beiden Hieben zugesetzt hatte. An der Stirnseite klaffte jetzt dicht über dem Ohr eine lange Platzwunde, die stark blutete und die andere auf der Schädeldecke war genauso verheerend. »Das ist für all die Frauen, die du je verletzt hast«, schrie Lexi. Dann nahm sie alle Kraft zusammen, die sie noch aufbringen konnte und versetzte ihm einen markerschütternden Schlag mitten ins Gesicht, bei dem der Tacker Schneidezähne und Nase zertrümmerte.

Adam brüllte laut vor Schmerz, lag aber schon im nächsten Moment bewusstlos da.

Zufrieden warf Lexi ihre Waffe beiseite und atmete erleichtert auf.

Jeff stand mittlerweile mit einem Elektroschocker in der Hand hinter ihr. »Lexi, warum hast du das getan?«

Sie drehte ihm den Kopf zu und antwortete: »Wir haben gerade über meine Bewerbung um die Mitarbeiterstelle in der Leitung gesprochen.«

»Was?« Jeff konnte mit dieser unsinnigen Aussage nichts anfangen.

»Du brauchst dieses Ding doch gar nicht, ich mache dir schon keine Umstände«, beteuerte sie laut keuchend beim Durchatmen.

An der offenen Tür hatte sich mittlerweile eine große Menschenmenge versammelt. Es gab viel Getuschel und empörtes Geschluchze.

Jeff trat jetzt langsam näher und hielt Lexis Arme von hinten fest. Dann verschränkte er sie auf ihrem Rücken und legte ihr Handschellen an. »Warum? Warum hast du ihm das angetan?«

Sie grinste breit. »Ich wollte ihm lediglich dabei helfen, ein paar wichtige Dinge zu kapieren.«

»Und was?«

»Adam weiß jetzt genau, was *nein* bedeutet.«

4. DEZEMBER 2014

»Weisheit ist nichts anderes als abgeklungener Schmerz.«

Robert Gary Lee

Innenstadt von San Diego, Kalifornien

Auf dem Weg durch das Parkhaus des Gefängnisses im Stadtzentrum lief Lexi erhobenen Hauptes und einem Grinsen im Gesicht, das jedem zeigen sollte, dass sie kein Wässerchen trüben konnte.

»Was findest du denn so witzig?«, fragte Carey verdrießlich.

»Nichts. Na ja, vielleicht doch, nämlich gleich Adams demolierte Fresse zu sehen.«

»Lexi, das ist überhaupt nicht witzig. Du hast ihn schwer verletzt, und dass sie dich auf Bewährung freigelassen haben, macht deine Tat nicht ungeschehen, das begreifst du doch, oder?«

Lexi verstand Carey laut und deutlich, aber es war ihr komplett egal. Sie hatte schließlich aus einem triftigen Grund gehandelt und hatte vor, ihren Angriff auf Adam als Notwehr zu rechtfertigen. »Er hat's darauf angelegt.«

Carey blieb nun stehen und entgegnete: »Mag sein, aber bei deinem letzten Schlag waren unzählige Zeugen anwesend. Er hätte nicht sein müssen, und er fiel bestimmt nicht unter Notwehr.«

Plötzlich hupte jemand.

Die beiden schauten hoch und sprangen aus dem Weg, wobei Lexi dem Autofahrer noch einen Stinkefinger hinterherschickte.

Carey schlug ihren Arm hinunter. »Was sollte das?«

»Scheiß auf den Typen … scheiß auf sie alle … Die ganzen Zombies hier, die es immer so eilig haben und doch nirgendwohin kommen«, meinte Lexi.

»Was ist denn plötzlich in dich gefahren?«, fragte Carey entsetzt.

Lexi sah sie an und antwortete: »Es tut mir leid, dass du deinen Flug verpasst hast, aber ich bin froh darüber, dich auf diese Weise noch bei mir zu haben.«

Carey stellte fest, dass sie ihrer großen Schwester unmöglich böse sein konnte. »Na ja, es ist ja nicht so, dass ich wieder zur Arbeit und aufs College müsste, doch eigentlich hasse ich dort alles. Aber erzähl das bloß nicht Mom.«

Sie gingen langsam weiter zu Lexis Wagen.

»Mach dir keinen Kopf deswegen, Schwesterherz. Du weißt ja, dass ich nicht mit Mom spreche. Ach, da fällt mir ein: Bitte sag mir jetzt nicht, dass du ihr von dieser Sache erzählt hast.«

»Also, ein oder zwei …«

»NEIN!«, heulte Lexi auf.

»Ha, war nur ein Spaß. Mir war schon klar, dass du das nicht willst, also habe ich natürlich den Mund gehalten.« Carey legte einen Arm um Lexi. »Trotzdem mache ich mir Sorgen um dich.«

»Das brauchst du nicht. Ich komm schon klar.«

»Normalerweise würde ich es ja auch nicht tun«, erwiderte die Jüngere.

Als sie am Auto stehen blieben, warteten sie noch mit dem Einsteigen.

»Glaub mir, wenn ich dir sage, dass ich genau weiß, welche Probleme ich rechtlich gesehen kriegen könnte, aber dieses Arschloch hat trotzdem alles verdient, was auf ihn eingeprasselt ist.«

»Das streite ich ja auch gar nicht ab, doch du hast ihn so übel zugerichtet, das sah dir überhaupt nicht ähnlich.« Carey entriegelte den Wagen.

Lexi zog die Beifahrertür auf und stieg ein.

Nachdem Carey den Motor gestartet hatte und losfahren wollte, hielt Lexi sie zurück. »Danke dafür, dass du mich da rausgeholt hast.«

»Das versteht sich doch von selbst, du bist immerhin meine Schwester. Wir geben doch acht aufeinander.« Carey lächelte sanft.

Lexi ließ ihren Kopf seitlich hängen und erwiderte das Lächeln. »Wie wär's, wenn wir deinen zusätzlichen Tag in der Stadt dazu nutzen, um ein Fass aufzumachen?«

»Was gibt es denn zu feiern?«, fragte Carey lachend.

»Brauchen wir denn unbedingt einen Grund dazu? Feiern wir doch einfach, dass heute ein weiteres Arschloch auf der Welt sein Fett weggekriegt hat.«

»Damit kann ich leben.« Carey lachte noch einmal und zog dann an dem Gummiband in ihren schulterlangen, braunen Haaren, um den Pferdeschwanz zu lösen. Anschließend kratzte sie sich am Kopf und betrachtete sich kurz im Rückspiegel. »Wohin fahren wir denn?«

»Zum Nunu's vielleicht? Ist ja nur ein Stück weit die Straße rauf«, schlug Lexi beschwingt vor.

»Allzu hoch können wir es heute Abend aber nicht hergehen lassen, denn meine Maschine geht schon sehr früh morgen«, gab Carey in Hinblick auf ihre Umbuchung zu bedenken.

»Nur weil ich einem Möchtegern-Vergewaltiger den Arsch versohlt habe, heißt das nicht, dass ich kein Verantwortungsbewusstsein mehr habe. Ich werde selbstverständlich pünktlich hellwach sein und dich zum Flughafen bringen.«

»Gut, dann können wir ja die Korken knallen lassen«, beschloss Carey freudig und gab Gas. Das Auto fuhr mit einem Ruck aus der Parklücke, und die Reifen quietschten, als sie beim Verlassen des Parkhauses hart einlenkte.

Die Geschwister saßen wie erstarrt auf ihren Barhockern, während sie gebannt auf den Fernseher schauten und die neuesten Entwicklungen mitverfolgten.

»Noch ein Anschlag«, sagte Carey betrübt.

»Ein neuer Tag, ein neuer Anschlag«, entgegnete Lexi beinahe scherzhaft. Als sie sich im Lokal umsah, bemerkte sie, dass die Hälfte der Gäste gar nichts mitbekam, obwohl der Wirt die Musik ausgeschaltet und das TV lauter gestellt hatte. »Keinen interessiert es«, fuhr sie fort.

»Das ist nicht wahr.«

»Mach die Musik wieder an!«, grölte jetzt ein Mann an einem der hinteren Tische.

»Hörst du's Carey? Prompt hast du den Beweis dafür.« Lexi schwenkte einen Arm und zeigte auf den Kerl.

»Es gab Todesopfer, also etwas Respekt, bitte!«, blaffte Carey den Mann an.

»Was hab ich gesagt? Den Leuten ist es echt scheißegal«, betonte Lexi, bevor sie einen kräftigen Schluck von ihrem Cocktail nahm.

»Ich kann einfach nicht glauben, dass so etwas passiert. Mir kommt es vor, als würde mittlerweile alle zwei Tage ein Unglück geschehen«, klagte Carey. »Denkst du, wir sind hier sicher?«

»Absolut«, bekräftigte Lexi.

»Das verstört mich total«, fügte Carey hinzu, während sie angespannt dasaß, und sich das schauerliche Nachspiel des Bombenanschlags in Seattle anschaute.

»Dir wird hier nichts passieren.«

»Vielleicht sollte ich morgen nicht fliegen.«

»Sei kein solcher Angsthase. Ich glaube nicht, dass noch jemand versuchen wird, ein Flugzeug zu entführen. Warum sollte man außerdem einen solchen Aufwand betreiben, wenn man einfach Güterlastwagen in die Luft jagen oder Einkäufer in einem Shoppingzentrum erschießen kann?« Damit meinte Lexi Gepflogenheiten, die Terroristen mittlerweile beinahe regelmäßig an den Tag legten. Ausgeklügelte und sorgfältig koordinierte Attentate gehörten der Vergangenheit an. Man bestückte einfach Lkws mit Sprengstoff oder fiel an stark frequentierten Orten ein und ballerte wild um sich.

»Sie hat recht«, warf ein Mann von hinten mit dröhnender Stimme ein.

Als sich Lexi umdrehte, stand dort Jeff, der Sicherheitsangestellte.

»Anscheinend lassen die hier jeden rein«, rief sie spaßeshalber.

»Ha, und das aus dem Mund der Braut, die einen Mann erbarmungslos mit einem Tacker zusammengeschlagen hat«, konterte Jeff.

Carey sah ihn an und lächelte. »Wer ist das?«

»Ach so. Also Carey, das ist Jeff. Jeff – meine kleine Schwester Carey.«

»Hi«, begrüßte er sie.

»Freut mich, dich kennenzulernen.«

Er redete nicht lange um den heißen Brei herum, sondern kam direkt zu seinem Anliegen: »Carey, kannst du mir vielleicht erklären, was gestern vorgefallen ist?«

Sie lächelte ebenfalls und suchte den Blick ihrer Schwester. »Ich kenne Lexi logischerweise schon, seit ich denken kann, habe aber noch nie erlebt, dass sie so ausgerastet ist. Ich weiß, sie hat ein gehöriges Temperament, aber übergeschnappt ist sie bestimmt nicht.«

»Du hättest dabei sein müssen«, deutete Jeff an.

»Du warst Zeuge?«, fragte Carey.

Lexi schüttelte den Kopf, konnte sich ein breites Grinsen aber nicht verkneifen.

»Ja, wir arbeiten im selben Betrieb«, erwiderte er.

»Jetzt nicht mehr schätze ich«, antwortete Lexi verschmitzt.

»Stimmt vermutlich«, pflichtete ihr Jeff bei und lachte. »Aber wie geht es dir denn jetzt? Ich hätte nicht erwartet, dir ausgerechnet hier über den Weg zu laufen. Du stehst ja eigentlich nicht auf zwielichtige Bars.«

»Ich bin doch jetzt ein Exhäftling, da passt dieses Milieu zu meinem neuen Lebenswandel«, erklärte Lexi grinsend.

Jeff bestellte sich nun auch etwas zu trinken und setzte sich neben die beiden an die Theke.

Lexi kannte ihn zwar, allerdings nur von Betriebsfeiern nach Dienstschluss oder gesellschaftlichen Anlässen im geschäftlichen Zusammenhang. Als Mitglied der Sicherheitsabteilung arbeitete er in unterschiedlichen Schichten, weshalb sich die beiden nur sehr unregelmäßig gesehen hatten. Während ihrer zwei Jahre bei Bio-Gem hatte Lexi wiederholt mit Jeff herumgeplänkelt, aber nichts sonderlich Tiefschürfendes oder Bedeutsames besprochen. Sie fand ihn auf seine raue Art gut aussehend und schätzte sowohl sein gutes Benehmen als auch seine Höflichkeit.

Jeff war mit knapp zwei Metern ein großer Mann und sehr muskulös. Seit er der Army drei Jahre zuvor den Rücken gekehrt hatte, arbeitete er bei Bio-Gem, wofür ihm das Militär eine Weiterbildungsmaßnahme bezahlt hatte. Er war in El Cajon geboren und aufgewachsen, einer Kleinstadt östlich von San Diego. Da er aus einer armen Familie stammte, die nicht für einen höheren Bildungsweg hatte aufkommen können, war er der Armee beigetreten, um sich die weiterführende Schule auf diese Weise zu finanzieren. Nach vierjähriger Verpflichtung war er ausgeschieden und in seine Heimat zurückgekehrt. Er hatte zwar in Afghanistan gedient, war allerdings nie im Gefechtseinsatz gewesen. Als Verwaltungsfachangestellter war er die ganze Zeit über auf dem Stützpunkt geblieben und hatte seine Freizeit in der Sporthalle verbracht.

»Also raus mit der Sprache«, verlangte er nun von Lexi.

»Was willst du denn hören?«, fragte sie.

»Hast du einen Selbstverteidigungskurs gemacht oder so was?«

»Quatsch«, antwortete sie und trank noch einen Schluck.

»Ich habe eben noch nie zuvor gesehen, dass eine Frau einen Mann derart verprügelt hat, das war wirklich beeindruckend. Übrigens bist du jetzt so etwas wie eine Heldin im Betrieb, vor allem unter den weiblichen Angestellten.«

»Soll ich vielleicht noch einmal vorbeischauen und Autogramme geben?«, höhnte Lexi.

»Dann lass mich aber deine Managerin sein«, warf Carey ein.

»Und du mimst dann meinen Leibwächter«, sagte Lexi zu Jeff.

»Herzchen, ich glaube nicht, dass du einen brauchst.«

Der Wirt kam zu ihnen und stellte drei Schnapsgläser auf die Theke.

»Was ist denn das?«, fragte Lexi.

»Tequila, der geht aufs Haus. Ich habe mitbekommen, was Ihnen passiert ist«, erklärte er, während er ihnen Patrón einschenkte.

»Dann noch einen für Sie auf mich«, bat sie.

»Auf Sie? Meinen Sie mich oder den Drink?«, hakte er spöttisch nach und knallte noch ein Glas auf den Tresen.

Nun schaute sie ihn ungehalten an.

Die beiden anderen hielten kurz inne und fragten sich, wie Lexi wohl reagieren würde.

Sie nahm ihr Glas mit einer Zitronenscheibe, ohne den Blick vom Wirt abzuwenden und erwiderte: »Der letzte Typ, der mit mir auf Tuchfühlung gehen wollte, ist im Krankenhaus gelandet.«

Er ruderte zurück und sagte: »War nur ein Witz, nichts weiter.«

Lexis kritischer Blick schmolz dahin und sie rief: »Prost, ihr alle!«

»Prost!«, entgegneten die anderen einhellig.

Nachdem sie angestoßen hatten, tranken sie ihren Tequila.

Lexi stellte ihr Glas unüberhörbar ab. Aus dem Augenwinkel bekam sie immer noch mit, wie es am Unglücksort in Seattle weiterging. Die rotierenden und blinkenden Lichter von Feuerwehrautos, Kranken- und Polizeiwagen erhellten den Bereich vor dem Stadion. Nach wie vor strömte dichter, schwarzer Rauch aus dem riesigen Gebäude. Am unteren Bildschirmrand liefen die aktuellen Meldungen durch: »VERMUTLICH HUNDERTE TOTE, DUTZENDE VERMISST, MEHRERE HUNDERT WEITERE VERLETZT.« Einen Augenblick lang dachte Lexi an die Menschen, die heute gestorben waren. Irgendwo erfuhren gerade Familien, dass sie geliebte Angehörige verloren hatten, während sie selbst hier hockte, trank und es sich gut gehen ließ. Aber schließlich wies sie diese bedrückenden Vorstellungen von sich. Heute Abend wollte sie schließlich ihren Spaß haben, und sich nicht mit Tod oder Terrorismus befassen. Dies war *ihr* großer Abend, und sie hatte sich vorgenommen, das Beste daraus zu machen.

Als sie Carey betrachtete, wurde ihr warm ums Herz. Sie liebte sie wirklich sehr. Ihre Beziehung unterschied sich von einer herkömmlichen zwischen Geschwistern. Lexi liebte sie nicht nur als Schwester, sondern kümmerte sich auch um sie wie um eine Tochter. Sie hatten als Kinder viel Schlimmes in ihrem Elternhaus erleben müssen, nachdem ihr Vater gestorben war, doch Lexi hatte dafür gesorgt, dass Carey unbescholten und arglos geblieben war.

Während sie noch einmal im Geist Revue passieren ließ, wie sie mit Adam umgesprungen war, wunderte sie sich selbst über den Jähzorn, den sie an den Tag gelegt hatte. Es waren einfach Dämme gebrochen und längst verdrängte unangenehme Gefühle zum Vorschein gekommen. Sie wusste, es ließ sich nicht mehr ungeschehen machen, und wenn sie ehrlich zu sich selber war, hatte es richtig gutgetan. Ihr Verhalten hatte ihr durchaus Genugtuung verschafft. Ein paar Mal in ihrem Leben war sie mit Drogen in Berührung gekommen, doch keine hatte ihr je zu einem solchen Hoch oder Rausch verholfen. Sie fand es sehr erregend und fragte sich, ob sich deshalb in Zukunft etwas an ihrer Umgangsweise mit anderen Menschen, vor allem Männern, ändern würde.

Ihre Zukunft war ungewiss, doch darüber konnte sie sich ein anderes Mal Gedanken machen. »Hey, wie heißen Sie?«, fragte sie nun den Wirt.

»James.«

»Was dagegen, umzuschalten?«

»Äh, eigentlich würde ich gern auf dem Laufenden bleiben.«

»Ach, kommen Sie schon, das ist so deprimierend«, wandte Lexi ein.

Als James ihren Dackelblick sah, konnte er ihre Bitte einfach nicht ausschlagen. »Na gut.«

Er griff zur Fernbedienung und wählte einen Sportsender. »Okay so?«

»Einwandfrei!«

Sie wandte sich wieder ihrer Schwester und Jeff zu. Die beiden führten gerade eine ungezwungene Unterhaltung, so wie es sich anhörte. Nachdem sie sich wieder zu James umgedreht hatte, rief sie: »Bedienung! Noch 'ne Runde! Heute Nacht machen wir einen drauf!«

5. Dezember 2014

»Jedem Ende entspringt ein neuer Anfang.«

Plinius der Ältere

Solana Beach, Kalifornien

Carey atmete tief ein und fuhr hoch, als sei sie von einem Elektroschock geweckt worden. Sie schaute sich in der kleinen Wohnung um, während sich ihre Augen langsam an das Licht gewöhnten. Es war schon später Morgen, und die Sonne fiel durch die Jalousien, also musste sie sich beeilen. Sie sprang von der Couch auf – ihrem Bett in der vergangenen Woche – und begann, sich hastig anzuziehen. »Lexi! Wach auf, steh auf! Wir sind schon spät an!«, rief sie, während sie durch das kleine Zweizimmerappartement rannte und ihre Sachen überstreifte.

Ihre Schwester war wach und hörte sie, machte aber keine Anstalten, aus den Federn zu kriechen. Stattdessen packte sie ein Kissen und drückte es sich auf ihren brummenden Schädel. Nachdem die Party zu ihrer Unzufriedenheit um zwei Uhr in der Früh ausgeklungen war, hatte sie zu Hause weitergefeiert und Jeff dazu eingeladen.

Carey stürmt halb bekleidet auf Lexis Schlafzimmer zu, blieb aber schlagartig stehen, als Jeff aus dem Bad in den Flur trat.

»Guten Morgen«, begrüßte er sie, während er sich am Kopf kratzte.

»Entschuldige«, sagte sie und schob sich an ihm vorbei in das andere Zimmer. Sie ging zum Bett, nahm das Kissen und warf es quer durch den Raum. »Komm auf die Beine, wir haben verpennt. Deine Uhr funktioniert nicht, aber so wie's draußen aussieht, ist es schon nach neun. Jetzt mach endlich!«

»Oh, ich hab Kopfweh«, stöhnte Lexi.

Carey hastete zurück ins Wohnzimmer. »Wo ist mein Handy? Hast du es gesehen?«, fragte sie Jeff, der gerade in der Küchennische ein Glas Wasser trank.

»Nein«, antwortete er. »Äh, was ist denn mit dem Strom los?«

»Das weiß ich nicht, aber ich brauche dringend mein Handy«, rief Carey auf dem Weg zur Couch.

Lexi hatte ein schlechtes Gewissen, weil sie ihrem Versprechen nicht nachgekommen und früh aufgestanden war, doch ihr Schädel schmerzte nach dem stundenlangen Trinken entsetzlich. Sie schaute auf ihren Nachttisch und sah ihr eigenes Handy. »Ich hab meins hier«, rief sie Carey zu. Als sie über den Touchscreen fuhr, tat sich allerdings nichts, also drückte sie den Einschaltknopf, doch der Bildschirm blieb weiterhin schwarz. Nachdem sie alles versucht hatte, warf sie es zurück auf den Nachttisch und ließ sich wieder auf ihre dicken Kissen sinken.

Carey schob nun Flaschen, Gläser und Chipstüten auf dem Couchtisch beiseite, während sie weiterhin ihr Gerät suchte. »Wo ist denn nur mein Handy?«

Lexi sah ein, dass sie aufstehen musste, also tat sie es schweren Herzens. Sie zog einen Bademantel an und verließ ihr Zimmer. »Sorry, Schwesterchen, ich zahl dir auch den nächsten Flug, Ehrenwort.«

»Mann, wo ist es denn nur?«, meinte Carey stöhnend.

Jeff schaute dabei zu, wie sie hektisch herumstöberte. »Sag mir doch deine Nummer, dann rufe ich dich an«, schlug er vor, während er sein eigenes Telefon aus der Gesäßtasche seiner Hose zog.

»415-555 …«

»Vergiss es, meins funktioniert auch nicht«, unterbrach er sie, während er daran herumfummelte. »Hmm. Hey, hast du ein 5S-Ladekabel?«

»Ja, liegt auf der Küchentheke«, erwiderte Lexi, dann wandte sie sich an Carey. »Schwesterchen, beruhige dich, das ist ja schon beinahe Zwangsverhalten«, ermahnte sie Carey.

»Ich hab's!«, rief Carey erfreut, als sie ihr Handy zwischen zwei Kissen entdeckte. Aber sie sah, dass die Anzeige dunkel war, und als sie es einschalten wollte, tat sich nichts. »Scheiße, auch tot.«

»Carey, bitte schrei hier nicht wegen jedem Mist rum. Mein Kopf tut weh«, beschwerte sich Lexi.

»Beeilung, zieh dich an«, drängte sie Carey und warf ihr Telefon auf den Tisch.

»Was ist denn hier los? Der Strom muss ausgefallen sein«, sagte Lexi, nachdem sie vergeblich mehrere Lichtschalter betätigt hatte. Sie trat vor ein breites Fenster und öffnete die Jalousien.

Helles Sonnenlicht flutete das Zimmer. Carey hatte Recht, es war garantiert schon später als neun Uhr morgens.

Lexi schaute hinaus und dann nach unten auf den Parkplatz vor dem Gebäudekomplex, in dem sich ihre Eigentumswohnung befand. Vom ersten Stock aus konnte sie sehen, dass mehrere Nachbarn an ihren Autos herumwerkelten. Das fand sie zwar seltsam, dachte aber nicht weiter darüber nach. Sie wandte sich ab, kehrte ins Schlafzimmer zurück und nahm ihr Handy zu Hand. »Bin gleich zurück«, sagte sie zu den anderen, als sie wieder herauskam. »Ich laufe nur schnell zu meinem Wagen und lade das Ding dort auf.«

Als sie die Wohnungstür öffnete, wurde es noch heller.

»Ich komme direkt mit dir«, bot ihr Carey an.

Jeff äußerte sich nicht. Er blieb in der Küche stehen und trank noch mehr Wasser.

Vom Balkon des Obergeschosses aus genoss man einen umfassenden Ausblick auf das gesamte Gelände, das sich über drei Morgen erstreckte. Rechter Hand lag der Parkplatz, wo die Anlieger, die an offensichtlich defekten Fahrzeugen arbeiteten, nun auch Carey auffielen.

»Ich glaube, so viele deiner Nachbarn habe ich noch nie auf einmal an einem Ort gesehen«, meinte sie verunsichert.

»Das geschieht auch nur einmal im Jahr, wenn wir uns an einem Sommerabend treffen, aber zu dieser Zeit ist es wirklich merkwürdig.« Lexi bezog sich damit auf die jährliche Gemeindefeier in Palm Grove.

Der Luxuskomplex Palm Grove Condomiums befand sich zwei Meilen westlich der Küste von Solana Beach. Er bestand aus vier zweistöckigen Gebäuden mit weißen Stuckfassaden auf drei Morgen Land. In jedem von ihnen waren zwanzig Eigentumswohnungen untergebracht, je zehn auf beiden Seiten und fünf pro Etage. Ihre Bauform entsprach einem U mit einem großen Swimmingpool und Gemeinschaftshaus in der Mitte. Ein Geflecht aus Gehsteigen verband alle Wohnbunker und öffentlichen Einrichtungen miteinander. Kleine sorgfältig getrimmte Grünflächen ... Rasen, Hecken, Dattelpalmen und blühende Pflanzen umgaben jedes Gebäude.

Im Verhältnis zur Wohnsituation in San Diego insgesamt war die Anlage schon etwas älter, gebaut bereits in den Achtzigern, befand sich allerdings in herrlicher Lage und hatte preislich Lexis finanziellem Spielraum entsprochen. Sie hätte sich zwar auch eine größere Bleibe leisten können, hatte sich aber geweigert, Geld von ihrer Mutter anzunehmen, die äußerst wohlbetucht war. Ihre Beziehung zueinander war bereits angespannt gewesen, als sie noch daheim gelebt hatte, und nur noch schlimmer geworden, als sie mit achtzehn ausgezogen war, um ein auswärtiges College zu besuchen. Obgleich ihre Mutter bemüht gewesen war, sich Lexi wieder anzunähern, spielte dies keine Rolle mehr, weil sie die Frau schon lange vorher aufgegeben hatte. Carey stellte die Ablehnung ihrer Schwester zwar infrage, hatte es aber nie geschafft, sie zu einem offenen Gespräch darüber zu bringen. Lexi verachtete ihre Mutter aus welchen Gründen auch immer und wollte einfach nicht damit herausrücken.

Jetzt gingen die beiden gemeinsam hinunter zum Parkplatz. Sie sahen, dass immer mehr Nachbarn ihre Wohnungen verließen und mit besorgten Gesichtern zusammenkamen. Lexi drückte auf ihren Schlüsselanhänger, um die Zentralverrieglung ihres Honda Accord zu entsichern, doch die Blinker leuchteten nicht auf, wie es ansonsten der Fall war.

»Hmm, funktioniert auch nicht«, brummte sie und schaute auf den Schlüssel in ihrer Hand, um sich zu vergewissern, dass es auch der richtige war. Noch mehrere Male drückte sie den Knopf, doch nichts geschah. Abgesehen von ihrem Handy und dem Stromausfall bestärkte dies den Verdacht, dass etwas ganz und gar nicht in Ordnung war. Als sie sich umschaute, erkannte sie, dass es ihr nicht allein so ging, denn auch die anderen Anlieger versuchten, ihre Autos zu entriegeln und zum Laufen zu bringen.

Sie steckte den Schlüssel daraufhin in die Tür, um diese manuell zu öffnen. Dann stieg sie ein und schob ihn ins Zündschloss, hielt jedoch kurz vor dem Umdrehen inne und sprach ein kurzes Gebet: »Bitte spring an. Bitte.« Schließlich probierte sie es, doch nichts geschah. Es klickte nicht einmal. Das Auto war offenbar kaputt. Sie betätigte die Zündung wieder und wieder in der törichten Hoffnung, der Motor würde bei irgendeinem willkürlichen Versuch aufheulen, aber da war nichts zu machen.

»Was ist denn los?«, fragte Carey.

»Die Kiste springt nicht an. Nichts funktioniert mehr«, antwortete Lexi mit frustriertem Unterton in der Stimme. »Komplett lahmgelegt.«

Verärgert lehnte sie ihren Kopf gegen die Nackenstütze, schloss die Augen und geriet ins Grübeln. Was mochte wohl die Ursache dafür sein?

Als sich Carey umschaute, fiel ihr plötzlich eine Gruppe in der Nähe auf. Sie lief in der Absicht hinüber, sich dort schlauzumachen.

Lexi litt noch immer unter hämmernden Kopfschmerzen und fühlte sich nach ihrem starken Alkoholkonsum gestern wie ausgetrocknet. Ratlos und erschöpft legte sie den Kopf auf das Lenkrad und überlegte weiter.

Sie zuckte erschrocken zusammen, als plötzlich jemand laut auf das Dach des Wagens klopfte.

Als sie hochschaute, stand Jeff neben ihr.

»Du hast mir einen Riesenschrecken eingejagt!«, sagte sie.

»Sorry.«

»Du bist doch im Sicherheitsbereich tätig, was ist hier los?«, fragte sie.

»Ich weiß nicht so recht, ob ich als Fachmann durchgehe, nur weil ich Gebäude auf unverschlossene Türen hin absuche und Zugangsausweise herausgebe, aber mir ist auf jeden Fall klar, dass hier etwas ganz und gar nicht stimmt«, antwortete er. »Mach kurz die Haube auf, ich werfe mal einen Blick auf den Motor.«

Sie tat wie geheißen.

Jeff verstand zwar nicht viel von Autos, sah sich aber gezwungen, zumindest nachzuschauen.

»Irgendwas Auffälliges?«, fragte Lexi beim Aussteigen.

»Offengestanden weiß ich gar nicht, wonach ich suchen soll, aber wenn ein Wagen nicht mal einen Ton von sich gibt, muss man wohl davon ausgehen, dass es an der Batterie oder an der Lichtmaschine liegt.«

Auf dem Parkplatz standen noch mehrere Dutzend Fahrzeuge mit offenen Hauben herum.

Carey kam nun sichtlich aufgeregt zu ihnen zurückgelaufen. »Ich weiß, was los ist!«

»Ist es etwas Erfreuliches?«

»Äh, nein«, gestand sie rundheraus.

»Du wirkst aber trotzdem froh und regelrecht ausgelassen«, wandte Lexi ein.

»Problem erkannt, Problem gebannt, ist das nicht so ein Sprichwort von dir?«, erwiderte ihre Schwester in Erinnerung an eine Redewendung, die Lexi regelmäßig verwendete.

»Egal, was hast du erfahren?«, drängte sie Carey.

Jeff bewegte seinen wuchtigen Leib um den Wagen herum und stellte sich hinter sie.

»Der Kerl da hinten meinte, es sei ein Terroranschlag«, berichtete Carey, während sie auf eine Handvoll Personen zeigte, die an einem anderen Auto standen. »Er heißt Greg.«

»Welche Art von Anschlag denn?«, fragte Jeff.

»Er meinte irgendwas von einer Atombombe«, kam es wie aus der Pistole geschossen.

Nun da Lexi gehört hatte, dass es sich vielleicht um einen Angriff handelte, ging sie schnell zu der Gruppe hinüber.

»Wer von euch ist Greg?«

Ein dicker junger Mann hob die Hand.

»Warum glaubst du, dass das ein Terroranschlag gewesen ist?«, wollte sie von ihm wissen.

Als er sie anschaute, erkannte er sofort den Stress und die Furcht in ihren Augen.

Jeff kam mit Carey hinterher und blieb erneut hinter Lexi stehen.

»Hi, freut mich, dich kennenzulernen«, entgegnete der Mann.

»Meine Schwester meinte, du seist dir sicher, es handele sich um einen Anschlag«, beharrte Lexi.

»Ich habe nie behauptet, ich sei mir *sicher*, sondern nur logisch gedacht, weshalb ich sagen würde, es war entweder ein heftiger KMA oder ein EMP.«

»Was soviel heißt *wie?*«, hakte sie genervt nach.

Jeff mischte sich ein. »EMP bedeutet Elektromagnetpuls. Darüber habe ich etwas in der Army gelernt. Die andere Abkürzung kenne ich allerdings auch nicht.«

»Koronaler Massenauswurf, eine Sonneneruption«, erklärte Greg.

»Eine *was?*«, fragte Lexi.

Die Sonne stößt hoch aufgeladene Radioaktivpartikel aus, die das Stromnetz überfordern, doch ein EMP kann größere und gezieltere Schäden an kleinen Elektrogeräten anrichten, beispielsweise an unseren Handys, die dann nicht mehr angehen, oder Autos, deren Motoren sich weigern, anzuspringen.« Greg machte einen stolzen Eindruck und schien sich eine Menge auf seine Fachkenntnisse einzubilden.

»Woher weißt du denn das alles?«, wunderte sich Lexi. »Bist du ein Wissenschaftler oder so etwas?«

»Dieser Typ? Gott bewahre, nein«, warf einer der Männer ein, die ringsherum standen.

»Kein Wissenschaftler, aber ich kenne mich in dem Bereich aus«, warf Greg zu seiner Rechtfertigung ein.

»Er arbeitet in einer Apple-Filiale im Einkaufszentrum Westfield«, prustete ein anderer Mann los, weil er lachen musste.

»Hört mal, Leute, das ist etwas Ernstes, und ich bin mir ziemlich sicher, dass ich recht habe«, betonte Greg, um seine Theorie zu verteidigen.

Lexi verarbeitete nur langsam, was er da gerade geschildert hatte. Sie wusste zwar nicht, ob sie ihm glauben sollte, doch ungeachtet dessen ging hier etwas vor sich, was sie extrem beunruhigte.

»Kannst du dir noch etwas anderes vorstellen?«, fragte sie mit dem Vorsatz, noch mehr Informationen zu erhalten.

»Na ja, eigentlich nicht«, antwortete Greg.

»Wie lange dauert es denn, bis alles wieder läuft?«, bohrte sie weiter nach.

Er sah sich verlegen um, bevor er entgegnete: »Dazu wird es vermutlich nicht mehr kommen. Denn falls es wirklich ein EMP war, hat er alles kaputtgemacht. Ich kann nicht sagen, ob es nur hier bei uns passiert ist oder landesweit, doch anhand dessen, was ich von der Materie verstehe, können wir uns darauf einstellen, eine ganze Weile im Dunkeln zu sitzen.«

Lexi wurde kreidebleich. Sie wusste, was das bedeutete, und bekam es deshalb zusehends mit der Angst zu tun.

»Ich fürchte mich«, gab Carey zu und hielt sich am Arm ihrer Schwester fest.

Lexi bedrängte Greg weiter: »Unsere Autos, das Licht … also wird nichts von alledem wieder funktionieren? Das willst du uns damit sagen?«

»Mehr oder weniger, ja.«

Jeff zog sich nun hinter der Gruppe zurück und ging zu seinem Pick-up, einem Chevy Silverado.

Lexi beobachtete, dass er genauso verfuhr wie sie zuvor. Er probierte die Zentralverrieglung aus – nichts geschah. Dann öffnete er von Hand, woraufhin die Zündung genauso wenig wie alles andere reagierte. Nach mehreren Versuchen stieg er wieder aus und zuckte mit den Achseln.

»Was sollen wir denn jetzt tun?«, fragte Carey ihre Schwester ängstlich.

»Das weiß ich nicht. Ich brauche Zeit zum Überlegen«, erwiderte Lexi.

»Darf ich dir einen Rat geben?«, erkundigte sich Greg.

»Gern«, antwortete sie.

»Wenn ihr klug seid, verschwindet ihr schleunigst aus dieser Stadt.«

Das sah Lexi gar nicht ein. »Warum denn das?«

»Weil die Leute durchdrehen werden, sobald alle begreifen, dass der Strom dauerhaft weg ist und niemand kommen wird, um ihnen zu helfen.«

»Du denkst, dass uns niemand unterstützen wird, weder die Polizei noch das Militär, kein Mensch?«, fragte Lexi.

»Das ist nicht in Stein gemeißelt, doch falls es so ist, wie ich vermute, handelt es sich um einen Elektromagnetpuls, und die Regierung wird damit heillos überfordert sein. Wir sind dann auf uns allein gestellt. Niemand wird kommen, um uns zu beschützen.«

»Das hört sich fast so an, als ob du vom Ende der Welt sprechen würdest«, warf Carey mit brechender Stimme ein.

»Wie gesagt, ich weiß es nicht sicher, doch alles deutet auf einen EMP-Angriff hin. Eure allererste Reaktion darauf sollte darin bestehen, eine Möglichkeit zu finden, von hier zu verschwinden, und zwar so schnell wie möglich.«

»Aber warum«, wiederholte Lexi, »und wohin?«

»Egal, Hauptsache raus aus dieser Stadt, denn hier wird es bald drunter und drüber gehen.«

Gregs letzte Worte klangen in Lexis Kopf nach. Das alles hörte sich so niederschlagend und hoffnungslos an, gleichzeitig aber auch unglaublich. Weil sie sich irgendwie beschäftigen wollte, kehrte Lexi in ihrer Wohnung zurück und suchte etwas zu essen. Sie öffnete den Kühlschrank und starrte auf die leeren Fächer. Ihr Magen knurrte, doch sie hatte kaum Lebensmittel im Haus. Als sie den Hängeschrank öffnete, wo sie ihre Vorräte aufbewahrte, sah die Auswahl äußerst dürftig aus. Wütend knallte sie die Schranktür zu.

»Was hast du denn?«, fragte Carey, die schon nervös an ihren Fingernägeln kaute.

»Ich bin hungrig, aber es ist nichts zu essen da.«

»Hast du schon im Gefrierfach nachgeschaut?«

Nun fiel Lexi ein, dass sie noch eine Dose Eiscreme hatte. Sie öffnete das Fach und machte fast einen Freudensprung, als sie den schwitzenden Behälter Häagen-Dazs Schokoladeneis sah. »Volltreffer!« Sie nahm ihn heraus und zog den Deckel ab. »Das wird erst einmal reichen.«

»Ich will zu Mom«, sagte Carey plötzlich.

»Vergiss es«, stellte Lexi klar.

»Was sollen wir denn machen? Uns einfach hier hinsetzen und warten?«

»Vorerst wüsste ich sonst nichts Besseres.«

»Mom weiß bestimmt, was wir tun können«, behauptete Carey.

»Äh, nein, sie weiß überhaupt nichts.«

»Wir müssen aber doch irgendetwas unternehmen.«

»Das tue ich doch«, erwiderte Lexi und ging wieder zur Küchennische zurück.

»Was denn?«

»Ich esse! Das muss ich auch, weil ich am Verhungern bin«, scherzte Lexi. »Ich schlage vor, dass du es mir gleichtust.«

»Ich bin aber gar nicht hungrig.«

Lexi verlor ihren Witz nicht und antwortete: »In den meisten Ländern hält man es für eine Sünde, dieses Zeug schmelzen zu lassen.«

»Lex, wirklich, ich finde, wir sollten so schnell wie möglich zu Mom nach Hause«, wiederholte Carey.

»Na dann besuch sie doch. Ich habe keine Lust, sie zu sehen, und außerdem weißt du doch noch nicht mal, ob sie überhaupt da ist«, gab Lexi zu bedenken, bevor sie sich einen Löffel mit schmelzendem Eis in den Mund steckte.

»Als ich das letzte Mal mit ihr telefoniert habe, hieß es, sie käme im Laufe des Tages zurück.«

Lexi kniff ihre Augen leicht zusammen und beugte den Kopf zur Seite. »Moment mal, du hast doch behauptet, du hättest nicht mit ihr gesprochen. Hast du mich etwa angelogen?«

»Was sollte ich denn tun? Dich einfach im Knast sitzenlassen? Sie hat mir die Kohle vorgestreckt, um dich auszulösen!«

»Carey, du hast mir versprochen, ihr nichts davon zu erzählen!«

»Ich wusste nicht, was ich machen sollte«, schluchzte die Jüngere plötzlich auf.

Lexi wurde rot im Gesicht. Sie kratzte einen dicken Klumpen der zerrinnenden Masse aus der Dose, schnippte ihn auf ihre Schwester und traf sie mitten an der Brust.

»Hey, was soll das?«, regte sich Carey auf.

»Du Kröte weißt ganz genau, was ich von Mom halte. Das geschieht dir recht.«

»Wären Mom und ich nicht gewesen, würdest du immer noch im Gefängnis stecken. Wir wär's mal mit ein bisschen Dankbarkeit?«, schimpfte Carey und nahm das Eis zwischen zwei Finger. Sie bewarf ihre Schwester damit und fuhr sie an: »Bedank dich gefälligst!«

Lexi löffelte noch einen Klumpen Eis aus der Packung und schleuderte ihn auf ihre Schwester.

Carey rächte sich mit einem Kissen von der Couch.

Nicht lange und die beiden jungen Frauen bewarfen einander mit allem, was sie in die Hände bekamen.

Ein lautes Klopfen an der Wohnungstür trieb ihnen die kindischen Flausen aber spontan wieder aus.

»Wer kann das sein?«, fragte Carey.

»Vielleicht Jeff.« Lexi riss sich zusammen, lief zur Tür und öffnete sie. »Oh, hallo Liz.«

Es war eine ihrer Nachbarinnen aus dem Gebäude nebenan. Lexi wollte sie nicht als Freundin bezeichnen, weil dieser Titel nur wenigen Erlesenen vorbehalten war. Wohingegen viele den Begriff inflationär gebrauchten, nannte Lexi wirklich nur diejenigen Freunde, die sie extrem gut kannte und für vertrauensselig hielt. Sie meinte oft zum Spaß, um bei ihr als Freund oder Freundin durchzugehen, müsse man bereit sein, sich mit ihr beerdigen zu lassen.

»Habt ihr es schon gehört?«, begann Liz aufgeregt.

»Was gehört?«, erwiderte Lexi.

»Der Grund für den Stromausfall ist ein Terroranschlag«, berichtete Liz, während sie über die Schulter ihrer Nachbarin schaute.

»Willst du vielleicht reinkommen?«, bot Lexi ihr widerwillig an. Sie mochte die Frau nicht sonderlich, weil sie zu weitschweifigem Gelaber neigte und alles immer sofort in einen politischen Zusammenhang stellte, wann immer sich eine Gelegenheit dazu auftat.

»Ja, gern.« Mit diesen Worten trat Liz ein.

Lexi schloss die Tür und folgte ihr zur Couch.

»Wir haben auch davon gehört«, meinte Carey, die gerade ihr Shirt abputzte.

»Das ist echt gruselig«, entgegnete Liz und nahm neben ihr Platz, wobei sie darauf achtete, sich nicht in das geschmolzene Eis zu setzen.

»Einer der Männer aus der Nachbarschaft meinte, wir sollten die Stadt sofort verlassen. Er behauptet, dass die Leute hier bald verrückt spielen werden«, erzählte Carey.

»Man kann sich schon Sorgen darüber machen, aber glaubt doch solchen Unsinn nicht. Ich bin mir sicher, dass sich der Präsident schon dahintergeklemmt hat«, meinte Liz zuversichtlich.

Lexi verdrehte die Augen und ließ sich in ihren Sessel mit den dicken Polstern fallen.

»Was ist? Das stimmt, uns wird schon nichts passieren. Wir müssen vor allem Ruhe bewahren. Hört nicht auf diese Aluhüte tragenden Typen aus dem rechten Lager und auf ihre bescheuerten Verschwörungstheorien. Mir ist auch zu Ohren gekommen, was Greg von sich gibt, aber er ist einfach nur verrückt. Ich finde, wir sollten es so hinnehmen, wie es ist, und das Ganze genießen. Bald wird die Regierung das Militär herschicken und sich um alles kümmern, verlasst euch drauf.«

»Genießen?«, hakte Lexi nach.

»Ja, seht das Ganze doch als Urlaub! Entspannt euch und habt Spaß«, legte ihnen Liz mit einem strahlenden Lächeln nahe.

Lexi atmete aus und dachte über diesen Ratschlag nach. Sie wäre gern so zuversichtlich wie Liz, brachte es aber nicht fertig. Schon vor langer Zeit war ihr eingebläut worden, sich auf nichts und niemanden zu hundert Prozent zu verlassen. Außerdem konnte sie nicht glauben, dass alles so glimpflich ausgehen würde. Mochte es vielleicht nicht so schlimm werden, wie Greg es in Aussicht gestellt hatte, war es aber trotzdem keineswegs so wunderbar wie in Liz' Darstellung.

Lexi konfrontierte diese deshalb damit. »Wenn du das Militär und die Regierung für so toll hältst, warum haben sie es dann überhaupt erst so weit kommenlassen?«

»Die Republikaner sind schuld allem.«

»Hä?«, erwiderte Lexi.

»Ja doch. Jede Wette, das war bloß die Rache für all die Kriege unter ihrer Führung.«

Carey schaltete sich nun ein: »Also weißt du …«

Lexi warf ihr einen finsteren Blick zu.

»Was denn?«, fragte ihre Schwester daraufhin.

»Liz, ich kann deine aufrichtige und flammende Begeisterung ja durchaus mitempfinden«, fuhr Lexi fort, »doch mir fehlt einfach die Energie, mich hier hinzusetzen und mir etwas von Politik erzählen zu lassen.«

»Ich erzähle euch doch nichts von Politik, sondern ich nenne bloß Fakten«, entgegnete die Frau, um sich selbst in Schutz zu nehmen.

»Das sind keine Fakten, das ist nur deine Meinung.«

»Warum sonst sollte uns denn jemand angreifen? Das muss einfach eine Reaktion auf die Kriege im Irak und in Afghanistan sein.«

»Klär mich bitte auf, falls ich mich täusche, aber ging 9/11 diesen Kriegen nicht voraus?«, fragte Lexi.

»Das war doch auch nur eine Retourkutsche auf das imperialistische Gehabe der Republikaner.«

Lexi hielt sich an den Armlehnen des Sessels fest und stand auf. »Alles klar.«

»Du bist doch nicht etwa selbst Republikanerin, oder?«, entgegnete Liz entsetzt. »Wie kann das sein? Du bist doch eine Frau.«

»Ich bin weder Republikanerin noch Demokratin. Ich bin jemand, der es verflucht noch mal leid ist, sich solchen Mist anhören zu müssen. Die Tür ist gleich dort hinten, du findest bestimmt allein hinaus.«

»Frechheit!«, schnaubte Liz.

Carey lachte in sich hinein.

Die Frau stolzierte jetzt tatsächlich zur Tür, drehte sich aber noch einmal um und sagte: »Wartet nur, das Ganze ist in ungefähr 'ner Woche gegessen, und dann können wir dem Präsidenten dafür danken, dass er alles geklärt hat. Er wird uns wieder einmal aus der Bredouille holen.«

»Welcher Gaul ist bloß mit dir durchgegangen?«, fragte Lexi.

Liz schnaubte noch einmal und packte dann den Türgriff.

»Verschwinde und pilgere mit deinen beknackten und geistlosen Zombie-Freunden zum Altar eures Präsidentenhalbgottes!«, rief Lexi ihr hinterher.

Liz öffnete die Tür, ging hinaus und schlug sie heftig hinter sich zu.

Lexi konnte nicht mehr aufhören, sich über sie lustig zu machen. »Kein Mann, keine Frau sollte so verehrt werden. Denk lieber mal an dich selbst, du Versagerin!«

»Himmel, Lexi! Ich hätte nie gedacht, dass du dich dermaßen über den Präsidenten aufregen kannst.«

»Das tue ich doch gar nicht. Der ist mir vollkommen egal. Allerdings hasse ich Ideologen, die die Welt nur durch eine Politbrille wahrnehmen. Die ganze Vorstellung, eine Partei sei so großartig und die andere so schlecht, ist doch vollkommen unreif und ignorant. Wusstest du, dass Adam für die Demokraten gestimmt hat? Echt, während sie predigen, die Gegenseite sei genau so schlimm, führt er munter einen persönlichen Krieg gegen Frauen, also braucht mir niemand weiszumachen, eine Partei sei tadellos und die andere schuld an allen schlechten Geschehnissen. Das ist doch total hirnloser Bockmist.«

»Meine Güte, du bist ja ganz schön in Fahrt!«, staunte Carey.

Lexi ließ sich wieder in den Sessel sacken und holte tief Luft. »Mir gehen die Leute einfach extrem auf den Zeiger, besonders wenn sie sich politisch engagieren. Das sind doch ausnahmslos Deppen.«

Wieder klopfte es laut an der Tür, sodass die beiden zusammenzuckten.

»Hat sie etwa noch nicht genug?«, fragte Carey auf Liz bezogen.

»Oh je, hoffentlich schon«, antwortete Lexi, erhob sich und öffnete. »Gott sei Dank, du bist es.« Jeff stand vor der

Tür, und sein Gesicht und seine Arme wiesen eindeutig darauf hin, dass er sich geprügelt hatte. »Wo bist du denn unter die Räder gekommen?« Lexi zog ihn in die Wohnung hinein.

»Hatte 'ne kleine Schlägerei. Zum Glück hat mir dein Nachbar geholfen.«

»Welcher Nachbar?«, erwiderte Lexi.

»Frank von nebenan, ein alter Latino. Er hat angeblich früher beim Grenzschutz gearbeitet.«

Lexi überlegte eine Weile. Der Name sagte ihr gar nichts, aber sie erinnerte sich tatsächlich an einen alten Mann, dem die naheliegende Wohnung gehörte. Er lebte zurückgezogen, weshalb sich ihr Austausch, seit er dort lebte, aufs Grüßen beschränkte. »Ach so, der Kerl.«

Als Jeff das Wohnzimmer betrat, stieß er auf das Durcheinander der Schwestern. »Was ist denn hier passiert?«

»Ach, wir hatten 'ne Kissenschlacht.«

Er pflanzte sich in den Sessel. »Habt ihr was zu essen hier?«, fuhr er fort.

»Lustig, dass du das fragst«, entgegnete Lexi.

Carey gab ihm zur Antwort: »Nein, hat sie nicht.«

»Ich könnte ein ganzes Pferd verdrücken«, meinte Jeff stöhnend.

»Ich auch, aber sollten wir dich nicht erst einmal verarzten?« Lexi zeigte auf die blutigen Schrammen an seinen Armen und Wangen.

»Mir geht's gut, das ist nichts Ernstes«, versicherte er ihr, während er an sich hinunterschaute.

»Wo hast du dich denn geprügelt?«, wollte Carey wissen.

»Nicht weit von hier, in der Nähe der Joghurteisdiele an der Ecke zum Freeway. Als ich dort zufällig vorbeikam, rief plötzlich eine Frau um Hilfe. Ich ging dem Schrei nach und fand sie in ihrem Auto, umzingelt von drei Typen. Lange Rede, kurzer Sinn: Ich fragte, was sie für ein Problem hätten, und zur Antwort handelte ich mir einen Schlag von der Seite gegen den Schädel ein. Ich ging sofort in die Knie. Dabei konnte ich noch von Glück reden, denn dein Nachbar tauchte plötzlich wie aus dem Nichts auf und verjagte die Kerle.«

»Und was geschah mit der Frau?«, fragte Carey.

»Sie ist weitergefahren.«

»Ihr Auto funktionierte noch?«, fragte Lexi erstaunt.

»Ja, und um genau zu sein, habe ich noch weitere fahrende Autos gesehen. Das waren aber alles ausnahmslos ältere Modelle.«

»Was hatte Frank denn dort zu suchen?« Lexi konnte sich nicht erklären, weshalb er dort gewesen war.

»Er hat gemeint, er sei gerade von der Arbeit gekommen und wollte nach Hause gehen«, erzählte ihr Jeff, bevor er einen anderen Ton anschlug. Er stockte ganz kurz und sprach dann mit tieferer Stimme weiter. »Was dieser Greg vorhin behauptet hat, stimmt laut Frank.«

»Von wegen dies sei das Ende der Welt?«, fragte Lexi.

»Sozusagen, ja.«

Carey begann wieder, nervös an ihren Fingernägeln zu kauen.

»Was sollen wir denn deiner Meinung nach machen?«, fuhr Lexi fort.

»Nahrungsmittel suchen! Wir brauchen dringend Essen und Trinken«, antwortete Jeff. »Danach überlegen wir uns einen Plan.«

»Und wo sollen wir die Sachen herkriegen?«

»Vom Vons-Supermarkt unten an der Straße.«

Lexi entgegnete skeptisch: »Wie sollen wir denn für Lebensmittel bezahlen, solange der Strom ausgefallen ist?«

»Ich hab noch hundertzwanzig Dollar, und du?«, fragte er.

»Höchstens zwanzig«, antwortete Lexi.

Carey ließ kurz von ihren Fingernägeln ab und meinte: »Ich trage gar kein Bargeld bei mir.«

»Womit du schon wieder ein Paradebeispiel für die Generation Y abgibst.«

Carey zeigte ihm daraufhin einen ausgestreckten Mittelfinger.

Lexi lenkte schnell ein: »Genug geredet, machen wir uns auf die Socken, bevor es dunkel wird.«

Mit jeder weiteren Minute, die verging, wurde Lexi bewusster, was geschehen war. Es gab keine plausiblere Erklärung als jene von Greg, und dass Frank sie als ehemaliger Regierungsbeamter im Gesetzesvollzug bestätigt hatte, bereitete ihr extremes Unwohlsein.

Als sie die Wohnung verließen, ging Lexi voran. Sie eilte die Treppe hinunter und stapfte zielstrebig auf die Straße zu.

Carey war direkt hinter ihr. Sie hatte einen Kapuzenpullover mitgenommen, um sich an jenem frischen Dezembernachmittag warmzuhalten. Mit fast 1,74m war sie ein Stückchen größer als ihre Schwester und trug ihr fülliges braunes Haar, das bis auf die Schultern fiel, meistens zusammengebunden. Im Gegensatz zu Lexi, die ihre Haare blond gefärbt hatte, mochte sie ihren natürlichen Ton. Auch wenn sie vorgab, gegen Trends immun zu sein, schlug Carey doch unwillkürlich in die gleiche Kerbe wie alle anderen, die vorgaben, gegen den Konsens zu rebellieren. Sie kaufte ihre Kleider größtenteils leicht gebraucht, schminkte sich so gut wie gar nicht und ließ nach Möglichkeit nur natürliche Pflegemittel an ihre Haare.

Lexi gefiel dieser Stil nicht unbedingt, aber sie war froh darüber, dass Carey wenigstens nicht so weit über die Stränge schlug, wie so einige Frauen, die einen alternativen Look für sich gewählt hatten.

»Lexi, Lexi, warte doch mal!«, rief eine Frau aus einer Wohnung im Erdgeschoss.

Als sie ihren Namen hörte, blieb Lexi abrupt stehen und drehte sich zu ihr um. Es war ihre Nachbarin Jessie Vander, die sie gelegentlich auf Partys traf. »Hallo Jess, ich hab leider keine Zeit zum Plaudern«, rief sie zurück.

Jessie holte die Drei ein. Sie machte ein merkwürdiges Gesicht. »Ganz schön seltsam, was da vor sich geht, nicht wahr?« Sie war groß und schlaksig, hatte extrem hell gebleichte Haare und oft dunkle Augenringe, deretwegen sie irgendwie krank wirkte. Das war sie aber nicht, wie Lexi wusste, sondern in der Regel einfach nur abgeschlagen, weil sie viel trank und Drogen nahm.

»Ja, sehr seltsam«, stimmte sie zu.

»Wohin wollt ihr?«, fragte Jessie hektisch und mit weit aufgerissenen Augen.

Lexi kannte diesen Blick genau. Ihre Nachbarin war gerade high, und zwar nicht der Umstände wegen.

»Hi Jess! Wir gehen zum Supermarkt, um etwas zu essen zu kaufen«, erzählte Carey freimütig. Sie kannte die Frau von ihren vorherigen Besuchen bei Lexi. Wenn sie in der Stadt war, gingen sie mindestens einmal gemeinsam aus.

»Oh prima. Würdet ihr mir bitte eine Packung Marlboro Light, Dörrfleischchips – die scharfen, wenn möglich – und eine Tüte Twizzlers mitbringen?«

»Natürlich«, erwiderte Carey.

Lexi hätte sich abermals die Zunge wegen ihre Schwester abbeißen können, die gerade genau das sagte, was sie eigentlich für sich behalten sollte.

»Ich habe aber kein Geld dabei. Kann ich es euch später zurückgeben?«, bat Jessie.

»Äh ...«, begann Lexi, wurde aber gleich abgewürgt.

»Das sollte kein Problem sein«, beteuerte Carey.

Jeff, der die Unterhaltung beobachtet hatte, wurde langsam ungeduldig. »Wir bringen dir die Sachen mit. Und jetzt kommt, wir müssen uns beeilen.«

»Danke, Leute«, rief Jessie und lief zurück zum Gebäude.

»Toll gemacht, Carey«, blaffte Lexi sie an und drehte sich zu ihr um.

»Was denn? Hab ich etwas falsch gemacht?«, fragte die Jüngere verwirrt, während sie hinter ihnen herrannte.

»Wir haben sowieso nur wenig Geld zur Verfügung, und du willst es mit Fressi-Jessie Vander teilen?«

Jeff konnte sich keinen Reim auf diesen Spitznamen machen. »Fressi-Jessie?«

»Ja, denn sie kann sich gar nicht genug Pillen einwerfen«, erklärte Lexi daraufhin.

Nun kicherte er. »Ich vermute mal, dass du sie nicht magst.«

»Ich schon«, tönte Carey.

»Aber du nicht, Lexi?«

»Sie kann mir gefälligst gestohlen bleiben.«

»Aus welchem Grund? Kommt sie ständig zu dir, um sich Zucker zu schnorren?«, fragte er im Scherz.

»Können wir vielleicht endlich mal aufhören, über sie zu reden?«, bat Lexi, während sie weiter gingen.

Carey, die bis jetzt gegrinst hatte, machte nun ein ernstes Gesicht. »Ihr Freund hat Lexis Hund getötet.«

»Echt? Wie das?«

»Es reicht jetzt! Ich will nicht darüber sprechen«, sagte Lexi gereizt.

Carey ließ sich ein paar Schritte zurückfallen und zupfte dann an einem von Jeffs Ärmeln. Er beugte sich zu ihr.

»Irgend so ein Typ – Oscar heißt er – ein übler Drogendealer, hat das arme Tier totgetreten. Ich werde immer noch traurig, wenn ich daran denke.«

Lexi blieb stehen und drehte sich zu ihr um. »Ich werde nicht nur traurig, sondern ich werde fuchsteufelswild. Wie wär's jetzt endlich mal mit 'nem anderen Thema? Das Mädchen ist eine kaputte Drogenabhängige, die sich mit Hunde meuchelndem Abschaum abgibt.«

Jeff nickte. »Tut mir leid wegen deines Hundes.«

Lexi fuhr wieder herum und entgegnete: »Mir tut es auch leid!«

Als sie die Straße erreichten, sah Lexi, dass sich der Stromausfall tatsächlich nicht nur auf ihr Gebäude beschränkte. Außerdem standen verlassene Autos herum, deren Besitzer wohl schon Stunden zuvor abgehauen waren. An den meisten waren die Motorhauben und Kofferraumklappen geöffnet. Anlieger, die ihre Wohnungen verlassen hatten, mischten sich untereinander, und aus den Appartementkomplexen, die vorn an der Straße standen, hörte man Gerede, Rufen oder Lachen.

Ihre Gespräche drehten sich allesamt um den Zusammenbruch und die möglichen Folgen.

»Man könnte schon behaupten, dass wir diese Situation heraufbeschworen haben«, meinte Carey.

»Wen meinst du damit genau?«, fragte Lexi.

»Uns, die Vereinigten Staaten«, antwortete ihre Schwester. »Wir haben es gewissermaßen verdient.«

»Wann bist du denn zu einem solchen Hippie geworden? Ist es das, wofür Mom ihr sauer verdientes Geld ausgibt?«

Carey verstand nicht, worauf Lexi anspielte. »Was?«

»Du bist doch das perfekte Beispiel für jemanden aus der Generation der verwöhnten Ahnungslosen. Während du dich über dummes Zeug beschwerst, ziehst du gleichzeitig Nutzen aus dem Wohlstand, den dieses Land einmal hatte. Das ist so naiv.«

»Naiv? Das sagt die Prinzessin, die so ungeheuren Wert auf ihr Äußeres und ihre makellos blonden Haare legt?«

»Mir ist eben nicht egal, wie ich aussehe, aber ich bemühe mich auch nicht krampfhaft, ein Zeichen gegen den Modewahn zu setzen, indem ich mich selbst in Wirklichkeit doch einer Mode unterordne«, feuerte Lexi zurück. »Deinesgleichen klagt immer so lautstark über Vorurteile und wird selbst nicht müde, ständig über andere zu urteilen.«

»Weißt du was? Falls mich hier sonst nichts erwartet, geh ich einfach sofort zu Mom.«

Lexi hielt erneut an und packte ihre Schwester am Arm.

Jeff schaute fasziniert dabei zu, wie sich die beiden stritten und schwieg.

»Ich liebe dich, aber bitte wach verdammt noch mal endlich auf«, flehte Lexi.

»Ach, jetzt machst du dir auf einmal Sorgen um mich? Vor einer Stunde hast du noch ganz anders geredet.«

»Entschuldigung, ich lege eben einen gediegenen Skeptizismus an den Tag, mache deswegen aber noch lange keinen Stress und kneife am Ende doch und sage: 'Wir haben es verdient'.«

»Du bist das reinste Stressmonster, das warst du schon immer«, warf Carey ihr vor, während sie sich losriss und weiterging.

Lexi holte sie ein und hielt sie erneut an. »Machen wir doch Folgendes ab: Ich bin ruhig, du bist ruhig, wir kaufen Lebensmittel und gehen dann wieder nach Hause.«

Carey schaute sie an, bevor sie nickend zustimmte.

Jeff kam nun ebenfalls angelaufen. »Hey«, begann er, »das sieht gar nicht gut aus.« Als sie sich umdrehten, bemerkten auch sie das Chaos vor dem Supermarkt.

»Nein, definitiv nicht«, stimmte ihm Lexi zu.

»Anscheinend waren wir nicht die Einzigen mit dieser Idee«, schlussfolgerte Jeff.

»Und was jetzt?«, fragte Carey ängstlich, während sie die Menschen beobachtete, die panisch umherliefen. Die Gebäude in der Umgebung warfen Schreie zurück, die von Aggression, Furcht und Verzweiflung zeugten.

»Wir brauchen unbedingt etwas zu essen, also weiter«, drängte sie Lexi und setzte sich in Bewegung, um auf den Mob zuzugehen.

Doch je näher sie dem Parkplatz kamen, desto drastischer wirkte der Aufruhr auf sie. Andauernd drang jemand durch die eingeschlagene Tür ein oder stürzte heraus. Die Rufe, das Gebrüll und das ängstliche Gegröle wurden mit jedem Schritt lauter, den die Drei gingen.

Ein älterer Mann, der hastig einen vollen Einkaufswagen aus dem Gebäude schob, kam nur zehn Fuß weit, bis zwei Teenager auf ihn zuliefen. Einer schlug dem alten Mann ins Gesicht, während sich der andere den Wagen schnappte. Die beiden Jugendlichen hatten offenbar nur auf eine Gelegenheit gewartet, jemanden zu überfallen, und hatten genau gewusst, dass dieser Mann leicht zu überwältigen war. Er schrie nach dem Fausthieb gequält auf, verlor sein Gleichgewicht und fiel unglücklich auf das harte Pflaster. Mit einer entsetzten Miene streckte er die Arme aus, um seine Angreifer abzuwehren, doch es zwar zwecklos, denn er hatte keine Chance gegen die zwei jüngeren Männer. Sie lachten, während sie mit dem Wagen voller Lebensmittel in Lexis Richtung rannten.

Dies zu sehen machte sie unglaublich wütend. Wie auf Autopilot geschaltet, stürzte sie auf die beiden zu und rief: »Hey!«

Die Teenager blieben stehen und lachten Lexi aus.

Einer trat sogar vor den Wagen und hob drohend einen Arm. »Aus dem Weg, du Fotze!«

»Sag Hallo zu meinem Freund«, erwiderte sie trocken und hielt demjenigen eine kleine Dose Pfefferspray genau vor die Nase und drückte auf den Auslöser. Ein Sprühnebel spritzte ihm mitten ins Gesicht. Dann drehte sich Lexi zu dem anderen um und nebelte auch ihn ein. Beide schrien gequält auf.

Jeff kam ebenfalls zur Hilfe und stieß die Jungen zu Boden.

»Das sollte euch eine Lehre sein … einfach so alte Leute anzugreifen!«, schrie Lexi wütend.

Die beiden heulten immer noch jämmerlich, während sie davonliefen.

»Meine Fresse, das war ja der Wahnsinn!«, meinte Carey voller Stolz. Lexi ignorierte sie und lief zu dem Mann, um ihm aufzuhelfen. »Alles in Ordnung mit Ihnen?«

»Ja, ja. Vielen Dank.«

Jeff lächelte, während er dabei zusah, wie sich Lexi zur Samariterin und Trösterin eines betagten Mannes aufschwang. Er war ebenfalls stolz auf sie, denn obwohl sie nicht hätte helfen müssen, hatte sie sich bewusst dazu entschieden. Das machte unheimlich viel aus und sprach Bände über ihren Charakter.

Lexi nahm den Einkaufswagen und schob ihn zu dem Mann hinüber. »Kommen Sie allein klar?«

»Natürlich. Vielen Dank noch mal, der Himmel muss Sie geschickt haben.«

»Passen Sie auf sich auf«, riet sie ihm.

Der Mann ging jetzt hastig davon.

Lexi ließ ein Lächeln aufblitzen, wandte sich zu den beiden anderen und sagte: »Lasst uns shoppen gehen!«

Im Supermarkt ging es noch schlimmer und chaotischer zu, als es von draußen den Anschein hatte. Die erste Schwierigkeit, auf die sie stießen, bestand darin, dass sie nichts erkennen konnten. Da der Strom ausgefallen war und es keine Fenster in dem Geschäft gab, herrschte überall vollkommene Dunkelheit.

Innerhalb der vier Wände wirkte der Lärm der Plünderer noch lauter. Lichtkegel von Taschenlampen zuckten über die weitläufige Ladenfläche.

»Wie sieht dein Schlachtplan aus?«, erkundigte sich Jeff.

Lexi war wie gelähmt. An Nahrungsbeschaffung führte kein Weg vorbei, aber dieses kopflose Gewirr kam ihr seltsam unwirklich vor. *Wie kann der Mensch nur so schnell, so tief sinken?*, dachte sie.

»Lexi?«, fragte Jeff.

»Suchen wir unseren Kram und verschwinden, aber schnell«, entgegnete sie.

»Das halte ich für keine gute Idee«, erwiderte Carey, die ihren Mund gar nicht mehr zubekam.

»Wir haben keine Zeit für Diskussionen, wir packen ein, was wir finden können, und verlassen den Markt dann so schnell wie möglich wieder«, wies Lexi sie an.

Jeff rannte los und wurde sofort von der Dunkelheit verschluckt. Lexi nahm Carey an die Hand und folgte ihm. Nach zehn Schritten war alles um sie herum komplett schwarz. Jedes Mal, wenn jemand sie anrempelte, erschrak die Jüngere sich fast zu Tode.

Lexi wusste, wohin sie wollte und ließ sich einfach von ihrer Erinnerung zu den Konservenregalen leiten. Der Boden war bereits mit fallengelassenen Lebensmitteln übersät, weshalb man genau aufpassen musste, wohin man trat.

Als sie die Auslagen erreichten, nahm der Andrang noch mehr zu. Alle zwei Schritte stießen sie mit jemandem zusammen. Carey klammerte sich geradezu an Lexis Hand, doch die beiden wurden trotzdem getrennt, als sich eine kleine Masse zwischen ihnen durchdrängelte.

»Lexi, wo bist du?«, rief Carey panisch.

»Gleich hier drüben«, antwortete ihre Schwester. Sie fuhr herum und strengte ihre Augen an, erkannte aber trotzdem nur die Umrisse anderer Personen, wenn zufällig ein Lichtstrahl auf sie fiel.

»Carey, bleib einfach, wo du bist«, rief Lexi ihr zu.

Keine Antwort.

Nun versuchte sie es lauter: »Carey!«

Immer noch nichts.

Sie sprang hektisch zwischen den Regalen hervor und blieb dann stehen. »Carey!«

»Lexi, Hilfe! Hilf mir!«, schrie ihre Schwester panisch.

Nun wusste Lexi, dass Carey Ärger am Hals hatte. Sie drehte sich um und lief los in die Richtung, aus der sie die Stimme gehört hatte, stolperte aber schon nach zwei Schritten und fiel unsanft hin. Als sie aufstehen wollte, kam eine Gruppe angerannt und stürzte über Lexis Körper, weshalb sie wieder zurück auf den Boden gedrückt wurde.

»Lexi, Hilfe!«, kreischte Carey ängstlich.

»Ich komme!«, rief Lexi, während sie versuchte, sich aufzuraffen. Aber fremde Arme, Beine und Hände, die sie unaufhörlich trafen, erschwerten ihre Bemühungen. »Bleibt weg von mir, verdammt!«, schrie sie wütend.

»HILFE!«, brüllte Carey, die sich offenbar weiter entfernt hatte, so wie es sich anhörte.

Lexi schaffte es, sich auf die Knie aufzurichten, kippte aber wieder vornüber, weil mehrere Personen in sie hineinliefen. »Argh!«, würgte sie frustriert.

»Hilf mir!«, rief Carey abermals, und wieder wirkte ihre Stimme leiser als zuvor.

Lexi wurde langsam panisch, da sie befürchtete, ihre Schwester nie wiederzusehen.

Wütend und voller Furcht, aber auch fest entschlossen schlug und stieß sie die Leute am Boden zur Seite, um freizukommen. Endlich stand sie wieder und rannte in Richtung Eingang, denn von dorther drangen Careys flehentliche Rufe.

»Carey, wo steckst du?«, schrie sie in die Dunkelheit hinein.

Keine Antwort.

»Carey!«

Auf einmal erklang ein dumpfes Wimmern aus dem Kassenbereich.

»Carey, bist du das?«, rief Lexi.

»Lexi!«, schrie ihre Schwester außer sich vor Angst.

Daraufhin knurrte ein Mann: »Halt du ihre Arme fest, ich spreize ihre Beine.« Ein zweiter entgegnete: »Die Schlampe will einfach nicht stillhalten!«

Lexis Magen zog sich krampfhaft zusammen, und ihr Zorn wuchs unaufhaltsam. Sie zog das Pfefferspray aus ihrer Tasche, doch es entglitt ihr und fiel auf den Boden. Als sie sich danach bückte, fand sie es nicht mehr, stieß aber stattdessen mit der Hand auf eine schwere Dose. Diese nahm sie und ging damit geradewegs dorthin, wo sie die Stimmen gehört hatte.

Am Eingang fiel schwaches Licht ein, sodass sie Schattenumrisse bei den Kassen erkennen konnte. Sie schlug daraufhin ein schnelleres Tempo an und rief erneut nach ihrer Schwester: »Carey!«

»Lexi, hier bin ich!«

Lexi fand zwei Männer. Einer drückte Carey zu Boden, während sich der andere gerade bemühte, ihr die Hose hinunterzuziehen.

Die Ältere handelte rein instinktiv, als sie sich auf den zweiten Mann stürzte und ihm die Dose so fest gegen den Kopf schlug, dass dieser gegen die Seite der Kassentheke knallte. Anschließend wandte sie sich dem ersten Mann zu, der nun mit Carey rang. Als Lexi ausholte, um auch ihm einen Hieb zu versetzen, wurde sie von dem anderen zu Boden geworfen, der sich anscheinend schnell wieder von ihrem Angriff erholt hatte. Als Lexi zu Boden fiel, streifte ihr Kopf die Kante der gegenüberliegenden Theke. Danach sackte sie zusammen, und zwar genau auf ihrer Schwester. Sie machte zwar Anstalten, sofort wieder aufzustehen, aber der zweite Mann trat ihr plötzlich gegen den Schädel. Das war das Letzte, woran sie sich später erinnern sollte.

6. DEZEMBER 2014

»Mut ist, wenn man Todesangst hat,
sich aber trotzdem in den Sattel schwingt.«

John Wayne

Solana Beach, Kalifornien

Zuerst nahm Lexi leise Stimmen wahr. Sie konnte sie zwar hören, doch irgendetwas erweckte den Anschein, dass sie von weither kamen. Bald darauf stellten sich auch die Schmerzen ein. Schließlich blitzte die Erinnerung an die Männer im Supermarkt in ihr auf. Sie setzte sich hin und fing an, um sich zu schlagen und zu treten.

»Ganz ruhig. Alles ist gut«, beschwichtigte sie Jeff.

»Hä? Was? Ich verstehe nicht«, stammelte Lexi keuchend und mit weit aufgerissenen Augen. Sie sah sich hektisch im Raum um. Es war ihre Wohnung, doch sie wusste nicht, wie sie hergekommen war. »Carey, wo ist Carey?«

»Ich bin ja hier. Bitte bleib still liegen«, ermahnte sie Carey, während sie zu ihrer Schwester ging.

Lexi drehte sich um und fragte: »Die Männer, was ist mit den Männern passiert?«

Carey setzte sich neben sie auf das Bett und beruhigte sie weiter. »Die sind davongelaufen. Gleich, nachdem du dir den Kopf gestoßen hast, kamen uns mehrere Leute zur Hilfe.«

»Aber dir geht es gut? Haben sie dir wehgetan?« Lexi machte sich furchtbare Sorgen um Carey.

Carey rieb den Arm ihrer großen Schwester. »Ich habe nur ein paar Kratzer und Schrammen abbekommen, mir geht es gut. Das heilt schon wieder.«

Lexi fasste sich an die Beule an ihrem Kopf. »Autsch.«

»Das ist ein richtiges Ei«, meinte Jeff heiter.

Lexi schwang ihre Beine von der Matratze und setzte sich vorsichtig auf die Kante.

»Liebes, du musst stillliegen«, riet ihr Carey erneut.

»Nichts da, vergiss es«, antwortete ihr Lexi.

»Carey hat recht, du solltest dich noch ein Weilchen ausruhen«, pflichtete ihr Jeff bei.

Als Lexi den Kopf drehte, bemerkte sie, dass die Sonne bereits hell durch die Landhausjalousien fiel. »Habe ich, bin ich … wie lange war ich bewusstlos?«, fragte sie verwirrt.

»Du hast dir den Schädel ganz schön kräftig gestoßen. Über Nacht warst du lange halb wach, hast aber danach geschlafen wie ein Baby«, schilderte ihr Carey.

»Die ganze Nacht lang?«, hakte Lexi nach.

»Ja«, bestätigte Jeff.

Die Fassungslosigkeit stand ihr ins Gesicht geschrieben. Sie schaute erst ihn und dann ihre Schwester an. »Wie habt ihr mich hierher zurückgebracht?«

»Ich habe dich getragen«, meinte Jeff schlicht. »Du bist ja nicht sonderlich schwer.«

»Wir müssen schnellstmöglich verschwinden. Hier können wir nicht länger bleiben«, murmelte Lexi beklommen. Als sie aufstand, zitterten ihre Beine, weshalb sie sich kurz gegen das Kopfende des Bettes stützen musste.

»Siehst du? Du kannst ja kaum stehen«, sagte Carey.

»Gregs Theorie stimmte tatsächlich. Wir müssen von hier abhauen, denn die Leute drehen schon voll am Rad, ihr habt's ja gesehen. Suchen wir also nach einer Möglichkeit, die Stadt zu verlassen.«

»Und wohin sollen wir dann gehen?«, fragte Carey nervös.

»Einfach raus«, erwiderte Lexi.

»Aber wohin?«

»Moms Lebensgefährte hat doch eine Ranch«, schlug Lexi vor. »Sie befindet sich weit außerhalb der Stadt.«

Carey wusste, was sie meinte. »Du meinst Justins Anwesen in der Nähe von Vegas?«

»Genau. Dort ist es bestimmt sicher«, vermutete Lexi. »Sie liegt schließlich ziemlich weit weg von allem. Er hat mehrere Hundert Morgen Land. Dort können wir uns erst einmal verstecken und die ganze Sache in Ruhe aussitzen.«

»Das ist aber ganz schön weit weg«, warf Carey ein.

»Lexi könnte richtigliegen«, meinte Jeff. »Das ist gar keine schlechte Idee.«

»Du übertreibst es mit deinen Bedenken«, warf ihr Carey vor.

Nun drehte sich Lexi zu ihr um und blaffte sie an: »Ich übertreibe nicht, sondern ich will nur sichergehen, dass wir am Leben bleiben. Geh eine Tasche packen, wir brechen sofort auf.«

»Und wie willst du bitteschön zur Ranch kommen?«, fuhr Carey wütend auf.

Die Frage war durchaus berechtigt, das sah Lexi ein. Den ganzen Weg zu Fuß auf sich zu nehmen war momentan nicht unbedingt ratsam, doch sie würde es trotzdem tun, falls es keine andere Möglichkeit gab. Sie fuhr mit den Fingern durch ihre langen Haare, während sie überlegte.

Carey zog wütend die Schultern hoch.

»Ich hätte jedes Mal aus der Haut fahren können, wenn du das als Kind gemacht hast, und hasse es jetzt immer noch. Also hör auf, dich so zu benehmen. Wir brauchen jetzt kein geziertes Gehabe und keine neunmalklugen oder negativen Bemerkungen, sondern Einfallsreichtum und vernünftige Ideen.«

Carey reagierte, indem sie den Kopf schüttelte und sie angewidert anschaute.

»Seid ihr zwei jetzt fertig, euch gegenseitig an den Karren zu fahren?«, fragte Jeff genervt.

»Verzeihung. Ja, sind wir«, erwiderte Lexi, aber ohne den Blick von ihrer Schwester abzuwenden.

»Gut, denn ich weiß vielleicht, wo wir einen fahrbaren Untersatz finden können, der noch funktioniert«, fuhr Jeff fort und lächelte sie an.

»Da wären wir, South Coast Auto«, sagte Jeff breit grinsend.

»Ein kluger Einfall für einen Sicherheitsangestellten«, lobte ihn Lexi. Obwohl sie Jeff nicht richtig kannte, hatte sie ihn im Laufe der Zeit, die sie jetzt gemeinsam verbracht hatten, als fähigen und sogar gut aussehenden Typen eingestuft.

Dass es fast keine funktionierenden Fahrzeuge mehr gab, machte ein Leben wie früher, als man sich noch schnell überall hinbewegen konnte, unmöglich. Sie begriffen jedoch bald, dass ältere Baujahre noch liefen. Jeff war deshalb auf die Idee gekommen, einen Gebrauchtwarenhandel aufzusuchen, um ein Auto zu finden, das noch ansprang. Der Nächste von Lexis Wohnung aus war besagter *South Coast Auto* am Pacific Coast Highway in Solana Beach. Der Parkplatz wirkte mit einer Fläche von nur drei viertel Morgen sehr klein, doch im hinteren Bereich standen dafür mehrere Klassiker.

»Woher wusstest du, dass hier Autos stehen, die vielleicht noch funktionieren?«, fragte Lexi, während sie hoffnungsvoll auf das Gelände trat. Sie trug eine enge Jeans, ein altes Ramones T-Shirt und eine Lederjacke. Nach dem gestrigen Vorfall wollte sie kein Risiko eingehen, weshalb sie mehrere Messer aus ihrer Küche mitgenommen hatte. Dass sie keine angemesseneren Waffen besaß und außerdem nicht wusste, wie man sich in einem Kampf behauptete, bereitete ihr gehöriges Kopfzerbrechen. Die Vorstellung, in einer apokalyptischen Welt um ihr Leben kämpfen zu müssen, war ihr bis jetzt noch niemals in den Sinn gekommen; dies bedauerte sie im Moment zutiefst.

Jeff bei sich zu haben beruhigte sie zwar ein wenig, doch sie wünschte sich trotz alledem Waffen und brauchte dringend Übung in Selbstverteidigung.

Jeff lief nun zu dem kleinen weißen Container, der wohl als Büro des Händlers fungiert hatte. Als er die Tür öffnen wollte, stellte er allerdings fest, dass sie abgeschlossen war.

Lexi trat hinter ihm näher.

Wenige Zoll neben der Tür befand sich ein breites Fenster. Er schaute hinein und rief: »Bingo.«

»Was denn?«

»Ich habe den Schlüsselkasten gefunden.«

»Hör mal«, sagte sie auf einmal.

Er hielt inne. »Was soll ich hören?«

»Das Meer, es rauscht bis hierher … so seltsam, aber wunderschön.«

»Wie wär's, wenn du mal lieber aufpasst, dass uns niemand hier auf die Pelle rückt, während ich versuche herauszufinden, wie wir da reinkommen können?«, fragte er süffisant.

Lexi drehte sich um und ließ ihren Blick über den Platz schweifen. Dabei sah sie alle möglichen Marken und Modelle, doch diejenigen, die für sie infrage kamen, standen weiter hinten. Wegen des dichten Meernebels war es unglaublich diesig in der Umgebung.

Sie hatte immer noch niemanden gesehen und fand nach wie vor keine Erklärung dafür.

Plötzlich klirrte Glas, und als sie sich zu Jeff umdrehte, steckte sein Ellbogen bereits im Fenster.

»Ich glaube, ich habe mich geschnitten«, meinte er stöhnend.

»Warum hast du denn nicht einfach den Backstein dort drüben benutzt?«, fragte sie, während sie auf einen kleinen roten Ziegel zeigte, der am Fuß einer Metalltreppe lag.

Jeff schaute ihn an und grinste schief. »Jetzt ist es zu spät.« Er streckte seinen langen Arm in den Container und schob den Türriegel zurück, dann drückte er den Griff runter und öffnete. »Voilà.«

»Jetzt braucht bitte nur noch eines dieser Autos anzuspringen«, sagte Lexi und folgte ihm hinein.

Er ging sofort zum Schlüsselkasten, der an der hinteren Wand des Büros montiert war, drehte am Verschlussknopf und zog die kleine Tür auf.

»Aber welcher Schlüssel ist der richtige für welches Auto?«

»Moment mal«, sagte Lexi und schob sich an Jeff vorbei. Verglichen mit seinem kräftigen Körper wirkte sie nahezu schmächtig. Sie packte den Kasten und drückte ihn mit aller Kraft hoch.

»Was soll das?«, fragte Jeff verwirrt.

»Das«, antwortete sie nur und schlug von unten mit der Faust gegen den Kasten, bis er einen Zoll weit hinaufrutschte. Dann riss sie ihn komplett von der Wand.

»Sauber!«, bemerkte Jeff.

»Als ich die Schrauben gesehen habe, wusste ich, dass er nur daran aufgehängt war, sonst nichts.«

»Na dann mal auf zum Autokauf«, antwortete er lachend.

Sie drehten sich um, verließen den Container und blieben dann wie vom Blitz getroffen stehen, als sie hörten, wie jemand eine Vorderschaft-Repetierflinte durchlud. Jeff war vorausgegangen und schützte Lexi sofort, indem er sich vor sie stellte und sie wieder unter das Vordach drängte.

Dies tat er so schwungvoll, dass sie durch die Tür stolperte und gegen die Wand stieß, wobei sie den Schlüsselkasten fallenließ. Als sie hochschaute, sah sie nur die weiße Metalltür, denn Jeff hatte sie hinter sich zugeschlagen.

Draußen schrie auf einmal jemand.

Jeff antwortete darauf irgendetwas, doch sie verstand nicht, was er sagte.

Dann folgte Stille.

Lexi stellte sich aufrecht hin und machte gerade einen Schritt auf die Tür zu, als draußen ein Schuss fiel.

Prompt ging die Tür auf und Jeff sackte leblos rücklings auf den Boden.

Sie erstarrte. Seine offenen Augen starrten sie bar jeglichen Ausdrucks an.

»Hol dir die Kleine!«, befahl nun ein Mann.

Sie schnappte nach Luft, nachdem sie diese vor lauter Angst angehalten hatte. Nachdem sie sich schnell in beide Richtungen umgesehen hatte, entschied sie sich für eine Hintertür rechts im Büro. Obwohl sie nicht wusste, was davor vielleicht auf sie wartete, lief sie los. Gerade als sie den Ausgang erreichte, stürzte jemand von vorn in den Container hinein. Da vor der Tür keine Treppe war, fiel Lexi fünf Fuß tief auf den Asphalt. Aber statt Zeit damit zu vergeuden, einen Blick zurückzuwerfen, rannte sie sofort zum hinteren Teil des Parkplatzes und stieg dort über einen kleinen Maschendrahtzaun.

Von hinten hörte sie einen Fremden rufen, sie solle sofort stehen bleiben.

Lexi hatte heftiges Herzklopfen, während sie um ihr Leben rannte. Sie verließ das Gelände, so schnell sie konnte und hastete auf die Küste zu, allerdings nicht auf gerader Strecke, sondern indem sie bei der ersten Gelegenheit rechts abbog, dann gleich links in eine enge Gasse und zuletzt wieder rechts. Sie rannte unermüdlich weiter, bis die Stimmen der Männer, die sie verfolgten, langsam leiser wurden.

Da sie erschöpft war und nicht wusste, was sie sonst tun sollte, versteckte sie sich hinter einem Müllcontainer und versuchte ihre Gedanken zu ordnen. »Überlegen, Lexi, überlegen«, schnaufte sie leise. Der Augenblick, in dem

Jeff erschossen worden war, spukte ihr wieder im Kopf herum. Jetzt warf sie sich vor, ihm nicht geholfen zu haben. »Oh Jeff, es tut mir so leid, verdammt. Was ist denn nur los mit dieser elenden Welt?«

Körperlich und emotional ausgelaugt gönnte sie sich eine kurze Pause. Schweiß lief an ihrer Stirn hinunter und brannte in ihren Augen. Sie zog die Lederjacke aus und warf sie achtlos beiseite. Wieder dachte sie an Jeff. *Wie konnte das nur passieren? Wieso ist es passiert?* Sie musste einen Wagen finden, eine Waffe und nicht zuletzt Carey. Und dann mussten sie sofort verschwinden.

Auf einmal polterte etwas hinter ihr. Sie sprang mit geballten Fäusten auf. Als sie sah, was es war, fluchte sie laut: »Scheiß Katzen!«

Das große schwarz-weiße Tier schnurrte und miaute. Es näherte sich Lexi mit hochgestrecktem Rücken.

Während sie die Katze anstarrte, gab sie schließlich nach. »Hallo Mieze, was treibst du denn hier?«, fragte sie, während sie ihr den Rücken kraulte. Dabei rief sie sich vor Augen, dass das Tier gar nichts vom Ende der Welt wusste und deshalb einfach wie gewohnt weiterlebte. Um genau zu sein, war dies wohl keinem Tier bewusst – ausgenommen vielleicht die vielen Tausend in Heimen, die gefangen waren und nun plötzlich nicht mehr gefüttert wurden. Wie viele von ihnen würden wohl verhungern? Bei der Vorstellung von sterbenden Hunden und Katzen fielen ihr die Zoos ein und danach die Strafanstalten im ganzen Land. Allen Inhaftierten blühte nun möglicherweise der Tod. Sie hätte vielleicht ebenfalls das gleiche Schicksal erlitten, wenn die Kaution nicht von ihrer Schwester gezahlt worden wäre.

Carey … Sie saß noch in der Wohnung und wartete darauf, dass Lexi und Jeff nach erfolgreicher Suche mit einem Auto zurückkehrten, doch das war nun ausgeschlossen.

In Lexi herrschte ein komplettes Gefühlschaos. Wut und Zorn, Trauer und Reue lagen im Widerstreit miteinander. Sie verdrängte alles und konzentrierte sich stattdessen darauf, nicht in Selbstmitleid zu verfallen. Sie musste ihre Emotionen dringend kanalisieren, sich irgendwie zu einem Wagen verhelfen und dann mit Carey zusammen zu der Ranch in Nevada gelangen.

Die Katze sprang von dem Container hinunter und schnappte sich eine dicke Maus, dann nahm sie den Kopf ins Maul und biss zu.

Der Nager versuchte verzweifelt, sich zu befreien, widerstand den tödlichen Tatzen der Katze aber nicht lange. Als ihre spitzen Zähne schließlich den Schädel der Maus durchbohrten, quiekte diese einmal laut und verstummte dann.

Während die Katze in Ruhe betrachtete, was sie gerade getan hatte, fing sie an zu schnurren. Sie hob ihr blutbesudeltes Bein und leckte es genüsslich ab.

Lexi war zuerst schockiert, bewunderte das Tier letzten Endes jedoch. Denn es kämpfte ums Überleben und tötete dafür sogar. Sie musste sich unbedingt ein Beispiel daran nehmen, falls sie sich in der Neuen Welt behaupten wollte.

Carey ging unendlich oft auf dem Balkon hin und her, während sie immer wieder die Finger in ihrem Mund steckte und an den Nägeln herumkaute. Sie wusste, dass dieser nervöse Tick total widerlich war, konnte aber einfach nicht damit aufhören, obwohl die Spitzen und Nagelhäute bereits bluteten.

Die Sonne neigte sich bereits dem Horizont im Westen zu und warf ihr Licht auf Carey. An einem anderen Tag hätte sie innegehalten und das schöne Bild genossen, doch jetzt bereitete ihr der Stand der Sonne Angst.

»Wo bleibt ihr zwei denn nur?«, stöhnte sie beunruhigt.

»Ich glaube, Sie haben schon eine Furche in den Boden getreten«, sagte plötzlich jemand hinter ihr.

Carey drehte sich abrupt nach der Stimme um.

Der Mann sah, dass sie sich erschrocken hatte, und stellte sich deshalb vor: »Tut mir leid, ich heiße Frank. Ich bin ein Nachbar Ihrer Schwester.«

»Ach ja, ich habe schon von Ihnen gehört«, erwiderte Carey, die ihre Arme vor der Brust verschränkt hatte.

»Beunruhigt Sie irgendetwas?«, fragte er und ging ebenfalls hinaus auf den Balkon. Er nahm eine Zigarre aus der Brusttasche seines Button-down-Hemdes. Nachdem er sie zum Befeuchten abgeleckt hatte, zückte er ein Klappmesser und schnitt die Spitze ab. Schließlich steckte er sie in seinen Mund und zog ein Feuerzeug hervor. Ein Klick und eine blaue Flamme loderte auf. Während er sie an die Spitze hielt, schmauchte er. Jedes Mal, wenn er an der Zigarre saugte, glühte das vordere Ende auf, und Rauch strömte zwischen seinen Lippen hervor. Schließlich klappte er das Feuerzeug wieder zu und blies einen Mundvoll Qualm auf die hell leuchtende Spitze. »Rauchen Sie auch?«, fragte er.

»Ja, aber keine Zigarren.«

»Ihre Generation hält ja große Stücke auf Marihuana. High werden und so weiter«, spottete Frank.

»Brauchen Sie etwas von uns?«, erwiderte Carey daraufhin.

»Nein, ich wollte nur ein bisschen plaudern, sonst nichts.«

»Hmm«, brummte sie und setzte sich wieder in Bewegung.

»Wo ist denn Ihre Schwester?«

»Sie wollte ein Auto finden, das noch fährt«, antwortete Carey. »Woher wissen Sie denn überhaupt, dass sie außer Haus ist?«

»Weil Sie sich bestimmt schon tausend Mal gefragt haben, wo sie bleibt, und das nicht unbedingt leise.«

»Oh.«

»Sie ist also mit dem Muskelmann auf der Suche nach einem Wagen?« Frank lachte, doch daraus wurde schnell ein mittelschwerer Hustenanfall.

»Was ist denn daran so lustig?«, entgegnete Carey, während sie herumfuhr und ihn böse anschaute.

Er räusperte sich kurz und erwiderte: »Ich wünsche Ihnen viel Glück dabei.« Daraufhin nahm er noch einen langen Zug.

»Erzählen Sie mir von sich.«

»Das ist nicht gerade aufregend, ich bin nur ein alter, geschiedener Staatsbeamter, der mittlerweile aus dem letzten Loch pfeift.«

»Ach ja?«

Frank zog erneut, betrachtete die Zigarre und erklärte dann schlicht: »Lungenkrebs, nicht operierbar.«

Carey ging ein paar Schritte auf ihn zu und fragte erschrocken: »Das war ein Scherz, oder?«

»Nein, wurde von sechs Monaten diagnostiziert.«

»Aber warum rauchen Sie dann immer noch?« Sie verzog ihr Gesicht.

»Ich sagte doch, es ist nicht operierbar«, wiederholte Frank.

»Das ist ja furchtbar, Verzeihung.«

»Ja, das ist es, aber was soll ich machen?

»Es tut mir leid.«

»Das muss es nicht.«

»Ich habe gehört, Sie glauben, dass dies das Ende der Welt ist«, sagte Carey dann.

»So ungefähr, ja.«

»Warum verlassen Sie dann nicht die Stadt oder unternehmen irgendetwas?«, erkundigte sie sich.

»Was soll ich denn unternehmen? Wohin soll ich gehen? Wenn ich bald sterbe, will ich wenigstens in meinem eigenen Bett liegen.«

Carey kaute weiter an ihren Fingernägeln, während sie nachdachte. »Ich schätze mal, das kann ich nachvollziehen.«

»Aber da Sie nach einem Auto suchen, ich glaube, ich kann Ihnen helfen.«

»Wirklich?«

»Ja.«

»Und wie?«

Frank nahm noch einen kräftigen Zug und erzählte ihr von seiner Vergangenheit. »Meine Ex hatte den besten Anwalt … oder womöglich war meiner auch einfach nur der schlechteste. Jedenfalls ging es um meinen teuersten Besitz – die eine Sache, die ich mehr als alles andere und sogar mehr als meine Frau liebte.« Frank lachte wieder, bevor er kurz still wurde. »Vielleicht ließ sie sich ja deshalb scheiden.«

»Ein Auto?«

»Aber nicht bloß irgendein Auto, sondern ein 1961er Impala SS 409.«

»Ein äußerst klangvoller Name.«

Frank, der sich gegen das Geländer gelehnt hatte, richtete sich jetzt auf. »Sie müssen wissen, dass meine Frau mir das Auto Jahre zuvor zum Geburtstag geschenkt hatte, und nun ja, ich als gutgläubiger Trottel dachte mir damals nichts dabei, dass sie einen Adelstitel trug.« Carey trat noch einen Schritt näher. Sie fand seine Geschichte wirklich interessant.

»Beim Grenzschutz verdient man nicht gerade viel, aber ich hatte Schwein und angelte mir eine reiche Frau. Obwohl der Wagen ein Geschenk war, konnte ich das während des Scheidungsprozesses nicht mehr beweisen, und es heißt ja nicht umsonst, wenn man etwas besitzt, gilt es praktisch schon als Eigentum.«

»Und sind Sie sich sicher, dass er noch läuft?«

»Nach dem, was ich bisher beobachtet habe, bin ich bereit, meinen linken Hoden darauf zu verwetten.«

Carey warf ihm einen missfälligen Blick zu, weil er sich diesen unappetitlichen Kommentar wirklich hätte sparen können.

»Wie dem auch sei, Sie können das Auto gern haben. Ich brauche es nicht mehr und bin ohnehin schon so gut wie tot.«

Jetzt hatte er Careys volle Aufmerksamkeit und sie stellte sich noch dichter vor ihn. »Wo wohnt Ihre Exfrau denn, und wie kriegen wir es von dort hierher?«

Frank tippte gegen die Zigarre und beobachtete, wie die Asche auf den Boden rieselte. Als er Carey anlächelte, sagte er: »Es steht in La Jolla, und sie ist gerade nicht dort, das heißt, sie wird Sie nicht aufhalten.«

Die Erwähnung dieses Ortes ließ Carey sofort an ihre Mom denken. Da der Wagen ganz in der Nähe stand, konnte sie ihn mit Lexi abholen und noch dazu kurz bei ihrer Mutter vorbeischauen. Ihre Schwester konnte dieses Angebot unmöglich ausschlagen. Das einzige Problem bestand dann nur noch darin, sie davon zu überzeugen, ihre Mutter mit nach Nevada zu nehmen.

Zu behaupten, Lexi sei beunruhigt, wäre eine maßlose Untertreibung, denn sie hatte sich noch nie in ihrem Leben dermaßen gefürchtet. Minuten vergingen und wurden schließlich zu Stunden, während sie ängstlich hinter dem Müllcontainer kauerte. Sie war hin und her gerissen ... Sollte sie aufbrechen oder lieber noch ein wenig länger warten? Mit nichts als einem Messer zu ihrer Verteidigung und keinen wesentlichen Fertigkeiten im Umgang damit fühlte sie sich unglaublich angreifbar, besonders nachdem Jeff erschossen worden war. *Wie sollte sie sich selbst und ihre Schwester ernsthaft schützen, wenn sie schon bei ihm versagt hatte?* Sie verabscheute ihr Verhalten auf dem Gebrauchtwagenparkplatz zutiefst. Immer wieder dachte sie daran, dass sie vielleicht hätte einschreiten müssen und ihm irgendwie helfen. Kummer zerstreute ihre Überlegungen, wenn sie sich vorstellte, dass er vielleicht noch gar nicht tot war, sondern noch lebte und eventuell gerade von diesen Männern gefoltert wurde.

»Blöde, blöde, blöde ... du bist so unglaublich blöde«, flüsterte sie, während sie sich mit der offenen Hand gegen den Kopf schlug.

Aus Angst davor, entdeckt zu werden, war sie zum Urinieren nicht aufgestanden, und hatte sich um der Sicherheit willen einfach in die Hose gemacht. Abgesehen von ihrer Angst fühlte sie sich deshalb auch noch erniedrigt und unfähig. Sie musste unbedingt wieder Kraft schöpfen. Carey war schließlich auf sie angewiesen, sie durfte sie nicht im Stich lassen.

Überzeugt davon, dass es am sichersten war, sich im Schutz der Dunkelheit zu bewegen, blieb sie hocken und wartete, bis die Sonne ganz hinter dem Horizont untergegangen war.

Wie üblich während der letzten Tage war es schon in den frühen Abendstunden vollkommen dunkel, und da sie sich keinen günstigeren Moment vorstellen konnte, stand sie hastig auf und trat hinter dem Container hervor. Beim stundenlangen Ausharren hatte sie sich innerlich ihren Weg zurechtgelegt und sich jede Abzweigung gemerkt, die sie nehmen wollte.

Die Dunkelheit beruhigte sie geringfügig, doch ihr Herz raste trotzdem wie ein Schnellzug. Aus allen Himmelsrichtungen drang Lärm an ihr Ohr, der von grauenvollen Taten und Gewalt zeugte. Im Norden fielen Schüsse, wohingegen Gebrüll und schrille Hilfeschreie aus dem Süden erklangen. Irgendwo im Osten zerbrach ein Fenster, dann hörte sie die Stimmen streitender Menschen und schließlich einen Gewehrschuss.

Die Stadt war bereits innerhalb weniger Tage brutalen und chaotischen Zuständen anheimgefallen. Lexi konnte nur schwer glauben, dass eine Gesellschaft so schnell in sich zusammenfallen konnte. Sie stellte sich die Frage, wie zivilisiert die Zivilisation eigentlich wirklich gewesen ist. *Wie war es so weit gekommen? Und warum so rasch?*

Ihre Schritte zu zählen half ihr dabei, sich zu konzentrieren und mit den Gedanken nicht so weit abzuschweifen, dass Furcht und Paranoia die Oberhand gewannen. Zwischendurch hörte sie andere Menschen in der Nähe, konnte sie aber nicht sehen. Aber sie wusste ja, dass auch sie selbst lieber ungesehen bleiben wollte. Jetzt blieb sie kurz stehen und horchte, bevor sie umso schneller weiterging.

Als sie links auf das Gelände einbog, auf dem sie wohnte, seufzte Lexi leise. Sie beugte sich vornüber und wischte sich den Schweiß von der Stirn. Im Bewusstsein, ihre Appartementtür in weniger als einer Minute zu erreichen, beschloss sie, den Restweg zu rennen.

Während sie die Treppe ins Obergeschoss nahm, rief jemand: »Sie sind aber ganz schön spät dran.« Ihr blieb fast das Herz stehen. Sie packte ihr Messer fester und erwiderte mit betont fester Stimme: »Wer ist da?«

»Frank, Ihr Nachbar.«

Da sie ihn nicht sah und nicht wusste, was er vorhatte, drohte sie ihm: »Ich habe ein Messer; kommen Sie nicht auf dumme Gedanken.« Sie hielt die Klinge blind nach vorn gerichtet in die Höhe.

»Ihre Schwester ist bereits krank vor Sorge um Sie. Ein sehr nettes Mädchen übrigens.«

»Was hat sie denn?«

»Wir haben uns vorhin eine Weile unterhalten. Sie ist jetzt in Ihrer Wohnung und wartet ungeduldig auf Ihre Rückkehr.«

Lexi stieg die restlichen Stufen zum oberen Absatz hinauf. Dort ging sie seitwärts nach links zu ihrer Tür, ohne aber den Arm mit dem Messer einzuziehen. »Bleiben Sie einfach, wo Sie sind.«

Sein Metallklappstuhl knarrte laut, als er darauf herumrutschte. »Ich tue Ihnen bestimmt nichts. Um genau zu sein, habe ich Ihnen vielleicht sogar das Leben gerettet.«

Lexi ärgerte sich, weil sie ihn nicht sehen konnte. »Ach ja?«

»Fragen Sie am besten Ihre Schwester.«

Als sie den Knauf der Tür zu fassen bekam, erwartete Lexi fest, dass sie verschlossen war, doch dem war nicht so. »Dummes Ding«, schimpfte sie, öffnete die Tür und trat ein.

Kurz bevor die Tür wieder ins Schloss fiel, sagte Frank noch: »Ich werde hier sein, wenn Sie über mein Geschenk sprechen möchten.«

Carey rief nun aufgeregt: »Lexi, bist du das?«

Das Zimmer war in das hellorange-farbene Licht von zwei Dutzend Kerzen getaucht. Lexis Augen gewöhnten sich schnell daran. Wieder etwas erkennen zu können tat gut. »Ja, ich bin's.«

Carey kam angelaufen und fiel ihr um den Hals. »Es freut mich so sehr, dass du wieder da bist. Ich hatte fürchterliche Angst um dich.«

Lexi erwiderte die herzliche Begrüßung. Sie fand es schön, wieder bei ihrer Schwester zu sein.

Nachdem sie einander in die Arme geschlossen hatten, machte sich die Ältere von der Jüngeren los und tadelte sie: »Warum war die Tür nicht abgesperrt? Du musst auf dich achtgeben! Wer weiß, wer hier auf einmal aufkreuzt?«

»Jessie ist gerade erst losgegangen. Sie kam noch vorbei, um sich zu verabschieden. Angeblich ist sie aber bald wieder da. Wir haben zusammen eine geraucht. Ich brauchte etwas, um wieder ein bisschen runterzukommen.«

»Carey, das ist nicht die richtige Zeit, um bekifft zu sein. Wir dürfen nicht leichtsinnig werden, keine Sekunde lang.«

Erst jetzt fiel Carey auf, dass ihre Schwester allein war. »Wo ist denn Jeff?«

Lexi legte ihr eine Hand an die Wange und antwortete leise: »Unsere Suche war ein völliges Debakel. Kein Auto und …«

»Wo ist er?«

Lexi senkte traurig den Blick.

Carey nahm die rechte Hand ihrer Schwester, in ihre linke und drückte sie sanft. »Mensch, antworte mir doch endlich.«

Außerstande, einen Blickkontakt herzustellen, gestand sie traurig: »Er ist tot.«

»Was? Wieso?«

Lexi entzog sich ihr, ging zur Couch und ließ sich dort schwerfällig nieder. Ihre Schultern sackten nach vorn, und sie ließ den Kopf hängen. »Alles lief zuerst so gut. Ich hätte ahnen müssen, dass das ein schlechtes Zeichen war, denn nichts funktioniert so reibungslos, es war viel zu einfach.«

Carey nahm neben ihr Platz und starrte sie nur ungläubig an.

»Wir erreichten den Autohandel, fanden sogar Wagen, die wahrscheinlich noch funktionierten, und auch die passenden Schlüssel dazu, doch dann: ZACK!« Sie hob beide

Hände in die Höhe und schlug sie dann fest zusammen, um dem Schock Ausdruck zu verleihen, als sie auf die Bewaffneten gestoßen waren. »Wir verließen gerade das Büro, als da auf einmal Typen mit Gewehren waren. Ich glaube, es waren ohne Ausnahme Männer, auch wenn ich keine Zeit hatte, sie mir genauer anzusehen.« Lexi hielt kurz inne und durchdachte dann erneut, was geschehen war. »Jeff hat mein Leben gerettet! Er hat sofort reagiert, indem er mich zurück in das Büro drängte und die Tür hinter sich zuzog.«

Carey ergriff jetzt eine von Lexis Händen.

»Ehe ich mich versah, knallte ich gegen die Wand, und bumm fiel ein Schuss. Die haben ihn einfach abgeknallt.«

»Und wie bist du entwischt?«

»Ich lief einfach los. Wenn ich mir das alles jetzt noch einmal vor Augen rufe, scheint es rasend schnell passiert zu sein. Ich fiel auf den Boden, schaute hoch, hörte den Schuss, und dann kam plötzlich Jeff hereingeflogen. Er war tot … ich sah die Hintertür und rannte los. Das tat ich … keine Ahnung wie lange, einfach nur immer weiter. Als ich schließlich einen Müllcontainer an der Acacia ein Stück nördlich vom *Depot Sushi* fand, versteckte ich mich dahinter, bis es dunkel wurde.«

»Oh mein Gott«, meinte Carey, stöhnte und hielt sich eine Hand vor den Mund. Als sie Lexi anschaute, erkannte sie deutlich deren Schuldgefühle und Furcht. »Mir tut es so schrecklich leid, dass du das alles erleben musstest.«

»Mir tut Jeff leid. Ich habe es nicht geschafft, ihm zu helfen. Es gab nichts, was ich für ihn hätte tun können.« Das sagte Lexi wie zur Selbstkasteiung.

»Es waren bewaffnete Typen, hast du gesagt?«

»Ja, aber ich konnte nichts gegen sie unternehmen. Ich komme mir so was von unnütz vor. Wie soll ich dir denn den Rücken freihalten, damit du am Leben bleibst, wenn ich nicht einmal weiß, wie man sich richtig wehrt?«

Carey rückte noch näher und legte dann einen Arm um ihre Schwester. »Wir schaffen das, weil wir zu zweit sind. Du und ich, wir sind zäh und haben Ausdauer. Deshalb werden wir das Ganze durchstehen, das weiß ich ganz genau.«

»Ich zweifele allmählich daran, Carey. Gestern habe ich bei einer Auseinandersetzung mein Bewusstsein verloren, und heute bin ich wie ein Feigling davongelaufen, als Jeff ermordet wurde«, sagte Lexi. »Wie sollen wir uns denn in Sicherheit bringen, wenn wir noch nicht einmal ein Auto haben?«

»Mach dich nicht selbst runter, du hättest nichts von alledem verhindern können.«

»Wir brauchen ein Auto, vor allem aber Waffen – und kein solches *Spielzeug*.« Lexi warf das Küchenmesser auf den Couchtisch.

»Wir finden schon etwas«, versicherte ihr die Jüngere.

Lexi seufzte und lehnte sich zurück.

Während Carey sie betrachtete, wanderten Schatten über das Gesicht ihrer Schwester. Sie so leiden zu sehen quälte auch sie selbst.

»Ich fühle mich einfach nur wertlos«, jammerte Lexi.

Beide erschraken erneut, als ein lautes Klopfen an der Wohnungstür erklang.

Lexi sprang auf und griff sofort wieder nach dem Messer.

»Hey, du hast abgeschlossen!«, rief Jessie nun von draußen.

»Warte kurz«, erwiderte Carey und lief hinüber. Nachdem sie das Schloss entriegelt hatte, öffnete sie die Tür weit.

Jessie stürzte mit einer Tüte und einer Bong herein. »Pedro hat mir heute echt guten Stoff besorgt.«

Lexi bedachte Carey mit einem finsteren Blick.

Die Nachbarin schaute hoch und fragte: »Lex, hey, wie geht's? Du siehst ja nicht gerade fit aus.« Sie stapfte ins Wohnzimmer und setzte sich den Schwestern gegenüber in den Polstersessel.

»Jessie, das kommt gerade sehr ungelegen«, deutete Lexi an.

»Was denn?«, entgegnete Jessie, während sie hochschaute. »Ich finde, das könnte dir auch helfen, du machst einen ziemlich kaputten Eindruck.«

»Bitte Jessie, der Zeitpunkt ist denkbar ungünstig«, beharrte Lexi.

Carey beobachtete das Hin und Her eine Weile stumm, fügte sich jedoch dem Wunsch ihrer Schwester. »Jeff ist tot. Er wurde vorhin erschossen. Machen wir das deshalb lieber ein anderes Mal.«

»Oh nein, wie ist das denn passiert?«, fragte Jessie.

»Er hat mit ihr nach einem Auto …«, begann Carey, wurde aber direkt von Lexi unterbrochen.

»Jessie, bitte geh jetzt!«, sagte sie laut.

Die Angesprochene zog ihre Augenbrauen hoch und wirkte fast entrüstet, als sie aufstand und die beiden anmaulte: »Ihr zwei könnt mich mal.« Mit diesen Worten stürmte sie hinaus und warf die Tür hinter sich zu.

»Musstest du so grob zu ihr sein?«, fragte Carey.

Lexi schaute sie mit offenem Mund an und entgegnete: »Ich liebe dich wirklich, aber du bist so was von ahnungslos.«

Carey fühlte sich dadurch zwar beleidigt, schwieg aber. Sie ließ sich in die Polster sinken und dachte nach.

»Ich muss mich jetzt erst einmal waschen«, sagte Lexi und erhob sich.

»Wir haben kein fließend Wasser mehr«, erklärte ihr Carey daraufhin.

»Nein!«, heulte Lexi auf.

»Kurz, nachdem ihr zwei losgezogen seid, kam nichts mehr aus den Hähnen.«

»Egal, dann geh ich halt ins Bett. Ich bin unglaublich müde. Bitte sperr die Tür wieder ab.«

»Nicht, dass ich uns von Jeffs Tod ablenken will, aber es gibt auch gute Neuigkeiten.«

»Falls sie nichts damit zu tun haben, dass wir ab morgen wieder Strom haben oder etwas in der Art, wüsste ich nicht, welche guten Neuigkeiten es momentan geben könnte.«

»Ich habe ein Auto für uns gefunden«, erklärte Carey.

Lexi drehte sich ruckartig zu ihr um und fragte: »Wo?«

»Bei deinem Nachbarn Frank. Er schenkt uns seines.«

Lexi lehnte sich wieder zurück und sah sie verwirrt an. »Was soll das heißen?«

»Er meinte, er bräuchte es sowieso nicht mehr.«

»Wer gibt denn freiwillig sein Auto ab, wer?« Lexis Tonfall zeugte von purer Skepsis.

»Er anscheinend, schätze ich mal«, antwortete Carey.

»Das ergibt doch überhaupt keinen Sinn, kein bisschen«, fuhr Lexi perplex fort.

Ihre Schwester stand auf und ging zur Tür. »Komm, überzeug dich doch selbst davon.«

»Moment, warte kurz. Du vertraust dem Kerl?«

»Er ist harmlos.«

Lexi schüttelte den Kopf. »Heutzutage ist niemand mehr harmlos.«

Carey klopfte an Franks Wohnungstür.

Lexi stand mit einer Taschenlampe in einer Hand und einem Messer in der anderen hinter ihr. Drinnen hörten sie ihn zuerst würgen und dann heiser husten.

Die Jüngere klopfte erneut.

»Ich komm ja schon, ganz ruhig«, rief Frank und hustete weiter.

Carey drehte sich zu ihrer Schwester um und erklärte: »Ich habe ganz vergessen zu sagen, dass er Krebs im Endstadium hat.«

Mehrere Riegel wurden geöffnet, dann ging die Tür leise auf. Sanftes orangefarbenes Licht drang aus dem Appartement. Frank schob seinen Kopf durch den Spalt und sagte: »Hallo.«

»Ich bin's, Carey. Lexi ist auch hier bei mir. Ich habe ihr von dem Wagen erzählt.«

»Ich habe schon mit Ihnen gerechnet.« Frank lachte und hustete dann abermals. Anschließend öffnete er die Tür zur Gänze und winkte die beiden hinein.

Carey ging einen Schritt vorwärts, doch Lexi hielt sie am Arm fest. »Unterhalten wir uns doch lieber hier draußen.«

Carey nahm den Hinweis zur Kenntnis und blieb sofort stehen.

Frank fuhr sich über den Mund. »Ich brauche sowieso mal ein bisschen frische Luft«, behauptete er, verließ die Wohnung und ging zu seinem Klappstuhl. Er trug einen kastanienbraunen Morgenmantel aus dickem Stoff und Schlappen.

Mit jedem Schritt, den er machte, trat Lexi einen vor ihm zurück.

Sie dachte zwar genauso wie Carey, dass er harmlos war, konnte ihm aber noch nicht vollständig vertrauen.

Frank ließ sich langsam nieder und plumpste dann auf die Sitzfläche. Nachdem er es sich bequem gemacht hatte, hustete er noch einmal und wischte sich ein wenig Schleim von den Lippen. Dann sagte er: »Jetzt verstehen Sie bestimmt, was ich vorhin gemeint habe.« Der Satz war an Lexi gerichtet.

»Ja, der Sinn erschließt sich mir nun, wenn auch immer noch nicht ganz. Wer verschenkt denn heutzutage ein funktionierendes Auto?«

»Ich sehe, Sie sind schon wesentlich abgebrühter geworden. Weiter so, das wird Ihnen dabei helfen, länger am Leben zu bleiben.«

»Also, warum sind Sie so großzügig? Sie kennen mich doch gar nicht, und genau genommen habe ich Ihnen in der Vergangenheit auch keine Beachtung geschenkt«, erinnerte ihn Lexi.

In der Ferne fiel plötzlich ein Schuss.

Die Geschwister schauten gleichzeitig in die Richtung.

Frank kümmerte sich nicht weiter darum. Er tröstete sich damit, dass der Schuss weit entfernt geklungen hatte.

Als Lexi ihn wieder anschaute, griff sie den Gesprächsfaden erneut auf: »Sie haben mir immer noch nicht erklärt, warum Sie den Wagen einfach so weggeben wollen.«

»Weil ich ihn schlicht und ergreifend nicht mehr brauche. Ich möchte aber auch ehrlich sein ...«

Lexi unterbrach ihn sofort: »Was Sie zuvor nicht waren?«

»Ha, humorvoll sind Sie also obendrein. Verstehen Sie, ich sterbe. Mir bleiben vielleicht noch ein paar Monate, womöglich aber auch weniger. Wo soll ich denn hingehen? Ich habe nur diese Wohnung, Kisten voller Gerümpel und ein Auto, von dem ich vermute, dass es noch läuft. Mein Leben lang habe ich Amerikaner beschützt, und wenn ich bald den Löffel abgebe, will ich bis zuletzt das getan haben, was meine Arbeit ausgemacht hat. Falls dieses Auto noch funktioniert, besteht für Sie beide eine reelle Chance, diese Krise zu überleben. Ja, Sie kennen mich wirklich nicht, und ich Sie auch nicht, doch wir haben trotzdem etwas gemeinsam.«

»Und das wäre?«, fragte Lexi argwöhnisch.

»Wir sind Menschen, und der Grund dafür, dass diese Welt so schnell aus den Fugen geraten konnte, besteht im Vergessen dieser Tatsache. Viele wissen einfach nicht mehr, was es bedeutet, ein Mensch zu sein.« Daraufhin machte Frank eine Pause. Er schaute zum Himmel hinauf und lächelte sanft, bevor er fortfuhr: »Ich weiß, mein Leben wird nicht vorbei sein, wenn ich sterbe. Das hier ist nur ein Abschnitt meiner Reise, und ich freue mich sogar auf den nächsten. Und könnte ich Ihnen mehr schenken, würde ich es tun.«

»Haben Sie vielleicht eine Schusswaffe?«, erwiderte Lexi extrem unsensibel.

»Also echt, er gibt uns doch wohl schon genug«, warf Carey vorwurfsvoll ein.

»Also, Sie wissen definitiv, was Sie wollen, Mädchen. Ja, ich denke, ich habe eine Waffe, die Sie mitnehmen könnten.«

Lexi kam erwartungsvoll näher und konnte ihre Begeisterung kaum zurückhalten. »Großartig! Jetzt sagen Sie mir bitte noch, wo wir den Wagen finden.«

»Ruhig Blut«, beschwichtigte sie Frank. »Ich kann verstehen, dass Sie aufgeregt sind, aber ich würde davon abraten, noch heute Nacht aufzubrechen.«

»Wir tun's aber trotzdem, Punkt. Aus. Ich kann die Hände nicht einfach in den Schoß legen und abwarten, bis noch etwas Schlimmes passiert. Alles zerfasert so schnell ... ich muss meine Schwester und mich sofort in Sicherheit bringen.«

»Er hat vielleicht nicht ganz unrecht«, warf Carey ein.

»Hör mal, Jeff ist tot ... tot, kapierst du das? Wir wollten uns nur nach Autos umschauen, und er wurde einfach so erschossen«, regte sich Lexi auf.

Frank lehnte sich zurück, denn dies zu erfahren, entsetzte ihn sehr. »Sie meinen Ihren Freund, den netten Kerl, dem ich geholfen habe, als er angegriffen wurde?«

»Ja, genau den«, bekräftigte Lexi. »Er wurde vorhin auf dem Gebrauchtwagenparkplatz am Pacific Coast Highway niedergeschossen.«

»Das tut mir leid, auf mich machte er einen sehr netten Eindruck.« Franks Anteilnahme war aufrichtig, das spürte man.

Lexi hob zu einer atemlosen Rede an: »Hören Sie, ich kenne Sie zwar nicht richtig, aber Sie haben uns gerade zu einem maßgeblichen Mittel verholfen, das unsere Leben retten könnte. Ich kann nicht mehr länger warten. Wir müssen unverzüglich aufbrechen, das Auto holen und dann aus der Stadt fliehen.«

An ihrem hektischen Sprechtempo erkannte Frank, dass sie ein wenig von der Rolle war. Seine Hilfsbereitschaft war ihm ein ernstes Anliegen, und da er sowieso bald sterben würde, sprach für ihn auch nichts dagegen, im Kampf zugrunde zu gehen. »Haben Sie etwas dagegen, wenn ich Sie begleite?«

Sie machte ein misstrauisches Gesicht und lehnte sein Angebot direkt ab: »Nein.«

»Lex, er könnte doch vielleicht ganz hilfreich sein«, meinte Carey.

Als sie Franks klapprigen Körper auf dem Stuhl betrachtete, war sich Lexi nicht so sicher, ob das wirklich stimmte. »Schauen Sie sich doch selbst mal an, Sie können doch kaum noch ohne Hilfe stehen.«

»Ich streite nicht ab, dass ich nicht mehr im vollen Saft stehe, aber das ist in erster Linie Müdigkeit wegen der Auseinandersetzung gestern. Unterschätzen Sie mich bitte nicht, ich kann Ihnen tatsächlich helfen.« Frank klang selbstsicher, während er dies äußerte, und erhob sich nun.

»Geben Sie mir einfach Ihre Waffe und genug Munition«, verlangte Lexi. »Dann machen wir uns von mir aus sofort zu dritt auf den Weg.«

Frank trat vor, streckte seine Rechte aus und entgegnete: »Abgemacht.«

7. DEZEMBER 2014

»Ich würde lieber für eine sinnvolle Sache sterben als ein sinnloses Leben zu führen.«

Corazon Aquino

Solana Beach, Kalifornien

Frank blickte mit Stolz auf seine Tätigkeit beim Grenzschutz zurück. Nach seinem College-Abschluss in Bodenkultur hatte er zunächst für das Innenministerium gearbeitet, doch der Posten des Schutzgebietsbetreuers war ihm schnell langweilig geworden. Ihm war nach etwas Aufregenderem zumute gewesen, also hatte er sich in die Abteilung Rechtsvollzug versetzen lassen. Im Rahmen seiner ersten Stelle als Gesetzeshüter war er in der verdeckten Drogenfahndung in Lake Mead eingesetzt worden. Schon nach wenigen Wochen in dieser Position hatte es ihn gepackt. Er war begeistert davon gewesen, aber leider nicht allzu lange, und schon im zweiten Jahr hatte er unter einem Burn-out gelitten. Daraufhin war er dem Beispiel eines Freundes gefolgt, den Absprung zu versuchen, indem er sich beim Grenzschutz beworben hatte. Er war mit einem Bonus entlassen worden, und der Übergang hatte überhaupt kein Problem dargestellt.

Die Jahre waren schnell ins Land gezogen, und bevor er sich versehen hatte, war ein Vierteljahrhundert im Dienst des Landes verstrichen, das er innig liebte. Im Laufe dieser Zeit waren Partnerinnen gekommen und gegangen, doch auf Kinderglück hatte er leider verzichten müssen. Dies war das Einzige, was er wirklich von Herzen bedauerte in seinem Leben.

Nachdem er sich bereit erklärt hatte, den beiden jungen Frauen zu helfen, musste er sich innerlich auf einen dreizehn Meilen Fußmarsch vorbereiten. Er wollte es sich zwar nicht eingestehen, aber er hatte Bedenken. Sein Gesundheitszustand war äußerst kritisch, und schon die kurze Strecke von dem Tabakladen, wo er halbtags arbeitete, zurück zu seiner Wohnung hatte ihn am Vortag komplett ausgezehrt. Selbst seine tollkühnen Gesten konnten nicht verbergen, wie schwach er tatsächlich war.

Lexi kam zur Appartementtür und klopfte laut. »Kommen Sie, alter Mann, wir haben fertig gepackt und sind bereit zum Aufbruch.«

Frank schaute auf seine Armbanduhr. »Hmm, heute ist ein neuer Tag«, murmelte er im Bewusstsein der Tatsache, eine weitere Nacht als überlebt abhaken zu können.

Lexi klopfte noch einmal.

»Ist offen, kommen Sie doch rein!«, rief er.

Sie betrat die Wohnung gemeinsam mit Carey.

»Sind Sie fertig?«, fragte Lexi.

Ihre Schwester, die hinter ihr stand, fummelte an einem Gurt ihres kleinen Rucksacks herum.

Frank ging zum Esszimmertisch und sagte: »Kommen Sie her.«

Lexi tat es und wurde ganz aufgeregt, als sie die ganzen Waffen und das Zubehör auf der Platte sah. Sie konnte sich nicht zurückhalten und griff zur erstbesten Pistole … einer Glock 17. Da sich Frank nicht davor scheute, die Frauen vor den Kopf zu stoßen, und klarstellen wollte, dass er der Alphawolf war, schlug er unsanft ihre Hand weg. »Man fällt nicht einfach irgendwo ein und befummelt jemandes Schusswaffen.«

Lexi zog sich zwar zurück, sagte aber gleich, als sie ihre Fassung wiedergewonnen hatte: »Sie haben doch versprochen, mir eine zu geben.«

»Ja, aber nicht diese hier. Zuvor möchte ich wissen: Haben Sie schon einmal im Leben mit einer Pistole geschossen?« Frank hatte seine Hände in die Hüften gestemmt und schaute Lexi von oben herab an.

»Nein«, antwortete Carey, während sie weiter an ihrem Rucksack nestelte.

»Nein, aber sonderlich schwierig kann das ja nicht sein«, meinte Lexi abwertend.

Er nahm die Glock und hielt sie vorsichtig in seinen breiten, schrundigen Händen. »Ihre Funktionsweise ist relativ simpel, aber für jemanden, der nicht damit umgehen kann und keine Schießausbildung hatte, sind sie vielleicht nichts weiter als Briefbeschwerer, solange man nichts davon versteht.«

Lexi streckte sich wieder nach der Pistole aus, aber er zog sie kurzerhand weg.

»Meine Liebe, wenn Sie eine Pistole von mir haben möchten, brauchen Sie zuerst ein wenig Sachkenntnis.«

Lexi grunzte: »Ach kommen Sie schon.«

Carey war endlich mit ihrem Gefummel fertig und trat eifrig vor. »Bringen Sie mir doch das Schießen bei«, verlangte sie.

Frank lächelte zuerst sie und dann Lexi an, diese allerdings wesentlich abwertender. »Ihre Schwester ist ein kluges Mädchen.« Sie schnaufte beim Ausatmen und verschränkte die Arme.

Statt einen Streit zu provozieren, erklärte Frank den beiden nun die Glock im Schnellverfahren. Er berücksichtigte dabei alle Teile, die Funktionsprinzipien und die Grundlagen der Schießkunst. Während er alles Wichtige ansprach, bemerkte er, dass Lexi aufmerksam zuhörte und nicht mehr herummurrte. Er wusste, dass sie darauf brannte, schnell aufzubrechen, doch ihr einfach so eine Waffe zu überlassen, obwohl sie nicht über die erforderlichen Kenntnisse verfügte oder zumindest diesen Schnellkurs mitgemacht hatte, würde ihr nichts bringen. Sobald er sich sicher war, dass sie mit der Pistole hantieren konnte, schenkte er den beiden noch eine Überraschung. »Das sind kugelsichere Westen – vielleicht ein bisschen groß für Sie, aber äußerst praktisch.« Er hielt zwei schwarze Leibchen hoch.

Lexi entriss ihm eine Weste und klagte: »Die ist aber ganz schön schwer.«

»Das liegt an der ballistischen Panzerung im Futter, gleich hier.« Frank verwies auf die Platten, die vorn und hinten unter dem Klettverschluss eingeschoben waren.

Lexi musterte die Weste und fand rasch heraus, wie man sie anzog. Sie strahlte, als sie das Gewicht auf ihren Schultern spürte. Während sie sich ausgelassen auf die Brust klopfte, rief sie: »Das ist großartig.«

Carey nahm ihre Weste ebenfalls, ließ sie aber fallen, kaum dass sie den Schultergurt mit ihren zierlichen Händen gepackt hatte. »Ups, sorry.«

Frank hob sie auf. »Das tut dem Ding nicht weh.«

Carey ließ sich die Weste erneut geben und betrachtete sie argwöhnisch. »Wie zieh ich die denn an?«

»So«, antwortete er und zeigte es ihr.

Lexi lachte, während sie dabei zuschaute, wie Carey in die viel zu große Weste schlüpfte. »Du siehst schreiend komisch aus.«

Frank nahm ein Holster vom Tisch und befestigte es vorn an Lexis Montur.

»Und wo ist nun die Pistole, die hier hineingehört?«, fragte sie vergnügt.

»Hier.« Er hielt ihr die Glock mit zurückgezogenem Schlitten hin.

Lexi nahm sie, löste den Verschluss und schaute Frank an.

Er wusste, worauf sie wartete. Als er ihr ein vollständig bestücktes Magazin reichte, sagte er: »Denken Sie aber stets daran, sie nur auf etwas zu richten, das Sie zerstören wollen.«

Lexi schnappte sich das Magazin, steckte es in den Schacht und zog den Schlitten zurück. »Darüber brauchen Sie sich keine Gedanken zu machen.«

»Gut.«

»Aber ein Problem gibt es noch«, fügte sie hinzu.

»Welches?«

»Sollte dies das Hauptkriterium sein, richte ich die Pistole auf jeden da draußen«, antwortete sie und schob die Waffe in das Holster.

Del Mar, Kalifornien

Ein kräftiger und frischer Wind wehte ihnen entgegen, während sie am Hundestrand von Del Mar vorbeigingen. Im Osten ließ sich bereits zaghaft die Sonne blicken, während der dunkelgraue Meernebel immer heller wurde.

Frank blieb auf der Brücke stehen und atmete tief durch. Sobald sich seine Brust und Lungenflügel weiteten, musste er wieder husten, doch allein schon die unverbrauchte Meeresluft zu schmecken und zu riechen war den Schmerz und auch das Unbehagen wert.

Lexi war gar nicht aufgefallen, dass er haltgemacht hatte, da sie ihm schon seit Beginn ihres Marsches vorauseilte.

»Warte mal, Frank braucht eine kurze Pause«, rief Carey ihr zu.

»Nicht schon wieder«, nörgelte Lexi, blieb aber stehen. Als sie sich umdrehte, verharrte Frank mit ausgestreckten Armen und geschlossenen Augen auf der Brücke.

»Was machst du denn da – beten?«, fragte sie.

Nun öffnete er die Augen, lächelte jedoch nur. Weil er die beiden nicht länger aufhalten wollte, beendete er seinen genießerischen Moment und schloss rasch zu ihnen auf.

»Machen wir jetzt alle halbe Meile eine Pause?«, fragte Lexi gereizt.

»Sei nicht so gemein zu ihm«, schalt ihre Schwester sie.

»Dann eben nicht«, murrte Lexi.

»Du bist so miesepetrig«, warf ihr Carey halb ernst vor.

»Seid ihr hungrig?«, fragte Frank jetzt, wobei er seine Gürteltasche aufzog und zwei Energieriegel herauszog.

»Auf jeden Fall«, antwortete Lexi und nahm einen.

Frank riss die Verpackung auf und biss ein großes Stück ab. Er kaute ein paar Mal, bevor er erklärte: »Wenn man dem Tod nahe ist, wird man so einsichtig wie nie zuvor. Der Weitblick, den man dabei erhält, ist ohnegleichen. Ich betrachte die Welt buchstäblich mit neuen Augen, behandele meine Mitmenschen anders, ja *bin* selbst anders.« Ehe er fortfuhr, lachte er einmal leise. »Ich musste erst unheilbar an Krebs erkranken, um ein netter Kerl zu werden.«

Carey knuffte sanft seinen Arm und erwiderte: »Du warst bestimmt schon immer nett, bloß dass du durch den Krebs über deinen Schatten springen und dich so geben konntest, wie du wirklich bist.«

»Na, so ganz überzeugt mich diese Theorie nicht«, relativierte Frank und biss noch einmal beherzt in seinen Riegel.

Lexi schaute sich um. »Hier ist aber nicht viel los«, sagte sie. »Nur ein paar Leute, die sich vor die Tür getraut haben.«

In der Ferne zog sich die Interstate 5 dahin, verstopft von Tausenden von Fahrzeugen. Die einst stark befahrene Fernstraße war jetzt so etwas wie ein Autofriedhof. Unterwegs hörten sie alle paar Minuten Geräusche, die sie darauf aufmerksam machten, wie gefährlich die Welt geworden war. Einen Schrei oder Schuss, der wieder verhallte, und ein paar Mal Motorenlärm, allerdings ohne das jeweilige Fahrzeug irgendwo entdecken zu können.

Mit der Pistole und der kugelsicheren Weste fühlte sich Lexi viel sicherer, ja sogar Franks Anwesenheit verstärkte diesen Eindruck bei ihr. Obwohl er geschwächt war, war er trotzdem eine Abschreckung für etwaige Angreifer. Schön, dass viele Frauen vor dem EMP lauthals nach Gleichberechtigung verlangt hatten, doch ihnen war offensichtlich entgangen, wie stark diese vom anständigen Benehmen der Männer abhing. In einer Welt, wo Gesetze nichts mehr galten, verpufften die Politparolen der Vergangenheit plötzlich. Lexi war nicht so töricht, zu glauben, dass zwei Frauen allein sicherer waren, als in Begleitung eines Mannes.

Während Frank wenige Fuß vor ihr stand und seinen Müsliriegel verzehrte, beobachtete sie ihn. In den Jahren, in denen sie gemeinsam in dem Wohngebäude gelebt hatten, war er ihr immer wieder begegnet, ohne dass sie ihn jemals richtig wahrgenommen hatte. Im Grunde hatte sie sich eigentlich überhaupt um nichts gekümmert, außer ihr belangloser Alltag war davon betroffen gewesen. Mit seiner kantigen Kieferpartie und der makellosen Haut – abgesehen von zwei kleinen Narben an einer Wange und dem Kinn – hatte Frank etwas Hübsch-Hässliches an sich. Zu diesen beiden Verletzungen konnte er bestimmt auch eine spannende Geschichte erzählen. Seine schwarzen Haare waren kurz geschnitten und graumeliert. Von seiner Figur her entsprach er einem eher bulligen Typen, doch Lexi konnte sehen, dass er mittlerweile nur noch ein Schatten seiner selbst war, denn der Krebs hatte seine Muskeln verkümmern lassen. In seinen dunkelbraunen Augen konnte sie hellere und grüne Tupfer erkennen. Nur die Zähne trübten sein stattliches Äußeres, denn jahrelanger Nikotin- und Koffeinkonsum hatten ihrem Schmelz und ihrer Farbe geschadet, aber trotzdem: Mochte er auch optische Unzulänglichkeiten haben, so glich seine Persönlichkeit diese zu hundert Prozent aus.

Beim ersten Kontakt hatte er ruppig auf sie gewirkt, doch wenn er sein Gegenüber besser kennengelernt hatte, zeigte er sein wahres Gemüt und erwies sich als warmherziger und humorvoller Mensch.

»Seid ihr eigentlich von hier?«, fragte er nun.

»Aus San Diego«, erwiderte Carey.

»Ihr seid also alteingesessene Südkalifornier?«

Carey suchte den Blick ihrer Schwester, bevor sie antwortete: »Ja, wir wurden im Scripps Hospital in La Jolla geboren.«

»Das dachte ich mir schon«, entgegnete Frank und ließ das letzte Stück des Müsliriegels in seinem Mund verschwinden.

Diese Andeutung machte Carey neugierig. »Aus welchem Grund?«

»Weil ihr nicht so zugeknöpft und anmaßend seid. Viele Zugezogene haben diese tolle kleine Stadt mit ihrer schillernden Oberflächlichkeit zu einem Mini-L.A. gemacht. Der wahre Südkalifornier ist hingegen locker lässig und unvoreingenommen.«

»Ich wohne jetzt in San Francisco und …«

Er fiel Carey sofort ins Wort: »Fang gar nicht erst mit diesem bekloppten Schlag an. Die kannst du alle vergessen, wir echten Kalifornier hätten die Arschlöcher längst ausgrenzen sollen.«

»Für jemanden, der behauptet, die Einheimischen seien stets unvoreingenommen, scherst du aber ganz schön weit in die Gegenrichtung aus«, warf Lexi grinsend ein.

Frank ließ die Verpackung des Riegels auf den Boden fallen. »Nur weil man die Dinge beim Namen nennt, ist man nicht gleich voreingenommen«, erklärte er. »Das sind zwei paar Schuhe. In San Francisco haben die Leute nicht mehr alle Latten im Zaun, das ist eine Tatsache. Es ist genauso, als wenn ich sagen würde, dass du eine Frau bist – das ist kein wertendes Urteil, sondern Fakt.«

»Im Augenblick spielt aber nichts von alledem noch eine Rolle«, sagte Lexi.

»Doch, das tut es. Könntest du dir vorstellen, in San Francisco jemanden zu finden, der gemeinsam mit dir ums Überleben kämpfen will?«, fragte Frank.

»Hör auf, mein neues Zuhause runterzuputzen«, beschwerte sich Carey. »Dort gibt es auch gute und nette Menschen.«

Während die beiden weiter über die Stadt diskutierten, schaute sich Lexi die Umgebung an. Das Rauschen der Brandung empfand sie als äußerst angenehm, und über ihnen flogen die ganze Zeit Seemöwen. Weitab im Norden konnte sie zwei Personen erkennen. Gerade als sie sich nach Süden umdrehen wollte, fiel ihr noch ein Paar in der Nähe des ersten auf, das sich allerdings hinter einer Baumgruppe versteckte. Sie konnte die beiden nicht richtig sehen, sondern nur ihre Bewegungen, und erhaschte deshalb nur einen kurzen Blick auf sie.

»Lasst uns weitergehen«, schlug sie nervös vor.

Frank stimmte ihr zu. »Gute Idee.«

Durch die Innenstadt von Del Mar zu ziehen, stellte sich als bestürzende Erfahrung heraus, denn binnen dreier Tage waren die Schaufenster zahlreicher Geschäfte eingeschlagen worden, Trümmer lagen verstreut auf den Bürgersteigen und Straßen herum, wo sie den Verkehr behindert hätten. Sie begegneten einigen Bewohnern, während sie sich einen Weg zwischen stehengelassenen Pkws hindurch bahnten. Währenddessen achteten sie darauf, sich stets am Mittelstreifen der Fahrbahn zu orientieren, um Abstand von den Gebäuden zu wahren. An regelmäßige Schüsse und Schreie hatten sie sich nunmehr schon fast gewöhnt. Hörten sie welche, merkten sie sich einfach die Richtung, aus der sie gekommen waren, und blieben in Bewegung.

Jede Person, die sie sahen, verhielt sich irgendwie fahrig und war vorsichtiger als üblich. Sie wollten offenbar genau wie Lexi kein Wagnis eingehen. Zwei Grüppchen, die sie passierten, wirkten bedrohlich, doch als diese Fremden sahen, dass sie bewaffnet waren, denn Frank hatte sich ein Gewehr gut sichtbar über die Schulter gehängt, blieben sie gar nicht erst stehen.

Zu erfahren, dass Del Mar verwüstet worden war, machte Lexi traurig. Sie hatte viele Tage und Nächte in dieser Stadt verbracht, weshalb sie für sie voller Erinnerungen steckte. Aber dieses neue Bild würde sich jetzt dauerhaft bei ihr einprägen.

Je weiter sie in Richtung Süden gingen, desto deutlicher erkannte Lexi, wie weit die verheerende Wirkung des Elektromagnetpulses reichte. Hätte er sich nur auf diesen Ort beschränkt, wären bestimmt schon etliche Regierungsinstanzen eingeschritten, doch dass dem nicht so war, sagte alles aus.

»Frank, wie schlimm ist es wirklich, was meinst du?«, fragte Lexi.

»Sehr schlimm. Sonst hätte ich ja nicht vom Ende der Welt gesprochen.«

Carey fuhr dazwischen: »Wird sich die Lage je wieder normalisieren?«

»Ich bin kein Experte, aber ich würde sagen, dass sich unsere Gesellschaft bereits komplett aufgelöst hat. Klar wirkt das sonderbar, aber betrachtet es doch mal folgendermaßen: Ist die Zivilisation erst einmal zusammengebrochen, lässt sie sich unmöglich schnell wiederaufbauen, und je länger wir ohne irgendeine Ordnung leben, desto tiefer werden wir sinken. Ich vermute mal, der Regierung sind momentan einfach die Hände gebunden. Ich denke nicht, dass sie komplett zerschlagen ist, aber in ihrer Handlungsfähigkeit doch erheblich eingeschränkt wurde. Falls das wirklich stimmt, tun ihre Mitglieder momentan nichts weiter, als sich selbst zu schützen, weshalb wir – das Volk – auf uns allein gestellt sind.«

»Ich hab's dir doch gesagt Carey, wir sind am Arsch«, meinte Lexi.

»Das macht mich einerseits traurig, doch gleichzeitig habe ich das Gefühl, dass wir aus dieser Krise auch als stärkere Nation hervorgehen können«, erwiderte Carey blauäugig.

Frank lachte über diese Aussage. »Es gibt keine Nation mehr, die daraus hervorgehen könnte. Es ist vorbei. Wir sind nur noch nicht so weit, uns das einzugestehen.«

An der Einfahrt der Carmel Valley Road auf den Pacific Coast Highway blieb Frank stehen und weidete sich einmal mehr an der Landschaft. Er ging zu einer Stelle mit einer guten Aussicht und hielt inne. »Das hier ist unheimlich schön.«

Lexi beschloss, sich zu ihm zu gesellen, während er den Blick auf den Strand und das Meer genoss.

»Darf ich dich mal etwas Persönliches fragen?«, fing sie an.

»Selbstverständlich.«

»Hast du je mit dem Gedanken gespielt, Selbstmord zu begehen?«

»Ha, tun wir das nicht gerade irgendwie?«, fragte er belustigt.

»Hoffentlich nicht.«

Eine kühle Brise wehte über sie hinweg.

Frank zog seine Mütze aus und fuhr sich mit seinen dicken Fingern durch die Haare.

»Vielleicht gehen wir jetzt besser weiter und rasten dort unten.« Carey zeigte auf den Strand bei Torrey Pines.

Frank wandte sich an Lexi. »Was meinst du?«

»Klar.«

Sie zogen sich von dem Aussichtspunkt zurück und setzten ihren Weg fort.

Lexi war nicht glücklich mit seiner letzten Antwort, also sprach sie ihn darauf an. »Ich meine es ernst, wolltest du dich jemals umbringen?«

»Warum möchtest du das wissen?«

»Weil ich denke, dass ich es tun würde, wenn ich unheilbar krank wäre.«

»Das denkst du, weil es für dich nur theoretisch infrage kommt«, vermutete Frank.

»In den letzten paar Tagen wäre ich zwei Mal fast draufgegangen«, verdeutlichte ihm Lexi.

»Sicher, aber das ist etwas vollkommen anderes. Es gibt einen Unterschied zwischen der Möglichkeit und der Gewissheit, zu sterben. Ich kann nichts dagegen machen. Nicht mehr lange, dann sterbe ich – fertig, aus. Wissen und Befürchten hat nichts miteinander zu tun.«

Als Lexi darüber nachdachte, sah sie ein, dass seiner Einschätzung etwas Wahres innewohnte.

»Ist das nicht herrlich?«, fragte Frank, als er auf die Wellen zeigte.

Sie versuchte, sich in seine Lage zu versetzen. »Das ist es«, pflichtete sie ihm bei.

Als sie den Weg zum Strand erreichten, hielt er kurz an, um seine Schuhe und Socken auszuziehen. Lexi lächelte leicht.

Nachdem er die Schnürsenkel zusammengeknotet hatte, warf er sich die Schuhe über die Schultern. Wie ein kleiner Junge hüpfte er in den Sand und vergrub seine Zehen darin. Er strahlte, während er damit wackelte. Anschließend wandte er sich den beiden Frauen zu und fragte: »Sollen wir kurz ins Wasser springen?«

»Ich will nicht, aber tu dir keinen Zwang an«, erwiderte Lexi. Sie konnte nach wie vor nicht schnell genug zum Haus seiner Exfrau kommen, fühlte sich aber dazu verpflichtet, ihm wenigstens diese kleine Freude zu gönnen.

Carey wollte sich die Erlaubnis ihrer Schwester einholen, indem sie diese fragend anschaute.

»Nur zu, ich passe so lange auf«, sagte Lexi.

Daraufhin zog die Jüngere zuerst ihren Rucksack und dann die Weste aus. Nachdem sie beides vor Lexi abgelegt hatte, schlüpfte sie schnell aus ihren Schuhen, dann lief sie barfuß an den Strand und auf die Brandung zu.

Frank stand schon fast bis zu den Knien im Wasser. Bei jeder Welle, die heranrollte, lachte er laut.

Lexi schaute den beiden eine Weile beim Planschen und Herumtollen zu. Ihre Freude war ansteckend, und sie ertappte sich dabei, ebenfalls zu lachen, als Frank im hüfthohen Wasser umfiel. Aber dann riss sie sich von dem Treiben los, um die Küste in beide Richtungen beobachten zu können.

Im Süden sah sie zwei Personen, die gerade stehenblieben und sich auf ein Geländer setzten. Sie konnte sie nicht genau erkennen, fragte sich aber unwillkürlich, ob es das Paar war, das sich vorhin hinter den Bäumen versteckt hatte.

Während sie die Umgebung weiter absuchte, wurde sie plötzlich von einem lauten und schrillen Schrei ihrer Schwester aufgeschreckt. Sie schaute zu ihr hinüber, als Carey gerade in eine brandende Welle hechtete. Eine Sekunde lang tauchte sie unter, und als sie wieder hochkam, klebte Seetang an ihren Schultern.

»Igitt!«, schrie Carey.

Lexi liebte den Strand von Torrey Pines, und nun wo sie hier war, kehrten all die schönen Erinnerungen an die Wanderwege durch den Park oberhalb der Küste wieder zu ihr zurück. Eines der wenigen Dinge, die ihr von ihrem Vater noch im Gedächtnis geblieben waren, betraf die Ausflüge dorthin. Er hatte immer oben in der Nähe eines Ausgangspunktes für Wanderer geparkt. Dann waren sie gemeinsam eine Meile weit zum Strand hinuntergegangen. Für gewöhnlich hatten sie danach im Wasser gespielt und hinterher am Ufer gepicknickt, bevor sie wieder aufgebrochen waren. An ihn zu denken machte sie zugleich wütend und traurig – letzteres aufgrund des Gefühls, dass Gott sie im Stich gelassen hatte. Während alle ihre Freunde Papas hatten, war sie vor Sehnsucht nach einer Vaterfigur … einem positiven männlichen Einflussgeber fast vergangen … der sie hätte lieben und ihr zeigen sollen, wie Männer Frauen richtig behandelten. Diese Wut schlug sich immer noch stark in ihrem Leben nieder, und solange sie keinen Mann fand, dem sie uneingeschränkt vertrauen konnte, wollte sie einfach nicht glauben, dass es einen gab, der so gut war wie ihr Vater.

Jetzt nahm sie plötzlich Bewegungen im Norden wahr. Als sie genauer hinschaute, sah sie drei Personen – zwei Männer und eine Frau – die unvermittelt auf der Straße unter einer Brücke erschienen. Diese führte vom Feuchtgebiet über eine weite Bucht nach Osten.

Sie wirkten aber gewöhnlich und waren unbewaffnet, soweit Lexi das von ihrer Warte aus sehen konnte.

Langsam kamen sie auf sie zu.

Lexi steckte sich daraufhin zwei Finger in den Mund und pfiff.

Frank, der es zuerst gehört hatte, drehte sich zu ihr um.

Als sich ihre Blicke begegneten, zeigte Lexi auf die Fremden, die sich ihnen näherten.

Er rief nach Carey, um auch ihr Bescheid zu geben.

Danach verließen die beiden das Wasser und gingen zu Lexi.

Die drei Unbekannten waren nur noch zwanzig Fuß weit weg und bewegten sich weiterhin ohne Eile.

In diesem Moment entschied Lexi, sie zu warnen, indem sie ihnen zeigte, dass sie eine Waffe hatte. Sie drehte sich zu ihnen um und legte ihre rechte Hand auf den Griff der Pistole im Holster.

Einer der Männer sah dies und sprach leise mit seinen Gefährten, die sofort in ihre Richtung schauten.

Frank trat mit seinem Gewehr ebenfalls vor, das er sich gerade über das klatschnasse T-Shirt gehängt hatte, und blieb schweigend stehen.

Carey stellte sich neben Lexi und zog hastig ihre Weste an.

Die drei Fremden hielten an, um Lexi und die beiden anderen zu mustern, bevor sie schnell über die Straße liefen, um nicht an ihnen vorbeigehen zu müssen.

Lexi war froh, dies zu sehen. Zum ersten Mal seit dem Stromausfall fühlte sie sich mächtig. Diesen Personen etwas zuleide zu tun lag ihr zwar fern, doch sie wollte ihnen trotzdem zu verstehen geben, dass mit ihr nicht zu spaßen war.

Das Trio ging nun nervös in Richtung Süden, wobei es sich gelegentlich nach den Geschwistern und Frank umschaute.

Schließlich sagte Lexi überheblich: »Wenn ihr zwei jetzt mit dem Spielen fertig seid, können wir ja weitergehen.«

»Na klar doch«, erwiderte Frank. Er spürte, dass ihn der lange Marsch auszehrte, doch kurz im Ozean zu schwimmen hatte ihn erfrischt. Er drehte den Kopf nach Süden und schaute am Strand entlang. »Ich habe eine Idee, wie wir Fahrzeugverkehr und andere Leute meiden können.«

»Ich bin ganz Ohr«, entgegnete Lexi.

»Das Haus meiner Ex steht in La Jolla Shores. Lasst uns doch einfach an der Küste entlanggehen. Das sollte klappen, weil gerade Ebbe herrscht.«

Lexi nickte. »Gute Idee.«

La Jolla Shores, Kalifornien

Die Drei legten weitere vier Meilen in Ufernähe zurück, ohne auf irgendwelche Schwierigkeiten zu stoßen. Sie unterhielten sich über Dinge, die nicht mehr von Belang waren, wie zum Beispiel Filme und Musik. Das war zwar nicht besonders tiefsinnig, doch die Realität trat ihnen trotzdem wieder vor Augen, als sie über eine Felsklippe kamen, die fast bis zur Brandung hinausragte.

Nicht weit vor dem Strand lag nämlich wie ein riesiges Stück Treibholz ein gewaltiger Frachter. Als würde das Meer ihn gar nicht zur Kenntnis nehmen, umspülte jede Welle den Stahlrumpf, bevor sie ans Ufer rollte.

»Heiliger Bimbam!«, rief Frank.

»Sieht aus wie eine Szene aus einem Weltuntergangsfilm«, meinte Carey.

»Bloß dass das hier kein Film ist«, erinnerte sie Lexi.

Sie rührten sich nicht, sondern starrten eine Weile nur auf das Schiff, dessen Besatzung längst verschwunden war und das Schiff bestimmt verlassen hatte, kurz, nachdem es auf Grund gelaufen war.

»Das Gute ist, dass wir fast da sind, denn gleich hinter dem Kahn geht's nach Shores, wo meiner Ex-Frau wohnt«, sagte Frank.

Als Lexi hochschaute, stellte sie fest, dass die Sonne im Nordwesten stand und allmählich in Richtung Horizont wanderte. »Wie weit, schätzt du, ist es noch?«

»Eine Meile, vielleicht ein bisschen mehr«, entgegnete Frank.

»Zwei?«

»Nein, so weit nicht.«

Wenn sie an dem Schiff vorbeischauten, erkannten sie bereits halbhohe Gebäude, die das Stadtbild im Zentrum von La Jolla bestimmten.

Am Strand entlangzugehen war eine sehr gute Idee gewesen, denn sie hatten keinen einzigen anderen Menschen getroffen und sich von der friedlichen Umgebung einlullen lassen können. Die Entdeckung des Wracks hatte sie allerdings wieder in die Wirklichkeit zurückgeholt, was Lexi genügte, um ihr eigentliches Ziel wieder ins Auge zu fassen.

»Ich wollte eigentlich fragen, ob wir dich wieder zurück zu deiner Wohnung fahren sollen, wenn wir das Auto haben«, sagte sie jetzt.

»Oh nein, ich schlage mein Lager einfach im Haus meiner Ex auf. Sie ist mit ihrem Neuen ausgeflogen, und ich bezweifele, dass sie wiederkommen wird.«

»Wo sind die beiden denn?«, fragte Carey neugierig.

»In Aspen.«

»Nett«, fand sie.

»Nichts da, nur ein weiterer Ort voller Spießer. Nicht einmal der Schnee ist dort ausgesprochen gut. Wenn man griffigen Schnee, ideale Bodenbedingungen und echte Skifahrer haben möchte, muss man schon nach Alta fahren.«

»Was hast du bloß gegen Reiche?«, wollte Lexi wissen.

»Nichts, abgesehen davon, dass viele von ihnen Arschlöcher mit Sonderrechten sind«, meinte Frank.

»Womit wir wieder bei den Vorurteilen wären«, gab Lexi zurück.

Sie diskutierten Franks Meinung über wohlhabende Menschen aus, während sie weiter zum Haus seiner Exfrau gingen.

Dabei wurde er nach und nach immer schwerfälliger und er fing an, heftig zu husten, was ihn noch weiter ausbremste.

Lexi schaute zum Horizont, dem sich die Sonne stetig näherte.

Franks Anfälle wurden immer schlimmer, weshalb er schließlich stehen bleiben musste. Der Husten setzte ihm so heftig zu, dass er auf die Knie fiel.

Carey ging zu ihm und kniete sich neben ihn. Sie legte behutsam eine Hand auf seinen Rücken.

Er zog ein Tuch hervor und hielt es sich an den Mund. Als er es herunternahm, war es blutgetränkt.

Lexi atmete laut vernehmlich aus. Sie war zugleich genervt und besorgt. Sie hatten das Haus so gut wie erreicht, konnten das letzte Wegstück aber nicht zurücklegen, solange Frank dort kniete und hustete.

»Kann ich dir irgendwie helfen?«, fragte Carey ihn besorgt.

Er reagierte lediglich mit einem Kopfschütteln. Sein Anfall wuchs immer weiter, sodass er bald schon nach Luft rang.

»Frank, wie weit ist es noch bis zum Haus?«, drängte ihn Lexi. »Je schneller wir dort sind, desto besser, dann kannst du dich dort ausruhen.«

Er hob einen zitternden Arm und streckte ihn aus.

»Wo ist es?« Lexi schaute am Strand entlang. Die Siedlung war zwar in Sichtweite, aber noch zu weit weg, um sie genauer erkennen zu können.

Er schnappte außer Atem nach Luft. »Viertes Haus am Ufer.«

Lexi sah wieder hinüber und zählte die Gebäude. »Gut, das dauert ja nicht mehr lange. Carey, hilf ihm auf, wir schaffen es schon, wenn wir ihn stützen.«

Carey zögerte. »Bist du sicher?«

»Ja, das bin ich. Jetzt mach schon«, befahl ihr Lexi, während sie sich auf die andere Seite neben Frank stellte und seinen rechten Arm packte.

Er atmete hektisch ein und versuchte, sich aufzurichten, doch seine körperliche Verfassung hatte sich von jetzt auf gleich drastisch verschlechtert.

Lexi legte sich seinen Arm um die Schultern.

Carey tat es ihr mit dem linken gleich.

Als sie losgingen, schaute ihm die Ältere ins Gesicht. Frisches Blut haftete an seinen Lippen und ein wenig tropfte auch am Kinn hinunter.

»Frank, bald hast du's bequemer, dafür sorgen wir.«

Er stöhnte wieder und berichtigte sie dann leise: »Franco.«

»Hmm?«

»Das ist mein Name. Eigentlich heiße ich Franco.«

»Okay, Franco.«

Er kicherte.

Lexi sah ihn verständnislos an, weil er anscheinend selbst einem qualvollen Hustenanfall noch etwas Heiteres abgewinnen konnte.

Als sie das Haus endlich erreichten, hielt sich Lexi nicht lange damit auf, wie sie hineinkommen sollten. Weil sie keinen Schlüssel hatten, zerschlug sie kurzerhand ein

Garagenfenster und verschaffte sich so Zugang ins Innere. Nachdem sie hineingeklettert war, fiel das letzte Sonnenlicht des Tages wie ein Fingerzeig Gottes durch den leeren Rahmen auf den Impala. Er stand genau dort, wie Frank es ihnen beschrieben hatte. Sie wollte schleunigst herausfinden, ob der Wagen noch ansprang, doch zuerst galt es, den Kranken in ein Bett zu legen. Sie ging durch das Haus zu einer Schiebetür, die auf die Vorderterrasse führte, wo Carey mit Frank wartete. Nachdem sie diese geöffnet hatte, halfen ihm die beiden hinein und gingen dann ins Schlafzimmer.

Sein Husten war nicht mehr so schlimm, doch der Restweg hatte ihm jegliche Kraftreserven geraubt, sodass sein Körper wie eine Stoffpuppe erschlaffte.

Sie ließen ihn vorsichtig auf das Bett fallen und zogen ihm den Rucksack mitsamt seiner anderen Ausrüstung und der Schuhe aus.

»Bleib einfach liegen und erhol dich«, sagte Lexi mit sanfter Stimme.

Das ließ er sich nicht zwei Mal sagen und sank sofort mit dem Kopf auf ein dickes Kissen. Im selben Moment, als er die Horizontale eingenommen hatte, kehrte der Hustenreiz wieder zurück. Er drehte sich auf die Seite und würgte eine beängstigende Menge Blut aus. Es floss über den Kissenbezug auf die Matratze.

»Hol schnell ein Handtuch«, bat Lexi ihre Schwester.

Diese eilte hinaus.

»Ist das normal?«, fragte Lexi an Frank gerichtet.

Er nickte.

»Hört es denn wieder auf?«

Er schaute in ihr Gesicht. »Es tut mir leid.«

Zu sehen, wie er sich quälte, ließ Mitleid in ihr hochsteigen. Sie streckte eine Hand aus und rieb seine Schulter. »Wir kümmern uns schon um dich.«

Carey kam mit einem Handtuch hereingelaufen. Sie schob es ihm unter das Kinn.

Frank lächelte, als er ein wenig Blut auf das Monogramm im Frottee spuckte.

Lexi, die es sah, wunderte sich darüber. »Du hast nicht viel für deine Ex übrig, oder?«

Frank schüttelte den Kopf. »Nein.«

»Sollen wir dir vielleicht etwas Wasser bringen?«, fragte sie.

»Nein, lasst mich einfach nur ausruhen«, murmelte er und schloss erschöpft die Augen.

Die Schwestern verließen daraufhin das Zimmer und schlossen sanft die Tür.

»Der arme Kerl«, meinte Carey seufzend.

»Ja, ich bedauere ihn.«

Carey ging durch den langen Flur in ein sehr geräumiges Wohnzimmer mit hoher Decke. Dort blieb sie stehen, um sich die schmuckvolle Dekoration und die extravaganten Möbel anzusehen. Der Raum lag auf der Strandseite und stand vom Hauptteil des Gebäudes ab. So besaß er drei freie Seiten, die jeweils mit einer hohen Schiebetür ausgestattet waren, durch welche man eine breite Holzterrasse erreichte. Carey stellte sich an die hintere Tür, die direkt zum Ufer zeigte, und blickte auf die Sonne am Horizont.

Lexi kam ebenfalls näher und bat sie: »Hilf mir, ich suche Kerzen und Taschenlampen.«

Carey starrte weiter auf die Sonne, die langsam hinter dem scheinbar unendlichen Ozean unterging. Sie hatte die Arme um ihren Oberkörper geschlungen. »Warum ist das alles passiert, was meinst du?« Lexi, die gerade Schubladen durchstöberte, hielt auf diese Frage hin inne.

»Ich habe keinen blassen Schimmer, wer zu so etwas imstande ist«, fuhr ihre Schwester fort.

»Falls überhaupt jemals Zweifel daran bestanden haben, dass das Böse existiert, dürften sie nach den letzten paar Tagen aufgehoben sein.«

»Schon klar, aber warum tut man so etwas und zu welchem Zweck?«

Lexi schaute hoch, bevor sie antwortete: »Keine Frage, wer auch immer es war, hatte seine Gründe, aber letzten Endes ist es ganz simpel.«

Carey drehte sich zu ihr um. »Was meinst du damit?«

»Es geht um das bloße Zerstören, um sonst nichts.«

Nachdem sie alle Lichtquellen zusammengetragen hatten, die sie finden konnten, machte sich Carey ans Zubereiten eines Abendessens. Dankenswerterweise war die Speisekammer von Franks Exfrau gut mit Konserven und trockenen Lebensmitteln bestückt. In der Garage entdeckten sie außerdem noch eine Gefriertruhe, deren Inhalt zum Glück noch nicht komplett aufgetaut war. Ausgehungert nach dem langen Marsch holte Carey ein bereits mariniertes Stück Rindfleisch daraus hervor und trug es zu einem Gasgrill, der an der Seite des Hauses stand.

Während sie mit dem Dinner beschäftigt war, suchte Lexi den Autoschlüssel. Eigentlich hatte sie geglaubt, er sei leicht zu finden. Sie schaute zuerst an den naheliegenden Plätzen nach, aber leider ohne Erfolg. Sie war kurz versucht, Frank zu wecken, aber dann wog der Gedanke an ihr schlechtes Gewissen, das sie daraufhin haben würde, schwerer als ihre Ungeduld, was die Funktionsfähigkeit des Wagens betraf. Sie suchte also dieselben Stellen noch einmal mit einer Taschenlampe ab, wurde aber immer noch nicht fündig. Nachdem sie die letzte Schublade zugeknallt hatte, drehte sie sich frustriert um. »Wo könnte er denn sonst noch sein?« Der Strahl ihrer Lampe fiel nun auf das Auto. Sie betrachtete den hübschen, makellosen roten Lack, an dem kein einziges Staubkorn oder Schmutz hing. Ungeachtet dessen, was Frank gesagt hatte, war eindeutig zu erkennen, dass seine Exfrau den Impala sehr sorgfältig pflegte. »Wenn ich ein Schlüsselbund wäre, wo würde ich mich verstecken?«

Sie trat nun von den Einbauschränken zurück und ging zum Auto hinüber. Dort leuchtete sie durch die Scheibe der Fahrertür und schaute auf die Ledersitze. Sie schwenkte den Strahl kurz über das Armaturenbrett bis zum Steuer, wo ihr auf einmal etwas Merkwürdiges ins Auge sprang. Unter der Lenksäule hing ein Hasenfuß. Man hätte nun sehen können, wie ihre Augen vor Freude funkelten, denn sie wusste genau, dass dies ihr gesuchter Schlüsselanhänger war. Als sie ihre Finger unter den Griff der Tür schob, betete sie, dass der Wagen nicht verriegelt war. Doch jetzt ertönte ein Klick, und die Tür sprang auf. »Jawoll!« Lexi öffnete sie ganz und rutschte schnell auf den harten Fahrersitz. Zuerst roch es süßlich nach Lavendel, dann nach einem Lackpflegemittel. Sie tastete nach dem Anhänger und hielt schließlich den Schlüssel, der in der Zündung steckte, fest in der Hand. Ihre Hände zitterten vor Aufregung. »Bitte spring an, bitte, bitte, bitte.« Wie bei ihrem eigenen Wagen machte sie die Augen zu und sprach zuvor ein kurzes Gebet.

»Ahhh!«, schrie Carey plötzlich laut aus der Küche.

Lexi öffnete die Augen abrupt wieder und stieg hastig aus. Dabei war sie allerdings noch geistesgegenwärtig genug, den Schlüssel mitzunehmen. Sie steckte ihn in die Vordertasche ihrer Jeans und lief eilig aus der Garage.

»Wie kommst du denn hierher?«, hörte sie Carey plötzlich rufen.

Als sie die Küche betrat, stand ihre Schwester wie vom Donner gerührt neben der breiten Kochinsel, die die Küche vom Wohnzimmer trennte. Carey hatte sich der Schiebetür an der Nordseite zugewandt, wo jemand zu stehen schien.

»Wer ist denn da?«, fragte Lexi nervös.

Aber die Jüngere antwortete nicht. Sie ging stattdessen hastig zur Tür, um sie zu öffnen.

Lexi begab sich weiter in den Raum hinein und rief: »Carey, was tust du da?«

Erneut ignorierte ihre Schwester sie. Nachdem sie die Tür entriegelt hatte, zog sie diese auf. »Was willst du denn hier? Meine Güte hast du mich erschreckt.«

Diese Frage deutete darauf hin, dass sie die Person vor der Tür kannte, doch Lexi war immer noch aufgeregt. Sie näherte sich vorsichtig und stockte, als sie sah, wer es war. »Jessie? Was willst du denn hier?«

Ihre Nachbarin lächelte sie schief an und trat verlegen über die Schwelle. Dann umarmte sie Carey und antwortete: »Sorry, ich weiß, es ist ein bisschen, äh ... komisch, dass ich hier bin.«

Carey drückte sie im Gegenzug an sich und sagte: »Schon gut, alles in Ordnung.« Sie spürte deutlich, dass Jessie etwas auf dem Herzen hatte.

Lexi war vollkommen sprachlos. Es gab keine Erklärung für Jessies Anwesenheit, außer diese hatte sie die ganze Zeit verfolgt. Wo aber hatte sie sich versteckt, und wie war es ihr gelungen, unbemerkt in ihrer Nähe zu bleiben? *Es sei denn ...* Lexi ahnte plötzlich etwas. »Du bist nicht allein, oder?«

Die beiden Jüngeren umschlangen einander immer noch. Jessie hob ihren Kopf und erwiderte: »Er ist wirklich nett, du wirst ihn mögen.«

Wie auf ein Kommando hin trat nun ein junger Mann aus dem Schatten in den Türrahmen.

»Oscar!«, flüsterte Lexi entsetzt. »Nein, dieser Kerl kann auf keinen Fall hierbleiben!«

Carey schaute zu ihm auf. Sie hatte ihn zwar noch nicht persönlich getroffen, wusste aber genug über ihn, um ihrer Schwester beizupflichten.

»Bitte, Lexi, bitte«, flehte Jessie.

Oscar zog seine Schultern hoch und machte eine Handbewegung wie ein Gangsta-Rapper. »Ach, komm schon, Süße. Du kennst mich doch. Was damals passiert ist ... das war doch keine Absicht, okay? Ist echt dumm gelaufen, du weißt ja, wie's gehen kann.«

»Nein, das weiß ich nicht. Und jetzt verschwinde, und zwar schnell!«, verlangte Lexi wütend. Dabei fiel ihr plötzlich ein, dass sie momentan gar keine Waffe bei sich hatte.

Die Pistole steckte nämlich noch im Holster an der Weste, und diese hing jetzt zehn Fuß entfernt über einem Stuhl.

Oscar war klein, aber muskelbepackt. Er hatte sich seine dicken Arme und den Hals komplett tätowieren lassen. Sein penibel getrimmter Kinnbart sah aus wie angeklebt oder aufgemalt. Eine runzlige Narbe unter dem linken Auge zählte zu mehreren Andenken an seine Zeit hinter Gittern. Er war Lateinamerikaner und in Chula Vista aufgewachsen. Seine Eltern, Einwanderer aus Mexiko, hatten ihr Brot mit Feldarbeit verdient. Sie waren ursprünglich hergezogen, um sich einen Traum zu erfüllen, doch Oscar, ihr ältester Sohn, hatte ihre Pläne von einer eigenen Stallung und Wohlstand durchkreuzt, indem er auf die schiefe Bahn eines Drogendealers und Schiebers geraten war. Zwei Mal hatte er im Gefängnis gesessen, aber auch die Gesetzeslage in Kalifornien – nach zwei Verurteilungen wurde eine besonders schwere Strafe verhängt – schreckte ihn offenbar nicht von einem Leben als Verbrecher ab. Nachdem der Bundesstaat Marihuana zu medizinischen Zwecken legalisiert hatte, war er in den Heroinhandel eingestiegen. Dies war mittlerweile Jessies Vorzugsdroge, und er fungierte als ihr Hauptversorger.

Lexi konnte Oscar nicht ausstehen und hatte auch allen Grund dazu. Denn während einer Party bei ihr zu Hause einige Monate zuvor war er plötzlich mit Jessie aufgekreuzt. Lexi hatte sich nicht viel dabei gedacht, doch nachdem er so dreist gewesen war, während ihrer Feier öffentlich Drogen anzubieten, hatte sie ihn kurzerhand raus geschmissen. Oscar ließ sich gemeinhin nicht von Frauen befehligen und war deshalb schnell ausfällig geworden.

Nach viel Geschrei, ein paar zerbrochenen Gläsern und einer Menge Macho-Gehabe hatte er sich verzogen, jedoch nicht, ohne vorher Lexis Hund Hercules totzutreten, eine Französische Bulldogge. Dieser hatte ihn nämlich angebellt und in seine Fersen beißen wollen. Oscar war daraufhin herumgefahren, hatte ihm gegen den Hals getreten und seine Luftröhre zerquetscht.

Es war also müßig zu erwähnen, dass Lexi dies nicht vergessen hatte und ihm das Ganze garantiert niemals verzeihen würde.

»Kommt absolut nicht infrage! Du schiebst jetzt deinen Allerwertesten sofort hier raus … und sie gleich mit … ihr verschwindet beide!«

Carey kannte die Geschichte natürlich, weshalb sie automatisch Lexis Standpunkt einnahm, dass Oscar nicht bleiben durfte. Aber sie fand es nicht gut, dass seine Freundin auch gehen sollte. »Aber warum Jessie? Sie kann sich uns doch anschließen.«

Ihre Schwester schüttelte den Kopf und sagte strikt: »Nein!«

»Bitte, Lexi, sei doch nicht so«, rief Jessie.

Oscar betrat nun das Haus und schaute sich um. Er sah Frank zwar nicht, wusste aber, dass dieser ebenfalls anwesend war. »Wo steckt denn der alte Mann?«

»Hat dich nicht zu interessieren, raus jetzt!«, blaffte ihn Lexi an.

Oscar witterte eine Gelegenheit und handelte spontan, weil er generell niemand war, der sein Tun großartig bis zum Ende durchdachte. Er fasste sich an den Rücken und zog auf einmal eine halbautomatische Pistole hervor. »Hör gut zu, du Schlampe. Ich werde tun, was ich will!« Er näherte sich Lexi, die sechs Fuß zwischen ihnen waren rasch zurückgelegt, und hielt ihr den Lauf der Waffe genau vor das Gesicht.

Sie hob ihre Hände und knurrte: »Scheiße.«

»Na, wie gefällt dir das?«, fragte Oscar großspurig.

Jessie versuchte, auf ihn einzureden: »Tu ihnen bitte nicht weh.«

Carey rührte sich nicht von der Stelle. Sie wusste nicht so recht, ob sie sich bewegen sollte, da sie befürchtete, dass er sonst auf sie oder Lexi feuern könnte.

»Tu ihnen nicht weh, Oz«, wiederholte Jessie.

Nun drehte sich Oscar ruckartig um und fuchtelte mit der Pistole vor ihr herum. »Du hältst die Fresse, verstanden? Sperr brav deinen hübschen Schnabel zu!«

Jessie schaute zu Boden und zog den Kopf ein wie ein geschlagener Welpe.

Lexi stand immer noch mit erhobenen Händen da.

Nachdem sich Oscar ihr wieder zugewandt hatte, drückte er ihr den Lauf der Pistole weiter unter das Kinn. »Ich sollte dir einfach deine Visage wegschießen, du kleine eingebildete Nutte. Du denkst, du seist was Besseres als ich, hä? Sag schon, Schneewittchen, hältst du dich für was Besseres als Oz? Da täuschst du dich gewaltig, denn niemand ist besser als ich!«

Lexi starrte ihn emotionslos an und fragte: »Was willst du?«

»Ich hab gehört, ihr hättet hier 'ne Karre«, entgegnete er.

Als sie das hörte, war Lexi klar, dass Carey Jessie eingeweiht haben musste.

»Ich finde aber den Schlüssel nicht«, behauptete sie. »Eigentlich weiß ich nicht einmal, ob der Wagen überhaupt noch läuft.«

»Fotze, ich brauche keine Schlüssel. Ich kann die Mühle einfach kurzschließen. Also wo steht sie?«

Lexi wurde zuerst übel und dann stellte sich ein Gefühl der Niedergeschlagenheit bei ihr ein. Wieder einmal war sie einem Ziel sehr nahe, doch wie schon zuvor zerstoben sich ihre Hoffnungen, fliehen zu können, scheinbar einfach so.

»In der Garage, wo denn sonst, oder?«, fuhr Oscar fort.

Dann packte er einen von Lexis Armen und schubste sie grob zur Garagentür, die sich in der Küche befand.

Lexi sah ihre Weste, nur wenige Zoll trennten sie davon. Warum versuchte sie nicht einfach, die Pistole zu holen? Sie starb womöglich sowieso, also konnte sie es auch im Kampf ums Überleben tun. Dieser Gedanke war allerdings nur sehr flüchtig, weil Oscar ihr plötzlich einen kräftigen Stoß versetzte.

Er schaute auf Lexis Hintern und sagte: »Weißt du was? Den nehm ich mir vielleicht auch noch vor, bevor ich verschwinde.«

Die beiden anderen Frauen starrten ihn entsetzt an.

Carey machte jetzt einen Schritt vorwärts, wurde jedoch sofort von Jessie festgehalten. Sie schaute in deren blutunterlaufenen Augen und flüsterte: »Ich muss etwas tun.«

Jessie zog sie dicht an sich und sagte mit zusammengebissenen Zähnen: »Es tut mir leid.«

Nun spürte Carey einen stechenden Schmerz zwischen ihren Rippen. Als sie hinunterschaute, sah sie, dass Jessie sie mit einem Messer bedrohte. »Was soll das?«

»Es tut mir leid.«

»Jessie?«

»Mir bleibt leider nichts anderes übrig«, gestand ihr Jessie.

Oscar stieß Lexi noch einmal nach vorn. Er setzte dabei so viel Kraft ein, dass sie zu Boden ging. Jetzt bückte er sich, packte ihren Schopf und zog sie brutal hoch.

Lexi widersetzte sich ihm und heulte gequält auf.

Als Oscar noch fester zerrte, riss er ihr mehrere Strähnen aus. Zu Tode verängstigt, vor allem aber furchtbar wütend wälzte sich Lexi auf den Rücken und trat mit aller Kraft gegen seine linke Kniescheibe.

Er stöhnte vor Schmerz und sprang zurück. »Kacke!«

Nun kroch sie auf ihre Panzerweste zu – die paar Fuß schaffte sie schnell – und streckte sich nach der Pistole aus, doch Oscar hatte sich bereits von dem Tritt gegen sein Knie erholt.

Er ging zu ihr und zog abermals an ihren Haaren. Dieses Mal raffte er eine ganze Handvoll blonder Locken zusammen und zwang sie so zum Aufstehen. Außerdem bohrte er den Lauf seiner Waffe regelrecht in eine ihrer Schläfen und brüllte: »Du Dreckstück, ich bring dich um, genauso wie deinen Scheißköter.« Nachdem er ihr die Pistole übergezogen hatte, warf er sie achtlos zurück auf den Boden.

Der Schlag gegen ihren Kopf hatte unglaublich wehgetan. Einen Augenblick lang war sie der Ohnmacht nahe. Sie sah kommen, was Oscar vorhatte, und machte sich innerlich darauf gefasst.

Carey fing nun an zu weinen, während sie mit ansehen musste, wie Oscar Lexi misshandelte. Sie wandte sich bettelnd an Jessie: »Bitte hilf ihr, sie ist doch meine Schwester.«

Oscar baute sich vor Lexi auf und wollte gerade zutreten, aber zuerst schaute er noch zu den beiden anderen Frauen und rief übermütig: »Jessie, behalt die Schlampe im Auge, okay? Und keine Dummheiten.«

»Das tue ich, Oz, darauf kannst du einen lassen, Baby«, versicherte sie ihm ausgelassen, als bilde sie sich etwas auf ihre Ergebenheit ihm gegenüber ein.

»Die Hure macht bestimmt die Beine für mich breit, sobald ich mit ihrer Fotzenschwester fertig bin«, grölte Oscar jetzt.

Dieses widerliche Getue erfüllte Lexi wieder mit neuem Leben. Sie stürzte sich auf Oscar, schlang ihre Arme um seine Taille und brachte ihn so aus dem Gleichgewicht.

Er knallte mit dem Hinterkopf gegen einen breiten Sofatisch aus Holz. Er grunzte zwar, blieb aber leider trotzdem bei Sinnen.

Lexi lag nun auf ihm und schlug ohne Unterlass auf ihn ein.

Er hatte seine Pistole allerdings nicht fallenlassen und holte jetzt hoch über ihr aus, um sie auf ihren Kopf niedergehen zu lassen.

Carey und Jessie schauten bestürzt dabei zu.

Auf einmal fiel ein einzelner Schuss aus dem Flur.

Oscars großkotzige Miene wich sofort blankem Entsetzen. Er ließ die Waffe los und schaute auf ein blutendes Loch in seiner Brust. Kurz darauf musste er husten und spuckte Blut. Beim Verdrehen seiner Augen verschwanden die Pupillen, während er ein letztes Mal ausatmete.

Jessie kreischte erschrocken auf, als sie ihn sterben sah.

Frank war zur Stelle, doch um überhaupt so weit kommen zu können, hatte er seine ganze Energie aufwenden müssen. Jetzt lehnte er sich kraftlos gegen eine Wand und rutschte daran hinunter.

Lexi rollte sich von Oscar hinunter und kroch vom ihm weg. Sie schaute in den Flur, wo Frank halb aufgerichtet an der Wand lehnte und weiterhin die Pistole in die Höhe hielt.

Carey riss sich von Jessie los und eilte ihrer Schwester zur Hilfe. Sie kniete sich neben sie hin und nahm ihren Kopf in beide Arme. »Geht's dir gut?«

Lexi war unglaublich wütend und konnte nicht verbergen, dass dies zum Teil an Carey lag. »Ja, aber das habe ich bestimmt nicht dir zu verdanken.«

»Ich, äh ... ich wusste doch nicht, dass sie ihn anschleppen würde«, beteuerte Carey, um sich zu rechtfertigen.

Lexi strafte sie mit einem verärgerten Blick. »Du wusstest also, dass sie kommen würde«, kombinierte sie daraufhin.

»Nein, also ... nicht so ganz«, stotterte Carey.

»Nicht so ganz?«, hakte Lexi nach. Blut floss aus einer Schnittwunde an der Seite ihres Gesichts hinunter. Nachdem sie sich an die Wange gefasst hatte, schaute sie auf die Hand. Sie zerrieb das Blut zwischen ihren Fingern und schnaubte. »Denkst du denn niemals nach?«

Carey verteidigte sich noch weiter: »Ich hab's wirklich nur ganz nebenbei erwähnt, das war alles. Nicht, dass ich sie eingeladen hätte.«

Jessie schluchzte leise, als sie zu ihrem toten Freund ging. Sie fiel auf die Knie und heulte lauter.

Lexi stand auf und betrat die Küche. Mit einem Tuch wischte sie sich das Blut aus dem Gesicht. Dabei wurde ihr leicht schwindlig, doch sie stützte sich für den Fall, dass sie ihr Bewusstsein verlieren würde, an der Theke ab.

Carey blieb zutiefst reumütig auf den Knien am Boden.

Frank hustete gequält. »Dieses Haus ist hervorragend isoliert«, meinte er.

Lexi hielt ihren Kopf schief und fragte: »Warum hast du denn so lange gebraucht?«

»Ich habe geschlafen wie ein Stein und gar nichts gehört, bis ich aufgewacht bin, weil ich pinkeln musste«, erklärte er und schnappte angestrengt nach Luft.

»Ahhh! Nein!«, jammerte Jessie jetzt, die sich Oscar an den Hals geworfen hatte.

»Sei bloß still!«, fuhr Lexi sie an.

»Ihr habt ihn umgebracht!«, schrie Jessie außer sich. Sie hob Oscars Pistole auf, richtete sie auf Frank und drückte ab.

Er war viel zu träge, um rechtzeitig zu reagieren. Die Kugel traf ihn mitten in den Bauch.

Jessie erhob sich, marschierte auf ihn zu und schoss noch zwei Mal – wieder in den Bauch und dann in den Oberschenkel.

Lexi kam um die Ecke gelaufen, blieb aber augenblicklich stehen, als sie sah, dass Carey ihre Pistole in der Hand hielt.

Ihre Schwester sagte kein Wort, sie betätigte nur den Abzug der Glock, und die 9mm-Kugel traf Jessie mitten ins Kreuz.

Jetzt hörte sie auf, sich Frank zu nähern, sondern drehte sich zu Carey um. Anschließend ließ sie die Arme hängen und schaute fassungslos auf die Austrittswunde an ihrer Brust. Es war ein glatter Durchschuss. »Ich kann nicht sterben. Nein, nicht so.«

Carey stand auf. Sie war wie besessen, zielte erneut auf Jessie und feuerte noch einmal. Diese Kugel traf sie in die Stirn.

Jessies Kopf wurde nach hinten geschleudert und sie brach tot zusammen.

Lexi konnte es nicht fassen; noch nie zuvor hatte sie ihre Schwester derart aggressiv gegen etwas oder jemanden vorgehen sehen. Allerdings war eine Veränderung in ihr vorgegangen. Nicht, dass sie sich zum Schlechten gewandelt hätte, doch sie war nun eindeutig zum Töten bereit.

Frank lebte noch, lag aber eindeutig im Sterben.

Die Geschwister hatten versucht, ihn wieder ins Bett zu tragen, doch das wollte er nicht.

Ihm war schon vorher bewusst gewesen, dass es mit ihm zu Ende ging, aber was ihn letzten Endes tötete, war nicht der Krebs. »Zum Strand, bringt mich zum Strand«, flüsterte er leise stöhnend.

»Bist du sicher?«, fragte Lexi.

Er nickte.

»Heb seine Beine an«, befahl sie Carey.

Die Zwei legten gemeinsam Hand an, schafften es allerdings immer noch nicht.

»Du bist zu verflucht schwer!«, rief Lexi.

Frank ließ den Kopf hängen und erwiderte etwas Unverständliches.

»Ich weiß nicht, wie lange ich ihn tragen kann«, meinte Carey ächzend.

»Geh einfach weiter!«, blaffte Lexi sie an.

Sie bewegten sich langsam durch das Wohnzimmer und blieben nur kurz stehen, um eine der großen Schiebetüren zu öffnen. Im gleichen Schneckentempo überquerten sie die Terrasse und gingen zum Strand hinunter.

»Wo … wo sollen wir dich hinlegen?«, fragte Lexi.

Frank hob mit allerletzter Kraft seinen Kopf und zeigte direkt vor sich.

Der Nachthimmel war etwas heller, da im Osten gerade der Vollmond aufging. Dies half ihnen bei der Orientierung am Strand, während sie auf die Brandung zugingen.

»So ist das noch viel anstrengender«, beschwerte sich Carey, die bei jedem Schritt tief in den Sand einsank.

»Wir sind fast da«, erwiderte Lexi, als sie die Hälfte des Weges vom Haus zum Wasser zurückgelegt hatten. »Wie wär's hier?«, fragte sie Frank.

»Gut«, antwortete er.

Sie legten ihn behutsam in den kühlen Sand und setzten sich links und rechts neben ihn.

Er hustete laut und spuckte einen Schwall Blut aus.

Lexi wurde mit einem Mal ganz melancholisch, obwohl sie diesen Mann gerade erst kennengelernt hatte. Als sie sich dies vor Augen führte, kam es ihr sonderbar vor, doch sie konnte sich des Gefühls trotzdem nicht erwehren. Sie lauschte seinem röchelnden Atem.

Eine kalte Bö, die gerade vorbeizog, verursachte ihr eine Gänsehaut an den Armen.

Carey blieb still und dachte ebenfalls nach. Sie beobachtete die flimmernde Reflexion des Mondes im Wasser. Voller Bedauern, hinterfragte sie noch einmal ihr Verhalten, das zu einer unmittelbaren Konfrontation mit Jessie und Oscar geführt hatte. Sie hatte eigentlich ehrenvolle Absichten gehegt, doch das war nicht von Belang, wenn

Gutgemeintes so tragische Vorfälle nach sich zog. Als sie nach unten auf ihre Hände schaute, zitterten diese, und dass sie Jessie tatsächlich erschossen hatte, war noch gar nicht richtig in ihr Bewusstsein gedrungen. Während sie sich alle Einzelheiten ihrer Tat noch einmal vergegenwärtigte, erkannte sie, dass sie richtig gehandelt hatte, nur das sah ihr gar nicht ähnlich. Sie war anders als ihre Schwester, sie war keine Kämpferin. Oder doch? Innerlich musste sie noch eine Menge verarbeiten.

»Ist dir auch kalt?«, flüsterte Lexi.

»Ja«, antwortete Carey.

Frank war nur noch halb bei Bewusstsein und regte sich ein klein wenig, als er ihre Stimme hörte. Lexi berührte seinen Arm und bemerkte, wie kalt er war. Sie fragte sich, ob es an der frischen Luft oder an seinem Blutverlust lag.

»Ich lauf schnell wieder rein und hol eine Decke«, sagte sie. Nachdem sie aufgestanden war, rannte sie eilig zum Haus zurück.

Drinnen war noch alles wie zuvor. Jessie und Oscar lagen tot am Boden. Die Blutspuren – literweise, so wie es aussah – zogen sich von der Küche bis ins Wohnzimmer. Lexi hielt kurz inne und prägte sich den Anblick ein, bevor sie einen Überwurf aus Fellimitat nahm, der auf der Rückenlehne des Sofas lag. Als sie das Haus wieder verließ, hörte sie Carey wimmern. Sie rannte durch den Sand und blieb dicht vor ihrer Schwester stehen, sodass sie direkt auf Frank hinunterschauen konnte, der sich mittlerweile auf den Rücken gedreht hatte.

Carey blickte sie mit tränenüberströmtem Gesicht an und sagte: »Er ist tot.«

»Wirklich?«, entgegnete Lexi, kniete neben ihm nieder und überprüfte seinen Puls. Nichts zu spüren. Sie beugte sich über sein Gesicht, um herauszufinden, ob er noch Luft holte, aber das tat er nicht. Das langsame und gequälte Atemgeräusch, das sie zuvor die ganze Zeit gehört hatte, war nicht mehr wahrnehmbar.

»Ich weiß nicht, wieso ich weine, ist ja nicht so, dass ich ihn gut gekannt hätte«, meinte Carey schluchzend, während sie sich die warmen Tränen von ihrer kalten Haut wischte.

Lexi konnte ihr nicht mehr böse sein. Sie legte eine Hand auf ihren Arm und sagte: »Du weinst, weil er ein guter Mensch gewesen ist, wie ein Vater, und das ist dir sofort aufgefallen. Du hast das Gute in ihm erkannt … seine Menschlichkeit. Du bist auch ein guter Mensch, Carey, ein so viel besserer als ich.«

»Das ist nicht wahr, du bist außergewöhnlich«, widersprach ihr ihre Schwester. »Du zeigst immer Stärke und lässt dich nicht unterkriegen. Ich bin doch nur ein dummes Ding, das anderen zu schnell vertraut.«

»Gemeinsam sind wir aber ein gutes Team.«

»Sollen wir ihn begraben?«, fragte Carey.

Lexi schaute auf die Leiche hinab. Der Vollmond war hell genug, um Franks Gesicht sehen zu können. Sie entfaltete den Überwurf und deckte ihn damit zu. »Ihn zu begraben kommt mir nicht richtig vor.«

»Wir können ihn doch nicht einfach hier liegenlassen.«

Lexi erklärte Carey ihre Gründe, ihn nicht zu begraben: »Ich denke, eine Beerdigung ist nicht das, was er sich gewünscht hätte. Er liebte den Strand und das Meer. Wenn du mich fragst, sollte er auch weiterhin Anspruch darauf haben. Lassen wir ihn doch einfach an der Meeresluft liegen.«

Carey rieb sich die Augen und erwiderte: »Das klingt vernünftig.«

»Weißt du, ich bin auch traurig und weiß gar nicht so recht warum«, gestand ihr Lexi. »Wie du schon sagtest: Wir hatten ihn gerade erst kennengelernt, doch ich fand irgendwie, dass er einer von uns war. Wirklich seltsam.«

»Es ist dieser Ort und diese Situation. Das verändert uns einfach, macht uns sensibler, schätze ich mal.«

»Vermutlich hast du Recht«, stimmte ihr Lexi zu.

»Und was tun wir jetzt?«, fragte Carey.

Dies war die große Frage. Sie bewog Lexi, Abstand von diesem traurigen Augenblick zu nehmen. Während der vergangenen Tage war viel geschehen, und alles wurde nur noch schlimmer. In der Stadt und den Vororten zu bleiben stand gar nicht zur Debatte, obwohl sie hier natürlich ein großes Haus hatten, in dem sogar ein kleiner Vorrat an Essen und Trinken lagerte. Aber sie mussten losziehen und zu jener Ranch gelangen.

»Lexi, hast du meine Frage gehört?«

»Ja.«

»Also, was tun wir jetzt?«

Lexi stand auf, drehte sich zum Haus um und schließlich wieder zu ihrer Schwester. Dann schob sie eine Hand in die Hosentasche, wo der Schlüssel für den Impala steckte. Sie hielt ihn hoch, sodass der Hasenfuß sanft hin und her pendelte. »Ich werde mal nachschauen gehen, ob der Wagen funktioniert.«

Sie lief zwischen den Blutlachen zur Garagentür, wobei sie kurz haltmachte, um ihre Waffen und die Westen mitzunehmen. Fortan wollte sie nämlich nicht mehr unvorbereitet in brenzlige Situationen geraten.

In der Garage schaltete Carey ihre Taschenlampe an, während Lexi zum Auto ging. Nachdem sie eingestiegen war, hielt sie inne.

Als sie den Schlüssel hervorzog, fing ihre Hand nervös an zu zittern. Ihr Herz schlug rasend schnell, als sie sich bewusst machte, dass dieser eine Plan unbedingt aufgehen musste. Seit sich Lexis Welt in Wohlgefallen aufgelöst hatte, waren fast drei Tage vergangen, und innerhalb dieser kurzen Zeitspanne hatte sie bereits Gewalt, Morde und chaotische Zustände erlebt. Nichts schien mehr zu funktionieren, aber diese eine Sache musste unbedingt klappen.

»Ich hoffe, Frank hatte recht«, sagte Carey, die neben der Fahrertür stand. Sie hielt die Taschenlampe ruhig und richtete sie genau auf das Lenkrad.

Wie zuvor kniff Lexi die Augen fest zusammen und betete. Ohne sie wieder zu öffnen, steckte sie den Schlüssel ins Zündschloss und drehte ihn mit einer raschen Handbewegung um.

Der Wagen sprang augenblicklich mit einem gutturalen Auspuffgeräusch an.

»Juchhu!«, rief Carey ausgelassen.

Erst jetzt fiel Lexi auf, dass sie die ganze Zeit die Luft angehalten hatte, denn sie atmete nun langgezogen aus. Nachdem sie die Augen aufgeschlagen hatte, entspannte sie sich im Sitz.

Carey hüpfte aufgeregt auf und nieder.

Lexi trat nun auf das Gaspedal.

Der Motor heulte auf. Der doppelte Auspuff rumpelte laut.

Sie strahlte vor Freude, während sie ihrer Schwester dabei zuschaute, wie diese um den Wagen herumsprang und ausgelassen tanzte. Zum ersten Mal in den letzten drei Tagen schien ihnen etwas zu gelingen, doch der Preis dafür war hoch gewesen. Sie ahnte, dass etwas Entsetzliches diesen kleinen Sieg zunichtemachen würde, verdrängte diese Vorstellung jedoch schnell. Stattdessen versuchte sie einfach, Glück zu empfinden.

Carey bückte sich in den Wagen hinein und umarmte ihre Schwester glücklich. »Ich bin so aufgeregt.«

»Ich auch«, erwiderte Lexi.

»Fahren wir gleich los?«, fragte Carey.

Müdigkeit, so wie sie diese noch nie zuvor erlebt hatte, machte Lexi plötzlich zu schaffen. Sie musste sich dringend ausruhen. »Ja, das könnten wir im Prinzip, aber ich finde, wir sollten uns erst noch ein bisschen schlafen legen.«

»Schlafen, und dann kurz bei Mom nach dem Rechten sehen?«, hakte Carey nach.

Zu erschöpft zum Diskutieren erwiderte Lexi: »Wir schlafen ein bisschen und dann sehen wir bei Mom nach dem Rechten.«

Nun umarmte Carey sie wieder und gab ihr einen dicken Kuss auf die Wange.

Nachdem sie dieses Zwischenziel erreicht hatten, zogen sich die beiden in eins der Gästeschlafzimmer zurück. Weder die eine noch die andere besaß noch genug Energie, um aus Sorge vor Eindringlingen Wache zu halten.

Sie verschanzten sich deshalb zusammen in einem Raum, schlossen ihn ab und schoben eine breite Kommode vor die Tür, aber zuvor trug Lexi noch Sorge dafür, dass niemand ihr Fahrzeug stahl. Sie baute die Batterie aus und nahm sie mit in das Zimmer.

Voll bewaffnet und verbarrikadiert legten sie sich auf die Daunendecke des Bettes.

Carey schlief rasch ein, während ihr Kopf an der Schulter ihrer Schwester ruhte.

Dies gefiel Lexi und weckte Kindheitserinnerungen bei ihr. Damals war Carey auch immer in ihr Zimmer geschlichen, um bei ihr zu schlafen. Sie hatte sich an sie geschmiegt und war sofort eingenickt. Da sich ihre Mutter meistens woanders vergnügt hatte, war Lexis Rolle eher jene einer Mutter als einer großen Schwester gewesen.

Jetzt dachte sie noch einmal darüber nach, was in den letzten paar Tagen alles geschehen war. Irgendetwas davon für real zu halten fiel ihr allerdings schwer. Erst eine Woche zuvor hatte sie noch mit Carey gefeiert, dreizehn gerade sein lassen und sich um drei Uhr morgens lediglich darüber Sorgen gemacht, dass nirgendwo mehr etwas Essbares auffindbar gewesen war. Knapp sieben Tage später kämpften sie nun ums Überleben. Dass sie noch nicht komplett den Verstand verloren hatten und noch einigermaßen zurechnungsfähig waren, war kaum zu glauben.

Carey atmete zusehends schneller.

Lexi vermutete, dass sie gerade einen Traum durchlebte, und hoffte, dass er angenehm war, auch wenn sie es bezweifelte. Wie hätte irgendjemand je wieder angenehm träumen können? Die Welt, so wie sie ihnen vertraut gewesen war, existierte nicht mehr, das stand unumstößlich fest. Genau genommen fiel Lexi überhaupt nichts Positives ein, worauf man sich jetzt noch verlassen konnte. Jede Sekunde konnte etwas oder jemand Fürchterliches in ihr Leben treten. Der Tod schien förmlich hinter jeder Ecke zu lauern. *Wie konnte sie gewährleisten, dass ihnen beiden nichts zustieß? Was machte sie so sicher, dass sie die Ranch in Nevada erreichen würden?* So viele Fragen und keine einzige Antwort.

Carey trat mehrmals um sich.

Lexi drückte sie sanft, gab ihr einen Kuss auf den Kopf und flüsterte: »Psst, alles ist gut.« Das war eine Lüge, das wusste sie genau. Nichts war gut, doch die Worte kamen ihr trotzdem instinktiv über die Lippen.

Carey stöhnte leise und beugte ihre Arme.

Lexi zog sie noch dichter an sich, rieb ihren Rücken und summte ein Schlaflied, bis sie selbst auch einnickte.

8. DEZEMBER 2014

»Nichts in der Welt kann Hartnäckigkeit ersetzen, weder Talent, denn gerade talentierte Menschen scheitern besonders häufig, noch Genie. Das verkannte Genie ist fast schon zum geflügelten Wort geworden. Auch Bildung tut es nicht, denn auf der Welt wimmelt es vor gebildeten Versagern. Einzig Hartnäckigkeit und Entschlossenheit zahlen sich immer aus.«

Calvin Coolidge

La Jolla Shores, Kalifornien

Lexi wachte schlagartig auf. Als sie die Augen öffnete, mussten sich ihre Pupillen erst einmal an die Helligkeit im Raum gewöhnen. Sie setzte sich auf und bemerkte sofort, dass Carey nicht bei ihr war. Ein Blick zur Tür sagte ihr, dass ihre Schwester die Kommode einen Fußbreit weggezogen hatte. Beunruhigt sprang sie auf und griff zu ihrer Glock. Dann ging sie zur Tür und zwängte sich durch den schmalen Spalt auf den Flur hinaus.

»Carey?«, rief sie.

»Hier«, erwiderte diese von der hinteren Terrasse aus, die auf den Strand zeigte. Auf dem Weg zu ihrer Schwester fiel Lexi auf, dass Carey Decken über die Leichen von Jessie und Oscar geworfen hatte. Als sie das kühle Haus verließ, spürte sie sofort die Sonnenwärme des späten Morgens. »Was machst du denn hier?«

Carey saß auf den Stufen, die zum Meer hinunterführten. Sie drehte sich nicht zu Lexi um, als sie antwortete: »Ich denke bloß nach.«

Lexi schaute links und rechts am Strand entlang. In der Mitte vor ihnen lag immer noch Frank. Sie setzte sich neben Carey und fragte: »Was ist denn los? Du weißt doch genau, dass es gefährlich sein könnte, hier draußen allein zu sitzen.«

Carey wischte sich ein paar Tränen aus dem Gesicht.

Als Lexi dies sah, bemerkte sie auch, dass die Augen ihrer Schwester vom Weinen ganz aufgequollen waren. »Alles Okay mit dir?«

»Nein, überhaupt nicht.«

»Wegen gestern Abend?«, schlussfolgerte Lexi.

»Nein …«, antwortete Carey schluchzend.

Lexi rieb ihr wieder den Rücken und fuhr fort: »Möchtest du darüber sprechen?«

»Wie soll man denn *darüber* sprechen können?«, entgegnete Carey und streckte die Arme aus, als wenn sie die ganze Welt miteinbeziehen wollte.

»Ich weiß, es ist schwierig«, räumte Lexi ein.

»Ach ja? Hast du vielleicht schon mal jemanden getötet?« Carey schaute sie böse an.

»Äh, nein, aber ich denke, ich kann dich trotzdem verstehen.«

Carey fuhr sich erneut über die Augen. »Es ist nicht wegen gestern Abend, wirklich nicht. Ich will nur den Grund nachvollziehen können.«

»Welchen Grund?«

»Den Grund dafür, warum jemand so etwas tut. Was bezweckt derjenige damit?«

»Wie gesagt ...«

Carey fiel Lexi sofort wieder ins Wort: »Mir ist schon klar, was du gesagt hast ... der Mensch ist böse und zerstörungswütig ... aber warum?«

»Ich glaube, das werden wir niemals herausfinden«, erwiderte Lexi, »und selbst wenn es uns jemand erklären würde, wäre das auch keine richtige Antwort.«

»Und wie lautet die richtige Antwort?«

»Manche Menschen sind einfach nur krank und pervers, weshalb sie Grausamkeiten begehen. Sie rechtfertigen das vielleicht mit religiösen oder politischen Gründen, doch letzten Endes ist es doch trotzdem bloß die Freude daran, andere zu verletzen.«

»Worin besteht denn da der Unterschied zu mir? Sag es! Gestern Abend habe ich immerhin Jessie ermordet.«

»Oh, jetzt mach aber mal halblang. Du hast sie nicht ermordet, sondern unschädlich gemacht.«

Nun wurde Carey laut. »Ist das etwa etwas anderes? Sie ist so oder so tot!«

»Ja, das ist es. Denn sie wollte uns ermorden, und du hast sie aufgehalten und damit unser Leben gerettet.«

»Das ist alles so ...« Carey verstummte und schaute wieder auf den Ozean.

Lexi verkniff sich weitere Bemerkungen, damit ihre Schwester ihren Gedankengang zu Ende führen konnte.

Minuten vergingen, bevor sie fortfuhr: »Ich brauche einfach nur ein wenig Zeit, um zu verarbeiten, was gestern Abend passiert ...«

»Das ist plausibel«, warf Lexi ein.

»Würdest du mich bitte ausreden lassen«, blaffte ihre Schwester sie an.

Lexi nickte stumm.

Carey trocknete ihre Tränen abermals und strich mit den Fingern durch ihre dunklen Haare, die mittlerweile dringend Pflege bedurften. »Ich bin total verwirrt. Hätte mich vergangene Woche jemand gefragt, ob ich jemanden erschießen könnte, wäre meine Antwort ein ganz klares 'Nein' gewesen, aber mich überkam gestern plötzlich etwas. Und was mir vor allem wehtut, ist ...«, wieder machte sie eine Pause, um ihre Gedanken zu ordnen, »... dass ich es gern bereuen würde ... meine Vernunft sagt mir, ich soll bereuen, was ich getan habe ... aber es geht nicht, und das beunruhigt mich zutiefst. Die Gesellschaft bringt uns von klein auf bei, dass wir uns selbst hassen sollen, wenn wir jemanden auf dem Gewissen haben, doch das tue ich nicht. Stimmt deshalb irgendetwas nicht mit mir? Bin ich kein redlicher Mensch mehr? Einer zu sein, daran habe ich in meinem ganzen Leben noch nie gezweifelt. Ich habe für die Armen gespendet und mich an jeder noch so nebensächlichen Wahl beteiligt, wenn es darum ging, Bedürftige zu unterstützen. Sogar die Todesstrafe ist mir zuwider, doch jetzt bin ich plötzlich selbst zur Mörderin geworden und empfinde tief in mir überhaupt keine Reue wegen meiner Tat.«

Lexi schockierte dieses Geständnis.

»Verstehst du, ich glaube, mein programmiertes Gehirn redet mir ein, ich sei eine Mörderin – eine Killerin – doch diese andere Seite in mir behauptet, ich hätte das Richtige getan und ...«

Lexi wartete, doch Carey schwieg so lange, dass sie fragte: »Und?«

»Ich könnte es ohne Weiteres wieder tun. Ich habe das Gefühl, das ich gestern Abend nicht nur Jessie getötet habe, sondern auch die alte Carey. Sie ist ebenfalls gestorben, als ich abgedrückt habe. Und jetzt sitze ich hier und trauere um sie, sehe aber gleichzeitig auch, dass diese neue Carey dafür sorgen wird, dass du und ich überleben.«

»Verändere dich aber nicht zu stark, denn ich liebe auch die alte Carey«, sagte Lexi daraufhin.

»Meine größten Vorzüge habe ich ja behalten. Ich bin nur wie neugeboren und habe mich den Geschehnissen angepasst.«

»Sieh zu, dass du nicht zu sehr abstumpfst, denn das ist ja meine Pflicht«, erwiderte Lexi scherzhaft.

»Ich bin nicht abgestumpft, sondern nur zum ersten Mal in meinem Leben ganz klar im Kopf.«

»Und was heißt das?«

»Dass niemand dir und mir jemals wieder wehtun wird. Mauerblümchen-Carey ist nicht mehr da, die Zeiten des naiven Dummerchens sind endgültig vorbei. Wenn wir das hier durchstehen wollen, muss ich lernen, mich zu wehren.«

Lexi ließ alles Gesagte erst einmal sacken. In gewisser Weise war sie froh zu wissen, dass sich ihre Schwester jetzt vorsichtiger und umsichtiger verhalten würde, hoffte aber auch inständig, dass sie ihre Zartheit dabei nicht gänzlich verlor.

Sie blieben noch eine kurze Weile ruhig sitzen und schauten dabei zu, wie die Wellen ans Ufer brandeten.

»Darf ich dir etwas gestehen?«, fragte Lexi schließlich.

»Natürlich.«

»Mir ist bewusst, dass du denkst, ich könne das alles nicht nachempfinden, doch was du gerade gesagt hast, leuchtet mir vollkommen ein, auch wenn ich nicht exakt dasselbe meine, sondern eher generell den Verlust dessen, was man zu sein glaubte, und die darauffolgende Neuerfindung. So ging es mir, als ich Adam krankenhausreif geschlagen habe. Ich rastete einfach komplett aus. So wollte ich mich nie wieder behandeln lassen …«

Das verwirrte Carey. »Wieder? Was meinst du damit?«

»Nein, nein, Moment. Ich meinte nicht …«

»Wurdest du schon einmal sexuell belästigt?«

Lexi bekam einen roten Kopf und verlor ihren gelassenen Gesichtsausdruck. Sie starrte hinaus in die Ferne.

»Erzähl's mir. Du bist alles, was ich habe, und ich bin alles, was du hast … wir zwei gegen den Rest dieser kaputten Welt. Falls dir so etwas also schon einmal passiert ist, sollst du es mit mir teilen, bei mir ist es gut aufgehoben.« Carey legte ihren Arm um Lexis Schulter.

In Lexis Kopf kämpften jetzt zwei gegensätzliche Stimmen miteinander. Sie hatte die ganze Zeit ein Geheimnis für sich behalten, das so düster und grässlich war, dass die begleitenden Emotionen, wenn sie jetzt auf einmal damit herausrücken würde, zwangsläufig wieder hochkommen würden. Und jetzt, zu dieser Zeit, konnte sie sich damit nicht auch noch beschäftigen.

Während Carey Lexis verspannte Schultern massierte, sagte sie leise: »Wenn du nichts sagen willst, ist das auch in Ordnung.«

Lexi öffnete den Mund, doch kein Ton kam heraus, weil sie zögerte.

Carey erkannte dies sofort, deshalb nahm sie den Arm von Lexis Schultern und hielt stattdessen eine ihrer Hände, die stark zitterte.

»Es begann alles, als ich sieben Jahre alt war, kurz nach deiner Geburt«, erklärte Lexi ruhig, aber mit bebender Unterlippe.

Genauer musste sie es nicht ausführen, denn Carey konnte sich sehr gut vorstellen, was damals vorgefallen war.

»Zuerst habe ich mit dem Gedanken gespielt, es Mom zu erzählen, doch er hat mir gedroht. Allerdings dachte ich auch an dich und an die Möglichkeit, dass du dann die Nächste sein könntest. Deshalb habe ich es mir fest vorgenommen, es ihr zu sagen, doch als er einmal mit mir fertig war, sah ich sie plötzlich.« Sie musste kurz innehalten. Als sie Carey anschaute, stiegen Tränen in ihre Augen. »Ich sah sie in der Tür stehen! Sie hatte ihn beobachtet … sie hatte dabei zugeschaut, wie er über mich hergefallen war. Eigentlich habe ich damit gerechnet, dass sie gekommen war, um mich vor ihm zu beschützen, doch das tat sie nicht. Sie begrüßte ihn einfach nur an der Tür, als sei nichts geschehen.«

»Willst du mir gerade sagen, Mom hat gewusst, dass Donovan dich vergewaltigt hat?«

»Ja.«

»Ich … ich kann das einfach nicht glauben.«

»Ich lüge nicht, Carey!«

»Nein, bitte versteh das nicht falsch, was ich gerade gesagt habe. Ich kann mir bloß einfach nicht vorstellen, wie jemand zulassen kann, dass so etwas mit einem Kind geschieht.«

»Tja, das tat unsere verlotterte Rabenmutter aber. Sie stritt sich zwar mit ihm, gab jedoch sofort wieder nach, sobald er drohte, sie zu verlassen. Ihr ging es vielmehr darum, ihr Ansehen durch ihn zu stärken, als um ihre eigenen Kinder.«

Carey schüttelte fassungslos den Kopf, nachdem sie diese Offenbarung gehört hatte.

Lexi ließ ihre Tränen jetzt fließen. Beim Wegwischen scherzte sie: »Jetzt weine ich auch noch, wir zwei sind echt ein Paar.«

Carey rückte dicht an sie heran und drückte Lexi an sich. »Nun begreife ich endlich, warum du sie so sehr hasst.«

»Ja.«

»Wie lange ging das so?«

»Bis ich zwölf war.«

»Oh Gott, warum hast du dich denn nicht an andere gewendet? An irgendjemanden, einen Lehrer, ganz egal.«

»Das wollte ich, doch er behauptete, dann würde er dir wehtun«, erzählte Lexi. »Also traf ich ein Abkommen mit ihm, wenn man es so nennen kann. Er durfte mit mir machen, was er wollte, solange er dich dafür in Ruhe ließ.«

Als diese harte Wahrheit ans Tageslicht kam, brach auch Carey wieder in Tränen aus.

»Er durfte dich … weil du *mich* schützen wolltest?«

»Du bist doch meine kleine Schwester, das war selbstverständlich für mich.«

Carey schlang beide Arme um Lexi und schluchzte laut. »Es tut mir furchtbar leid, dass du das auf dich nehmen musstest und dass dir so etwas Schreckliches passiert ist.«

Lexi legte ihrerseits die Arme um Carey und weinte noch heftiger.

Fast eine ganze Stunde lang blieben die beiden so sitzen. Über jene qualvolle Zeit in Lexis Kindheit fiel kein weiteres Wort mehr, was auch nicht notwendig war.

Schließlich hob Carey den Kopf ihrer Schwester an, indem sie ihre Finger unter ihr Kinn drückte, und sagte: »Jetzt bin ich an der Reihe mit dem Beschützen.«

Lexi zog ihre Nase hoch und antwortete schlicht: »Abgemacht.«

»Was meinst du, sollten wir uns jetzt nicht mal langsam vom Acker machen?«, drängte Carey sie.

Lexi nickte. Sie standen gemeinsam auf und drehten sich zum Haus um.

»Ach ja, spontane Planänderung«, sagte Carey.

»Hm? Welche denn?«

»Wir schauen nicht bei Mom vorbei. Scheiß auf sie!«

»Abgemacht.«

Zwei weitere Stunden vergingen mit dem Beladen des Autos mit allem, was sie als brauchbar oder notwendig erachteten. Dazu gehörten sowohl der gesamte Lebensmittel- und Wasservorrat aus der Speisekammer als auch eine Campingausrüstung – ein kleiner Schatz für sie – die in einem Spind in der Garage gelegen hatte.

Als Lexi den Wagen schließlich hinausfuhr, flammte wieder Hoffnung in ihr auf. Sie schaute ihre Schwester an und grinste. Die vergangenen Tage waren wirklich hart gewesen, traumatisch sogar, doch das alles hatte die beiden fester denn je zusammengeschweißt.

»Bist du bereit für eine lange Reise?«, fragte Lexi.

»Ja, packen wir's an«, entgegnete Carey. Sie stieg mit der kugelsicheren Weste auf der Beifahrerseite ein und hielt dabei Franks AR-15 in den Händen.

Lexi gab auf der Straße ordentlich Gas und steuerte den Highway an.

Sie schwatzten zwanglos miteinander, über die vielen liegen gebliebenen Fahrzeuge und die umherirrenden Menschen, an denen sie vorbeikamen.

Als sie die Stadtgrenzen hinter sich ließen, sagte die Jüngere: »Lebe wohl, San Diego.«

»Und auf Nimmerwiedersehen«, ergänzte Lexi.

»Glaubst du, in Vegas ist noch alles in Ordnung?«, fragte Carey.

»Alles ist möglich, aber ich schätze mal, Frank hat recht. Diese Zustände herrschen bestimmt landesweit. Der Anschlag hat eine ganze Menge kaputtgemacht – so viel, dass uns niemand mehr Beistand leisten kann.«

»Vielleicht versucht die Regierung es ja, es ist nur noch niemand bis hierher vorgedrungen«, spekulierte Carey.

»Wer weiß, beten wir einfach darum, dass die Ranch noch unversehrt ist.«

Carey hatte da ihre Bedenken. »Was, wenn wir Mom dort treffen?«

»Das bezweifle ich stark«, entgegnete Lexi. »Ich denke nicht, dass wir sie je wiedersehen werden.«

Nachdem Carey den Kopf geschüttelt hatte, schaute sie weiter auf die vorbeiziehenden Hügel am Rande der Strecke.

Im Laufe der Fahrt auf der Interstate 15 sahen sie nichts als endlose Reihen defekter Autos und umherziehende

Gruppen von Personen. Sobald ihr tief brummender Motor hörbar wurde, blickten sie alle an. Einige versteckten sich daraufhin, wohingegen andere sie anstarrten oder heranwinkten, weil sie Hilfe suchten.

Carey kam plötzlich jemand in den Sinn, an den sie schon seit Tagen nicht mehr gedacht hatte. »Wie ist es Liz wohl ergangen, was würdest du sagen?«

»Keine Ahnung.«

»Denkst du, sie hat ihre Meinung doch noch geändert?« Damit bezog sich Carey auf Liz' unverbesserlichen Glauben daran, dass die Regierung unterstützend eingreifen würde, und ihrer Meinung, dass Lexi die Situation viel schlimmer dargestellt hatte, als sie in Wirklichkeit war.

»Das hoffe ich um ihretwillen. Um ehrlich zu sein, verstehe ich, warum so viele damit hadern, was gerade geschieht. Damit konfrontiert zu werden, kommt praktisch einem heftigen Schlag ins Gesicht gleich. Eine ganze Menge Menschen hegen Ansichten, die sich über lange Zeit hinweg gefestigt haben, die kann man nicht einfach von heute auf morgen ändern.«

Carey lachte auf. »Gott sei Dank bist du jemand, der Gegebenes gern infrage stellt. Du hast dem System noch nie getraut.«

»Diese Veranlagung steckt in uns beiden. Falls Moms Erziehung irgendetwas gebracht hat, dann, dass wir eine gesunde Skepsis gegenüber Autoritäten haben. Seien es die Regierung, Großkonzerne oder Männer.«

»Ja, das haben wir tatsächlich von ihr gelernt«, stimmte Carey zu, wobei sie an mehrere konkrete Gelegenheiten zurückdenken musste. »Wenn ich mich nicht irre, hast du sie gerade sogar fast genau zitiert.«

»Kaum zu glauben oder? In der Tat«, bestätigte Lexi, bevor sie mit schrillerer Stimme fortfuhr, um ihre Mutter nachzuahmen: »Ihr zwei Herzchen, vertraut absolut niemals irgendwelchen Politikern, Regierungsschlipsträgern, raffgierigen Unternehmern und am allerwenigsten den Männern, verstanden?«

»Ha, das war genau ihr Wortlaut«, erwiderte Carey lachend. »Meine Güte, ist das witzig. Liz musste wohl leider auf solche Weisheiten verzichten.«

»Ja, anscheinend.«

Daraufhin schwiegen sie beide wieder und vertieften sich in Erinnerungen. Obwohl sie ihre Mutter verachteten, konnten sie nicht leugnen, dass sie ihrer beider Leben stark geprägt hatte.

Interstate 15, 40 Meilen östlich von Barstow

»Die Stadt sieht noch genauso aus wie früher«, meinte Lexi heiter.

»Findest du?«, fragte Carey ernst.

»Es war ein Kaff und ist es immer noch«, antwortete Lexi.

Dann lachten beide laut.

Plötzlich ruckelte und stotterte der Wagen. Lexi erschrak, weil sie befürchtete, es werde sich wiederholen, und packte das Lenkrad umso fester. Tatsächlich geschah es erneut.

»Was ist denn bloß los mit der Kiste?« Carey schaute Lexi fragend an.

»Muss am Motor liegen.«

Carey erinnerte sich daran, so etwas schon einmal erlebt zu haben. »Hört sich eher so an, als hätten wir keinen Sprit mehr.«

»Das kann nicht sein, der Tank ist …«, begann Lexi und verstummte, als sie auf die Tankanzeige schaute, deren Nadel immer noch den Höchststand anzeigte. »Scheiße!«, rief sie und schlug kräftig auf das Armaturenbrett.

Infolge dieser Erschütterung erhielt sie den gewünschten Aufschluss. Die Nadel hatte geklemmt und war nach ihrem Schlag sofort in den roten Bereich gesackt.

Carey beugte sich zur Fahrerseite und schaute auf die Anzeige. Sie machte Augen, groß wie Untertassen. »Oh nein, das darf doch nicht wahr sein!«

»Der Tank ist leer, und wir haben verflucht noch mal kein Benzin!«, klagte Lexi, während sie beide Hände flach auf das Lenkrad klatschte.

Der Impala vibrierte noch einmal.

»Haben wir einen Reservekanister dabei?«, fragte Carey.

»Die Antwort darauf kannst du dir selbst geben: Nein!«, murrte Lexi.

»Andere Autos ... halt nach einem liegen gebliebenen Auto Ausschau!«, rief Carey und zeigte durch die Scheibe.

»Eine Meile hinter uns stand eins. Ich drehe um, dann fahren wir zurück.« Lexi lenkte hart links ein.

Der Wagen erzitterte erneut, rülpste und dann ging der Motor ganz aus. »Nein, nein, nein!«, schrie Lexi frustriert. Sie versuchte, ihn wieder anzulassen, doch es klappte nicht.

Carey ließ den Kopf hängen und jammerte: »Kann uns denn nicht ein einziges Mal etwas gelingen?«

Lexi wollte einfach nicht wahrhaben, dass ihnen ein solches Los beschieden war. Deshalb stieg sie hastig aus und öffnete den Kofferraum.

»Carey, hilf mir, die leer zu machen«, sagte sie, und drückte ihrer Schwester zwei Kanister mit einer Gallone demineralisiertem Wasser in die Hände.

»Ich komme mir schlecht dabei vor, reines und genießbares Wasser auszukippen.«

»Tu's einfach!«, rief Lexi, bevor sie den Kanister, den sie hatte, ansetzte und daraus trank. Daraufhin kramte sie im Kofferraum herum, um einen Schlauch zum Absaugen von Kraftstoff zu finden. In der Ferne ertönte plötzlich eine Hupe, die zu einem größeren Fahrzeug gehören musste.

»Woher kam das?«, fragte Lexi nervös.

Die beiden drehten sich um und sahen die Windschutzscheibe eines Pick-ups aufblitzen, der gerade von Osten über eine Kuppe auf dem Highway kam.

»Vielleicht kann der uns ja helfen«, meinte Carey.

»Oder auch nicht«, entgegnete Lexi und zog die Pistole aus ihrem Holster.

»Wir beweisen mal wieder Feingefühl, was?«, bemängelte ihre Schwester.

»Genauso viel, wie die Welt, in der wir jetzt leben.«

Carey beugte sich ins Auto und nahm das Gewehr heraus. Sie überprüfte die Sicherung und entriegelte das Gewehr anschließend.

Der Fahrer des Pick-ups bremste und kam zwanzig Fuß vor den Frauen zum Stehen. Dann stieg er mit einem weiteren Mann aus und winkte ihnen zu. Die beiden waren groß, besaßen Vollbärte und hatten lange Haare, die zu dicken Pferdeschwänzen zusammengebunden waren.

»Braucht ihr vielleicht Hilfe?«, fragte der Fahrer.

»Bleibt bloß stehen, wo ihr seid«, erwiderte Lexi mit drohendem Unterton in der Stimme, wobei sie ihre Pistole fest packte.

»Wir führen nichts Böses im Schilde. Gottes Gnade ist mit uns«, versicherte ihr der Fahrer, »und möglicherweise auch sein Wissen über Autos.« Weder er noch sein Begleiter bewegten sich weiter auf sie zu.

»Wir können euch eventuell helfen, aber falls ihr uns nicht braucht, lassen wir euch auch einfach in Ruhe«, schob der Fahrer hinterher. Carey beugte sich zu ihrer Schwester hinüber und wisperte: »Frag sie, ob sie Sprit haben.«

»Ich traue ihnen aber nicht.«

»Ich auch nicht, aber wir könnten sie doch trotzdem bitten, einen Kanister auf der Straße abzustellen und zurückzutreten.«

Lexi kaute auf ihrer Unterlippe, während sie überlegte.

Die zwei Männer wechselten ein paar Worte, standen aber zu weit entfernt, als dass die Geschwister sie hätten verstehen können.

»Habt ihr vielleicht Benzinreserven?«, rief Lexi nun.

Der Fahrer lächelte und antwortete: »Ja, ja. Haben wir.«

»Solltet ihr das mit der Hilfe ernst meinen, stellt den Kanister einfach auf die Fahrbahn und haltet weiterhin Abstand«, verlangte Lexi.

Das brachte ihn zum Lachen. »Oh nein, wir haben keinen Kanister, aber einen Kraftstoffschlauch. Wir können ein wenig für euch aus unserem Tank absaugen.«

Carey schaute Lexi gespannt an. »Ein Schlauch, den brauchen wir.«

»Lasst gut sein«, rief Lexi zurück.

Nun hob der Mann beide Hände und entgegnete: »Ist eure Entscheidung, aber viel Glück. Gott segne und schütze euch.« Nachdem sich die beiden abgewandt hatten, gingen sie wieder zu ihrem Pick-up zurück.

»Lexi, wie sollen wir denn ohne Schlauch zu Sprit kommen?«, fragte Carey verunsichert.

»Das weiß ich noch nicht. Lass mich erst einmal nachdenken.«

Der Pick-up sprang an und rollte nun langsam auf sie zu.

Carey schlug einen härteren Ton an: »Mensch, wir dürfen sie nicht einfach fahren lassen, wenn sie Benzin haben. Wir brauchen es!«

Ihr Misstrauen jedermann gegenüber war ein Kampf für Lexi. Sie konnte sich nicht einfach so auf die Zwei einlassen, aber was, wenn es sich wirklich nur um gottesfürchtige Männer handelte, die zum Helfen angehalten hatten?

Der Pick-up zog langsam an ihnen vorbei, sodass sie die Insassen genauer sehen konnte.

Sie winkten und lächelten freundlich, während sie langsam weiterfuhren.

»Stopp!«, schrie Lexi nun endlich.

Der Fahrer hielt sofort wieder an.

Lexi lief hinüber und blieb ein paar Fuß vor seiner Tür stehen. »Falls ihr es tatsächlich gut mit uns meint, lasst uns bitte euren Schlauch hier, denn wir brauchen ihn dringend.«

»Wir können euch doch auch einfach etwas von unserem Benzin geben und dann wieder verschwinden«, schlug der Fahrer erneut vor.

»Du verstehst das nicht. Wir trauen euch nicht«, erklärte sie. »Das ist nichts Persönliches, wir würden momentan einfach für niemanden die Hand ins Feuer legen.«

Der Mann lächelte abermals. »Die Welt hat euch misstrauisch und vorsichtig gemacht, das ist durchaus klug, doch wenn ihr euch unter diesen neuen Umständen behaupten wollt, dann müsst ihr auch in der Lage sein, Gutes von Bösem zu unterscheiden. Und ich kann euch versichern, dass wir auf der Seite Gottes und der Rechtschaffenheit stehen.«

Lexi ging nicht auf seinen Ratschlag ein, sondern kam wieder auf ihre Bitte zu sprechen: »Würdet ihr den Schlauch nun an uns abtreten oder nicht?«

Der Beifahrer suchte den Blick seines Gefährten, bevor er nickte.

»Ja, hol ihn dir selbst, er liegt auf der Ladefläche«, sagte der Fahrer.

Lexi ging nach hinten und schaute auf das verrostete, zerbeulte Heckteil des alten GMC-Trucks. Dort lag tatsächlich ein sechs Fuß langes dünnes Stück Schlauch. Sie nahm es und trat vorsichtig wieder zurück.

»Danke.«

»Nicht der Rede wert. Gott sei mit euch«, sprach der Fahrer, wendete und fuhr davon.

Lexi beobachtete, wie er sich entfernte und über die Kuppe verschwand, wo er hergekommen war.

»Sorry, Schwesterherz, die Typen waren mir einfach nicht geheuer, aber wenigstens habe ich mein Händchen fürs Verhandeln noch nicht komplett verloren«, sagte Lexi, während sie den Schlauch in die Höhe hielt.

»Das hätten wirklich gute Leute sein können«, erwiderte Carey.

»Darauf würde ich aber nicht wetten, wenn ich du wäre, denn davon könnte heutzutage dein Leben abhängen«, gab Lexi zu bedenken. »Komm, wir müssen ein bisschen spazieren gehen, um Sprit zu besorgen.«

»Ich bleibe lieber hier«, ließ Carey sie wissen.

»Das kannst du vergessen, wir bleiben zusammen.«

»Ich komm schon klar, lass mir einfach das Gewehr hier. Ich weiß mich schon zu wehren.«

»Machst du Witze? Ich habe mich doch wohl klar ausgedrückt: Wir … bleiben … zusammen«, beharrte Lexi.

»Wir dürfen den Wagen aber nicht unbeaufsichtigt hier stehenlassen«, hielt Carey dagegen. »Was, wenn jemand vorbeikommt und ihn stiehlt?«

»Womit denn? Mit einem Abschlepplaster? Die Karre läuft schließlich nicht mehr. Außerdem würde ich lieber in Kauf nehmen, dass ihn jemand stiehlt, als dass du verletzt oder schlimmer noch getötet würdest, also los, gehen wir.« Lexi winkte sie zu sich.

»Ich bin total platt und will mich nur noch ausruhen. Keine Sorge, mir wird schon niemand nahekommen. Wer's versucht, bekommt sofort eine Kugel in den Kopf.« Das äußerte die Jüngere nur halb im Scherz.

»Bitte, Carey, bring mich nicht dazu, dich hinter mir herzuschleifen.«

»Ich komme hier gut zurecht, geh ruhig. Du findest mich später genau hier wieder, sicher und wohlbehalten mit meiner neuen Freundin.« Bei diesen Worten hielt sie das Gewehr hoch.

»Nein.«

»Doch.«

»Nein.«

»Doch, und geh, bevor es zu spät ist.« Carey drehte sich zum Auto um.

»Du bist echt saudoof!«, schimpfte Lexi. »Nur weil du einmal tough gewesen bist, meinst du jetzt, du könntest die ganze Welt im Sturm erobern!«

»La-la-la, ich höre meiner wütenden Schwester gar nicht mehr zu«, sang Carey, während sie sich an den Wagen lehnte.

»Blöde Kuh!«, knurrte Lexi und stapfte wütend davon. Sie nahm außer dem Schlauch auch noch die drei Plastikkanister mit. Schotter knirschte unter ihren harten Schuhsohlen, während sie in Richtung Westen lief. Dann hörte sie, wie eine der schweren Türen des Impala zufiel, und blieb stehen. Als sie sich umdrehte, saß ihre Schwester auf der Motorhaube. In der Umgebung war es vollkommen still, also drang kein einziges Geräusch durch die Luft, bis die Jüngere plötzlich anfing, eine Melodie zu summen. Lexi konnte nicht erkennen, um welches Lied es sich handelte, doch es musste in Anbetracht von Careys vorherigem Gebaren ein fröhliches sein. Da sie sich unter Zeitdruck gesetzt sah, drehte sich Lexi wieder um und ging noch ein paar Schritte … doch irgendetwas sagte ihr auf einmal, sie solle erneut anhalten. Sie folgte ihrem Bauchgefühl und blickte zurück. Ihr kam plötzlich der Gedanke, dass sie ihre Schwester vielleicht zum letzten Mal sah. Das hatte nichts mit Paranoia zu tun, sondern war angesichts der momentanen Gegebenheiten durchaus vorstellbar. Lexi machte einen weiteren Schritt in Richtung Wagen zu, besann sich dann aber wieder. Würde sie wieder zu Carey zurückgehen, würde sie lediglich noch mehr Zeit mit Diskutieren vergeuden. Sie brauchten das Benzin dringend, damit sie weiterkamen. Ihre Schwester war schließlich bewaffnet und sehr wahrscheinlich sicher in dem Auto, außer eine kleine Armee marschierte hier auf. »Sie kommt schon allein zurecht, trotzdem solltest du dich besser beeilen«, sagte sie laut zu sich selbst.

Sie warf einen letzten Blick auf Carey, die nun mit den Beinen schlackerte und im Rhythmus des Liedes, das sie vor sich hinsummte, mit den Füßen wippte. Wie ein Fotoapparat speicherte sie den Anblick in ihrem Gedächtnis ab, bevor sie sich umdrehte und nach Westen weiterging.

22. FEBRUAR 2015

»Man kann die Augen vor der Wirklichkeit verschließen, aber nicht vor den Erinnerungen.«

Stanislaw Jerzy Lec

Crescent, Oregon

Lexi ließ ihren Kopf über dem Schnapsglas hängen, das sie nicht angerührt hatte. Hätte jemand sie gefragt, wie viele Drinks sie sich schon einverleibt hatte, wäre sie um eine Antwort verlegen gewesen.

John saß bei ihr und wartete darauf, dass sie wieder etwas sagte, doch mehrere Minuten waren bereits vergangen, seit sie den Mund zuletzt aufgemacht hatte. »Alles klar mit dir?«

Lexi hob den Kopf und schob das Glas weg. »Ich bin fix und fertig.«

»Ich auch.«

»Also wirklich, es reicht langsam.«

»Hmm?«

»Ich hab die Faxen endgültig dicke. So kann es nicht mehr weitergehen.«

Immer noch in ihre Erzählung vertieft, hakte er behutsam nach: »Hast du den Sprit ohne Schwierigkeiten gekriegt?«

»Das war's«, sagte sie mit bleischwerer Zunge.

John beugte sich zu ihr hinüber, gespannt auf die Fortsetzung ihres Berichts.

Lexi blinzelte träge. Sie wandte sich John auf dem Barhocker zu, aber nicht ohne sich mit der rechten Hand abzustützen, während sie die Vierteldrehung vollzog.

Er lächelte. Dass sie betrunken war, ließ sich nicht übersehen. »Das war das letzte Mal …«

Wieder wartete er darauf, dass sie den Satz zu Ende brachte, aber sie saß lediglich da und schaute ihn stumm an, während ihr Oberkörper leicht schwankte.

»Das letzte Mal?«

»Jepp, das letzte Mal.«

»Bezogen worauf?«, bohrte John neugierig nach.

Lexi setzte ihre Füße auf den Holzboden und stand auf. Ihr Gleichgewicht hielt sie, indem sie sich an den Tresen lehnte. Ihr war schwindlig, weshalb sich die ganze Umgebung drehte.

»Lass dir doch helfen«, meinte John und erhob sich ebenfalls. Auch ihm war schummerig zumute, doch Lexi hatte sich wirklich nach allen Regeln der Kunst abgeschossen. Trunkenheit konnte man es schon gar nicht mehr nennen, eher eine Besinnungslosigkeit.

»Nein … geht schon, ich krieg's gebacken«, versicherte sie ihm mit erhobener Linker, um John abzuweisen.

»Lexi, du brauchst eine Stütze«, beharrte er.

Sie wurde wütend. »Nein … nein! Das ist genau das, was sie auch gesagt haben, diese beschissenen Wilden!«

Er trat näher, doch sie zog sich sofort hastig zurück, wobei sie gegen ein Bein des Hockers stieß, auf dem sie gerade gesessen hatte. Deshalb verlor sie die Balance und fiel hin, genauer gesagt auf ihr linkes Becken.

»Oh nein«, stöhnte John und schickte sich an, ihr aufzuhelfen.

»Lass das, ich schaff's allein. Ist nichts passiert«, murmelte sie. »Ich bekam keine weitere Gelegenheit mehr, ihr zu sagen, wie sehr ich sie liebte. Wir sahen uns erst wieder, als wir in Rahabs Lager festgehalten wurden, doch ein tiefgründiges Gespräch wie an dem Strandhaus hatte ich nie wieder mit ihr. Ich wusste – ja, ich war mir einfach ganz sicher – dass diese Typen nichts Gutes im Schilde führten.«

Weil er dachte, sie fühle sich dadurch wohler, ließ John sich ebenfalls auf dem Boden nieder und nahm vor Lexi Platz.

Als sie zu ihm aufschaute, liefen ihr Tränen an den gebräunten Wangen hinunter. »Ich flehte sie an, mit mir zu kommen, aber sie bestand darauf, allein klarzukommen. Ich hätte meiner Intuition folgen müssen. Stattdessen ließ ich sie zurück … ganz allein auf diesem Highway …« Sie schnappte nach Luft, bevor sie fortfuhr: »Aber was hätte ich tun sollen? Wir brauchten Benzin, und ich habe sie schließlich regelrecht bekniet, dass sie mich begleiten soll. Aber sie wollte einfach nicht. Es war so, als wolle sie mir unbedingt beweisen, dass sie richtig abgehärtet war. Bestimmt hielt sie sich für unbesiegbar, nachdem sie Jessie die Stirn geboten und sie erschossen hatte.«

John wollte Lexi trösten, traute sich aber nicht, irgendetwas zu erwidern.

»Ich brach also auf, um Sprit zu holen, und als ich zurückkehrte, waren die Typen von vorher wieder dort, aber dieses Mal mit weiteren Männern. Sie entführten Carey …« Sie fing bitterlich an, zu weinen.

»Hören wir doch einfach auf. Du musst das Ganze nicht wieder hochkochen.«

»Doch, du wolltest mich kennenlernen, also kriegst du auch die ganze Geschichte. Du hast mich gefragt, warum ich so aggressiv bin, so als würde mich das verantwortungslos oder unreifer machen!«

»So habe ich das bestimmt nicht gemeint!«, beteuerte ihr John.

»Sie waren zu sechst. Das weiß ich deshalb, weil ich genau gezählt habe. Das war mir wichtig, um hinterher sichergehen zu können, wie viele ich erschießen musste. Zwei hielten Carey auf der Ladefläche ihres Trucks fest ...« Lexi schluchzte. »Ich wollte etwas unternehmen, aber die hatten sie dort oben und vergewaltigten sie, diese Schweine! Ich habe mich bemüht, aber was hätte ich denn machen sollen? Sie haben gedroht, Carey umzubringen, falls ich mich widersetzen würde, also habe ich mich einfach ergeben ... ich streckte die Waffen wie ein verdammter Schwächling. Das änderte aber auch nichts daran, wie die Sache ausging. Sie töteten Carey trotzdem, allerdings erst nach wochenlanger Vergewaltigung und Folter.« Sie wischte sich die Tränen aus ihrem Gesicht. Als sie John wieder anschaute, blickte sie kaltherzig und bitter. »Im Nachhinein denke ich, dass ich einfach auf sie hätte schießen sollen. Selbst wenn Carey dabei umgekommen wäre, hätte ihr das zumindest die Qualen der darauffolgenden Wochen erspart.«

John rang nach Worten und empfand schließlich nur die üblichen als passend: »Es tut mir furchtbar leid.«

»Verstehst du jetzt, warum ich immer so aggressiv bin?«, fragte Lexi tonlos.

»Das wäre ich auch.«

»Aber jetzt habe ich ein Ziel. Es gibt mir die Möglichkeit, meine Aggressionen konstruktiv einzusetzen. Ich werde weiter nach Rahab und seiner Bande suchen, und dann ihn und so viele andere töten, wie ich nur kann. Was danach geschieht, weiß ich noch nicht. Vielleicht werde ich ja so etwas wie eine gesetzlose Rächerin. Darüber habe ich ehrlich gesagt, noch nicht großartig nachgedacht.«

»Wie lange willst du das denn durchziehen?«

»Ich glaube nicht, dass ich aufhören kann, bevor ich sterbe. Es gibt schließlich unendlich viele Typen wie Rahab auf dieser Welt.«

»Ich würde ja vorschlagen, dass du hierbleibst und bei mir sesshaft wirst, aber ich kann mir schon denken, dass du das nicht möchtest.«

»Ha, danke, aber da liegst du richtig«, bestätigte Lexi und rülpste laut. »Verzeihung. Äh, ich gehe vorerst aber wohl nirgendwo hin, außer aufs Klo, und danach, glaube ich, ist Hinhauen angesagt.«

»Gute Idee«, erwiderte John und erhob sich ebenfalls. Er bot ihr eine Hand an, um ihr beim Aufstehen zu helfen.

Aber Lexi nahm sie nicht, sondern zog sich an dem Barhocker neben sich hoch. Als sie stand, wünschte sie ihm eine gute Nacht.

John schaute zum Fenster hinaus. Gerade erst war die Sonne untergegangen. Er konnte die genaue Uhrzeit allerdings nicht schätzen, weil er dermaßen von Lexis Bericht vereinnahmt gewesen war, dass er alles ringsherum vergessen hatte. »Gute Nacht.«

Nun schaute er ihr dabei zu, wie sie zur Toilette wankte, wobei sie regelmäßig gegen Tische und Stühle stieß. Während er über ihre Schilderungen nachdachte, wollte er erst gar nicht versuchen, sich in ihre Lage hineinzuversetzen. Er sah sich zu nichts weiter imstande, als ihr in Zukunft Rückhalt zu schenken, und wenn es so weit war, dass sie aufbrechen wollte, würde er sie in der Hoffnung ziehen lassen, dass sie fand, was sie suchte.

23. FEBRUAR 2015

»Timing ist alles im Leben.«

Carl Lewis

Crescent, Oregon

Lexi stöhnte, als sie sich bewegte. Sie hatte pochende Kopfschmerzen und ihr ganzer Körper schmerzte. Daran, wie sie auf ihren Liegeplatz gekommen war, erinnerte sie sich nicht mehr. Streng genommen wusste sie so gut wie nichts mehr vom Vorabend. Nachdem sie sich hingesetzt hatte, streckte sie ihre Arme und kroch langsam zur Tür. Sie hielt sich am Knauf fest und zog sie vorsichtig hoch. Während sie versuchte, auf wackligen Beinen stehen zu bleiben, holte sie tief Luft.

»Reiß dich zusammen«, sagte sie laut zu sich selber.

Anschließend öffnete sie die Tür und verließ den Lagerraum. Das Licht der Morgensonne brannte in ihren Augen. Sie blinzelte und wankte in Richtung Toilette.

»Oh, du bist wach!«, rief John von der Theke aus.

Lexi brummte unartikuliert. Dann ging sie geradewegs zum Waschbecken und drehte das kalte Wasser auf. Nachdem sie sich etwas davon ins Gesicht gespritzt hatte, atmete sie seufzend aus. »Gott, ich fühle mich wie gerädert.«

Sie hob ihren schweren Kopf und schaute im Spiegel in ihre blutunterlaufenen Augen. So konnte es nicht weitergehen. Dadurch, dass sie sich ständig betrank, wurde sie nur unachtsam und setzte ihr Leben aufs Spiel, doch die Schmerzen – die Seelenqual – war nun einmal etwas, womit sie sich nicht auseinandersetzen wollte.

Nun stieg ihr Essensduft in die Nase. Normalerweise hätte sie davon Appetit bekommen, aber an diesem Morgen musste sie sich fast übergeben.

Nachdem sie sich gewaschen hatte, ging sie in die Bar. In erster Linie wollte sie Wasser zum Trinken und Schmerztabletten suchen. John stand hinter der Theke und pfiff vergnügt irgendeine bekannte Melodie. Er drehte sich zu ihr um, lächelte und begrüßte sie. »Morgen.«

»Sprich mich bloß nicht an«, erwiderte sie mit erhobener Hand.

»Ich dachte mir schon, dass du so drauf bist.« Er zeigte auf einen Frühstücksteller, der neben einer Flasche Wasser und drei kleinen Tabletten Advil stand.

Ein solches Gedeck zu sehen, freute Lexi. Sie zögerte nicht, sondern schraubte rasch die Flasche auf und nahm die Pillen ein. Das Essen – Eier und Würstchen – war ihr aber vorerst noch zu gefährlich, deshalb schob sie es beiseite.

John betrachtete sie aufmerksam. »Ich weiß, Nahrungszufuhr ist gerade keine einladende Vorstellung, aber sie ist dringend nötig.«

»Nichts da.«

»Na ja, dann iss eben, wenn du so weit bist. Ich warte so lange.« Mit diesen Worten nahm er den Teller wieder weg.

»Wann habe ich mich denn hingelegt?«

»Du meinst, wann du dein Bewusstsein verloren hast?«

Sie wunderte sich darüber, dass er so schwungvoll hinter dem Tresen herumhantierte. »Wieso bist du eigentlich nicht verkatert?«

»Maßhalten ist das A und O, das habe ich schon vor Jahren gelernt«, erklärte er ihr. »Ich trinke ein paar Gläser, aber dann sehe ich zu, dass ich etwas esse und eine Menge Wasser aufnehme. Außerdem habe ich nicht mit dir gleichgezogen.«

Lexi legte ihren Kopf auf die Theke und stöhnte. »Oh, wie mir der Schädel brummt.«

»Ich würde dir ja ein Konterbier anbieten, aber bring lieber erst mal deinen Flüssigkeitshaushalt in Ordnung.«

»Ich weiß nichts mehr von gestern Abend, hoffentlich habe ich mich benommen«, nuschelte Lexi gegen ihre Unterarme.

»Auf jeden Fall wirst du sehr gesprächig, wenn du erst einmal was getrunken hast.«

»Oh je, was habe ich denn alles erzählt?«

»Nichts Schlimmes, aber eben viel.«

»Hier drin ist es total heiß«, stellte Lexi fest, als sie den Kopf wieder hochhob. Ihre Stirn und die Wangen waren mit klebrigem Schweiß überzogen.

»Du siehst echt übel aus«, meinte John. Er ging schnell zum Eingang und öffnete die Tür ein bisschen.

Sofort strömte kühle Luft herein.

»Ah, das tut gut«, rief Lexi und seufzte strahlend.

»Ist alles meine Schuld«, deutete John an.

»Was meinst du?«

»Ich hab dich zuerst abgefüllt und dann aufgefordert, aus deiner Vergangenheit zu erzählen.«

Lexi legte ihre Stirn in Falten. »Und ich hab nichts ausgelassen?«

»Nein, du warst ziemlich ausführlich«, bestätigte er und hoffte, dass ihr diese Antwort genügte. Er wollte auf keinen Fall noch mehr hören.

»Gut, dann bin ich froh, das für dich getan zu haben«, erwiderte Lexi mit schnippischem Unterton.

Ein Teil ihres Berichts war ihm allerdings noch nicht ganz klar, also kam er darauf zurück: »Jene Familie südlich von hier, die dich bei sich aufgenommen hat … ich weiß immer noch nicht, weshalb du dort weggegangen bist.«

»Habe ich dir das nicht erklärt?«

»Nein.«

»Wo bin ich denn stehen geblieben?«

»Ach lass mal, mach dir keinen Kopf deswegen. Wie wär's, wenn wir heute mal über gar nichts reden?«

»Nein, sag es mir bitte, ich erinnere mich wirklich nicht mehr daran, wie der Abend zu Ende ging.«

John wünschte sich, das Thema gar nicht angeschnitten zu haben, weshalb er jetzt nach einem Grund dafür suchte, nach hinten zu gehen und die Konversation unter den Tisch fallen zu lassen. »Bin gleich wieder da.«

»Du wirkst so fahrig. Habe ich etwa etwas Falsches gesagt gestern?«

»Du warst halt ein bisschen beschwipst und … nun ja, emotional.«

»Das bin ich oft, wenn ich Alkohol im Blut habe. Meine Schwester beschrieb es immer als *leidenschaftlich.*« Lexi trank eine größere Menge Wasser aus der Flasche.

»Lass uns den Tag heute einfach entspannt angehen.«

»Jetzt komm schon, was habe ich denn bloß erzählt?«

»Ist das denn so wichtig?«

»Ja, du benimmst dich total komisch, und ich will es wissen.«

»Also gut, du bist genau hier umgefallen«, schilderte John, als er auf die Stelle am Boden zeigte, wo sie am Abend zuvor nach dem Stolpern gelegen hatte und fuhr fort: »Das Letzte, was du erwähnt hast, waren Rahab und seine Bande, die euch gefangen genommen haben, das war's.«

»Nichts von dem, was danach passiert ist?«

»Nein, nur dies, und du warst dabei sehr aufgewühlt.«

»Oh, okay.«

»Also wie gesagt, ich bin gleich wieder zurück.«

Lexi wollte ihn aber nicht gehenlassen, bevor sie etwas klargestellt hatte: »Dass ich nichts von Rahabs Lager erzählt habe, erleichtert mich. Du brauchst nur zu wissen, dass sie uns mitnahmen, woraufhin wir mehrere Wochen lang die Hölle auf Erden erlebten.«

John hob seine Hände und entgegnete: »Ich will auch gar nicht mehr erfahren, du hast mir schon mehr als genug erzählt. Jetzt habe ich ein schlechtes Gewissen, das ich dich dazu getrieben habe.«

»Du hast mich nicht dazu getrieben, das war richtig so, aber ich stimme dir trotzdem zu, lass uns heute keine Geschichten erzählen.«

»Wunderbar«, antwortete John und verschwand nach hinten.

Prompt brach Lexi ihre Übereinkunft, indem sie ihm eine Antwort auf seine vorherige Frage gab: »Das waren gute Leute – also die Familie, die mich aufgenommen hat – doch ihnen ging es genau wie allen guten Leuten, denen ich bisher begegnet bin … sie starben bald darauf.«

»Das muss jetzt wirklich nicht sein«, erwiderte John stöhnend.

»Eines Morgens wachte ich auf, als es laut krachte. Kurz darauf fiel ein Schuss. Eine Gruppe Plünderer hat uns überfallen. Alles Weitere kannst du dir ja denken. Ich bin nur knapp mit dem Leben davongekommen.«

»Sonst niemand?«

»Nein, nur ich.«

»Der Mann, der Familienvater, war derjenige, der dir etwas übers Kämpfen beibrachte, richtig?«

»Ja, er war ein Bombenkerl.«

»Ich würde dir gern was Hochprozentiges anbieten, um auf ihn zu trinken, aber wir haben leider zwei Probleme.«

»Ich höre.«

»Erstens deine Verfassung und zweitens Wodka … es ist keiner mehr da.«

»Whiskey als Ersatz ist auch nie verkehrt«, witzelte Lexi.

»Du solltest lieber zuerst etwas essen.«

Sie gab nach und sagte: »Gut, gut, dann eben jetzt eine Mahlzeit.«

John ging wieder in die Küche, um ihren Teller zu holen.

Lexi dachte nun zurück an die Familie, die ihr geholfen hatte. Die gemeinsame Zeit mit ihr war sehr wichtig gewesen. Denn dort hatte sie sich mehrere lebenswichtige Fertigkeiten angeeignet, wofür sie ihnen unendlich dankbar war. Sie wäre gern länger geblieben, doch das hatte nicht in ihrem Ermessen gelegen. Ihre Einschätzung John gegenüber, dass alle, denen sie sich annäherte, über kurz oder lang ihr Leben lassen mussten, war durchaus korrekt. Dies hatte sich mittlerweile schon so oft wiederholt, dass sie sich allmählich fragte, ob sie vielleicht verflucht sei.

John kam nun mit dem vollen Teller zurück und stellte ihn vor Lexi ab.

Von dem Geruch wurde ihr immer noch übel, aber sie musste wirklich etwas zu sich nehmen. Letzten Endes nahm sie die Gabel zur Hand und fiel über das Frühstück her. Im Nu hatte sie alles aufgegessen und schob das Geschirr beiseite. »Jetzt bin ich pappsatt.«

»Prima«, erwiderte John und nahm den Teller weg.

In ihrem Schädel hämmerte es nach wie vor dumpf. Sie beugte sich nach vorn und ächzte wieder leise. »Warum tue ich mir das bloß an?«

»Willst du jetzt etwas gegen den Kater?«

»Aber hallo, du müsstest es nur mit etwas anderem mischen, mit Cola vielleicht?«

»Mit Eis kann ich dir allerdings nicht dienen.«

»Egal, Cola bedeutet immerhin Koffein.«

John nahm eine Dose zur Hand, öffnete sie und leerte sie in ein hohes Glas. Als er zu einer Flasche Whiskey griff, sagte er: »Sieh mir bitte nach, dass es keine Qualitätsmarke ist.«

»Ist mir vollkommen schnuppe«, antwortete Lexi.

Nachdem er einen Schwall ins Glas gegossen hatte, rührte er kurz um und schob es dann Lexi zu.

»Versprich mir aber, dass du mich nicht wieder besoffen machst«, bat sie ihn und nahm das Getränk entgegen.

»Ich verspreche nichts, ich bin schließlich Wirt, denk daran«, feixte er.

Während der folgenden Stunden tranken sie weiter und unterhielten sich über unerhebliche Dinge. Diese Nichtigkeiten machten die ganze Situation für Lexi irgendwie erträglicher und gaben ihr die Möglichkeit, sich vorübergehend vor der Wirklichkeit flüchten zu können.

Als der Morgen vorbei war und die Stunden in Richtung Nachmittag rückten, wurde aus Whiskey-Cola Whiskey pur.

John erinnerte sie jetzt an ihre Abmachung, doch sie wies alles von sich, und bestand darauf, dass er ihr nachschenkte.

»Warte kurz, ich hole uns was zum Knabbern«, sagte er und verschwand.

Dank der Tabletten zusammen mit dem Whiskey hatte sie ihre Kopfschmerzen besiegt. Nun stützte sie ihre Ellbogen auf die klebrige Theke und dachte nach.

Ihr Leben seit dem Tag, als der Strom ausgefallen war, glich einer Verkettung traumatisierender Ereignisse, und am Ende war sie hier im *The Mohawk Bar & Grill* gelandet. Sie hatte viel verloren, schwor sich allerdings, sich deshalb nicht von ihrem besonderen Ziel abbringen zu lassen. Was vor ihr lag, konnte sie zwar noch nicht absehen, doch das Ungewisse würde sie dennoch nicht aufhalten. Selbst nach all den tragischen Fügungen hatte sie niemanden vergessen, der ihr im Laufe der Zeit behilflich gewesen war. Auf der Welt grassierte die Schlechtigkeit, doch mittendrin hatte sie auch gute Menschen gefunden. Und um diese im Gedächtnis zu behalten, sagte sie ihre Namen nun laut auf und vergegenwärtigte sich ihre Gesichter. Sie hatte niemanden davon allzu genau kennenlernen können, und was diejenigen betraf, die verschont geblieben waren, fragte sie sich, wo sie wohl abgeblieben waren. Ihr fiel plötzlich eine Frau namens Samantha ein. Sie und ihr Freund Nelson hatten sie gerettet, als sie aus Rahabs Gefangenschaft geflohen war. Bei ihrer Begegnung außerhalb seines Lagers hatte sie sich der Gruppe der beiden unter Zweifeln angeschlossen. Kurz darauf war aber offenbar geworden, dass sich der Mann, nach dem Samantha sie gefragt hatte, ebenfalls in Rahabs Gewalt befand. Lexi erinnerte sich nur noch an seinen Vornamen … Gordon. Idaho verhieß der Gruppe zufolge Sicherheit, doch sie war nur so lange geblieben, bis sie alles zusammengetragen hatte, was sie brachte, und dann bei Nacht und Nebel verschwunden.

John kam jetzt hastig wieder zurück in die Bar und sagte: »Da draußen ist gerade jemand vorgefahren. Ich glaube, es sind wieder die Marines.«

»Oh ja«, entgegnete Lexi und schaute in den Spiegel hinter dem Tresen. Dort hatte sie die Eingangstür nämlich genau im Blick.

Diese ging jetzt knarrend auf, sodass helles Tageslicht in die Kneipe fiel. Drei Männer kamen herein und machten die Tür wieder zu. Zwei von ihnen trugen Uniform, der dritte Zivilkleidung, doch seine Statur und Haltung entsprach den beiden Soldaten, nur dass er ein wenig Alterswürde ausstrahlte.

»Dort drüben, Sir«, sagte einer der Uniformierten, ein Gefreiter, zu dem Älteren.

Er eilte nach vorn, indem er zwischen den Tischen und Stühlen hindurchmarschierte, und setzte sich genau neben Lexi.

Sie betrachtete ihn argwöhnisch, John ebenfalls.

Gerade als er etwas sagen wollte, kam sie ihm mit einer Frage zuvor: »Wo liegt Ihr Problem?«

»Na, wenn das mal keine nette Begrüßung ist«, fing der Mann an. Er hatte blaue Augen und einen stechenden Blick. Sein Gesicht war auf eine grobschlächtige Weise ganz ansehnlich, obwohl er vom Militärdienst gezeichnet war und sich eine tiefe, wulstige Narbe von seiner Nase aus quer hinunter über die gesamte rechte Wange zog.

Lexi sprang das Schnapsglas ins Auge, das vor ihr stand. Sie nahm es und stürzte den Whiskey darin hinunter. Nachdem sie es auf die Theke geknallt hatte, fragte sie: »Wollen Sie mich nur anmachen oder irgendetwas anderes? Ich sehe, Sie haben Kollegen mitgebracht.« Sie drehte sich auf dem Hocker herum, um die restlichen Marines in Augenschein zu nehmen.

Der Fremde begann wieder: »Ich heiße Gordon und …«

»Ich kenne Sie!«, rief Lexi dem Gefreiten zu. »Sie sind der Soldat, der mich aufgelesen hat. Kommen Sie her, ich gebe Ihnen einen aus.« Ihr zweiter Tag im Zeichen des Trinkens machte sich bemerkbar, und der Alkohol kitzelte offenbar ihre umgängliche Seite hervor.

Der Gefreite nickte, rührte sich jedoch nicht von der Stelle. Sie wandte sich wieder dem Mann zu, der sich als Gordon vorgestellt hatte, und knüpfte bei seinem Namen an: »Wie heißen Sie noch mal, würden Sie das wiederholen?«

»Ich heiße Gordon Van Zandt. Man sagt, Sie hätten …«

Abermals würgte sie ihn ab und erwiderte: »Moment mal, von Ihnen habe ich gehört.« Sie winkte John herbei, damit er ihr Glas auffüllte.

Gordon beugte sich nach vorn und hielt eine Hand über ihr Glas. »Bevor Sie zu betrunken und damit nutzlos für mich sind, möchte ich Ihnen gern ein paar Fragen stellen. Wenn ich fertig bin, dürfen Sie sich von mir aus die Lichter ausblasen.«

Sie schaute zuerst ihn trotzig an und dann die beiden Marines. Als sie die Situation analysierte, gelangte sie zu dem Schluss, dass sie nicht damit durchkommen würde, Gordon niederzuschlagen. »Was wollen Sie denn wissen, Tiger?«

»Woher kennen Sie mich?«

»Meine Mutter hat mich zur Höflichkeit erzogen. Ist es nicht lustig, dass so etwas aus dem Mund einer Frau kommt, die mal die fieseste Schlampe war, die man sich vorstellen kann?« Sie lachte. »Wie dem auch sei, mich nicht vorzustellen wäre unhöflich. Gordon Van Zandt, ich bin Lexi Tolanus. Freut mich, Sie kennenzulernen.«

Die beiden verbrachten den Abend damit, sich bei einer Flasche Whiskey über ihre Gefangenschaft bei Rahab auszutauschen.

Als Lexi auf die Ermordung ihrer Schwester zu sprechen kam, erzählte Gordon ihr, dass er dabei gewesen war und Careys Tod bezeugt hatte.

»Ich erinnere mich, ich sehe sie noch genau vor mir. Sie trat ihrem Ende tapfer und würdevoll entgegen. Es war das erste Mal, dass ich einer Läuterung beiwohnte – so nennen sie es ja, glaube ich.« Gordon sprach das Wort verächtlich aus.

»Meine Schwester hatte keinen solchen Tod verdient«, knurrte Lexi wütend.

»Das stimmt.«

Sie nahm ihr volles Glas, trank es aber nicht auf ex, sondern nippte nur daran. »Aber meine Schwester wurde Tag für Tag widerstandsfähiger.«

»Wie lange wart ihr dort?«, fragte Gordon.

Lexi hatte sich bisher über ihre Zeit in dem Lager ausgeschwiegen, weil die Erinnerungen daran einfach zu schmerzhaft waren und sich sowieso niemand wirklich hineinversetzen konnte. Was Carey und sie mitgemacht hatten, ließ sich mit nichts vergleichen, und wenngleich sie schnell auf einer Wellenlänge mit Gordon lag, weil er ebenfalls dort gefangen gewesen war, begriff auch er nicht zur Gänze, wie es den Frauen bei Rahab erging. Nichtsdestotrotz veranlasste sie dieses Treffen mit jemandem, der ähnliche Erfahrungen gemacht hatte, dazu, sich persönlich zu öffnen. »Wochen. Ich hörte irgendwann auf, die Tage zu zählen, aber vermutlich waren es vier Wochen – geschätzt.«

»Grundgütiger.«

»Nach der ersten Woche schaltete ich einfach ab.«

»Ich hörte jeden Tag jemanden schreien oder flehen«, berichtete Gordon. Es war eher ein laut ausgesprochener Gedanke als eine gezielte Aussage.

»Das müssen wir gewesen sein, oder besser gesagt, all die Frauen, die sie zu Sex-Sklavinnen auserwählt hatten.«

Gordon nahm ein Glas und trank daraus, dann verzog er sein Gesicht. »Ich bringe dieses Dreckschwein um«, versicherte er ihr.

»Nicht, wenn ich schneller bin.«

Gordon prostete ihr mit dem halbleeren Glas zu und nickte.

»Und du? Wie ging es mit dir weiter?«, fragte Lexi.

»Rahab hat meinen Sohn Hunter auf die gleiche Weise wie deine Schwester umgebracht«, sagte er.

»Das sind seelenlose Monster, wirklich«, schnaubte Lexi.

»Tut mir leid, das mit deiner Schwester«, erwiderte Gordon.

Lexi ging darauf nicht ein. Sie starrte in Gedanken vertieft ins Leere.

Ihre Unterhaltung über Rahab hatte sich bis zu einem Punkt entwickelt, an dem weder er noch sie weitersprechen wollten.

Lexi brach das Schweigen aber schließlich doch: »Also, diese Soldaten haben dir von mir erzählt?«

»Ja, ich bin ein Stück weiter südlich auf sie gestoßen. Sie haben mir auch geholfen.«

Sie schaute zu den beiden hinüber, die jetzt auch am Tresen saßen und gemeinsam mit John und zwei Stadtbewohnern tranken, die irgendwann hereingekommen waren. »Diese Kerle sind immer noch da draußen, tun ihre Pflicht und beschützen die Leute, obwohl dieser ganze Mist passiert ist. Davor kann man nur den Hut ziehen.«

»Klug investierte Staatsgelder würde ich sagen«, warf Gordon ein.

Lexi spielte mit ihrem Glas, wobei sie den Whiskey hin und her schwenkte.

»Wie kommt es, dass du von mir gehört hast?«, wollte Gordon wissen.

»Ich habe deine Frau und Freunde von euch getroffen.«

Als Gordon dies hörte, verschluckte er sich spontan. »Wann, wo?«

»Nachdem ich aus Rahabs Lager geflohen war. Sie lasen mich auf und halfen mir. Anscheinend suchten sie nach dir, fanden aber nur mich.«

Etwas über seine Frau Samantha zu erfahren versetzte ihm einen schmerzhaften Stich. Er warf sich nämlich vor, den Mord an seinem Sohn durch sein eigenes Handeln verschuldet zu haben, und hatte es nach seiner Befreiung nicht über sich gebracht, zu seiner Gruppe zurückzukehren. Stattdessen war er Lexis Fußstapfen gefolgt, indem er ebenfalls den Prediger suchte.

Während Lexi ihm von ihrem Besuch bei Gordons Bekannten erzählte, hörte er aufmerksam zu. Je länger sie sprach, desto lieber hätte er seine Entscheidung rückgängig gemacht. Als sie berichtete, wie Samantha den Leichnam ihres Sohnes gesehen hatte, brach es ihm fast das Herz. Wie jeden Tag seitdem stellte er sein gesamtes Tun infrage, nur dass er jetzt so unmittelbar wie noch nie davor stand, Rahab zu schnappen, und darum nicht wieder zurückrudern konnte. Er musste sein Vorhaben unbedingt bis zum Ende durchziehen.

»Was weißt du über Rahabs Aufenthaltsort?«, fragte er aus der Notwendigkeit heraus, das Thema zu wechseln, und wieder auf den Kernpunkt zurückzukommen.

»Ich habe gehört, dass sie einen Ort in Oregon genannt haben. Das ist der einzige Hinweis, den ich habe, doch wo genau er ist, weiß ich nicht.«

»Rajneeshpuram war ein Name, den ich auf einer Karte von Oregon fand«, erwiderte Gordon und zog sie aus der Brusttasche seines Arbeitshemdes. Er faltete sie auf und zeigte ihr eine Kante, auf der ein Name stand. Er hatte die

Karte gefunden, nachdem er von Rahab in der Annahme, er würde sterben, liegen gelassen worden war.

»Ich bin mir nicht sicher, was das genau bedeutet«, gestand ihm Lexi. »Woher hast du diese Karte?«

»Aus einem Gebäude in Rahabs Horrorkabinett in Kalifornien. Als ich von dort entkam, nahm ich sie mit, und das ist mir ebenfalls geblieben.« Er zeigte auf die dicke Narbe in seinem Gesicht.

»Wie ist das passiert?«, wollte Lexi wissen.

»Das ist eine vollkommen andere Geschichte«, antwortete Gordon. Er wollte offensichtlich nicht darüber sprechen, wie er sich die Wunde zugezogen hatte.

Da sie seinen Widerwillen bemerkte, bohrte sie auch nicht weiter nach. »Wir haben eine Karte mit dem Namen eines Ortes, der aber nicht eindeutig eingekreist oder markiert ist«, fasste sie zusammen, »also können wir auch nicht sagen, wo er sich befindet.«

»Ich habe jede Person danach gefragt, der ich begegnet bin, doch niemand weiß etwas darüber«, klagte Gordon. »Anscheinend kennen sich die Bewohner von Oregon nicht mal in ihrem eigenen Staat aus.«

Lexi riss ihre Augen auf. »Dann kennst du wohl John noch nicht«, entgegnete sie grinsend, drehte sich um und rief ihn zu sich.

John kam sofort zu ihr. »Ja, Schätzchen?«

»Ist dir der Ort …« Lexi stockte kurz, weil sie von der Karte ablesen musste. »… Raj-nessh-puram ein Begriff?«

»Ja, da hat früher mal ein alter Hippie-Kult gehaust. Ist nicht weit von hier entfernt, ungefähr hundertvierzig Meilen, würde ich sagen.«

Lexi und Gordon schauten einander an und lächelten.

Er sprang sofort auf und lief zum Tresen hinüber. »Zeig mir, wo er genau ist.«

John hielt eine Lampe über das Papier. Er betrachtete die Karte eingehend und kreiste dann mit einem Bleistift, den er hinter der Theke liegen hatte, die exakte Stelle ein. »Genau dort. Man nimmt den alten Highway hier und achtet einfach auf die Beschilderung. Ich glaube, der Name steht nach wie vor an der Straße.«

Lexi kam nun zu den beiden hinüber und knuffte Gordon.

Er drehte sich zu ihr und fragte: »Willst du mit mir auf die Jagd gehen?«

Sie stemmte ihre Hände in die Hüften, neigte den Kopf seitlich und erwiderte: »Ist der Papst katholisch?«

24. FEBRUAR 2015

»Wir suchen Gerechtigkeit, keine Rache.«

Saad Hariri

Crescent, Oregon

Lexi verließ das *The Mohawk* mit einem lachenden und einem weinenden Auge. Sie würde John vermissen und betete für seine Sicherheit, ahnte aber, warum auch immer, dass sie ihn nie wiedersehen würde. Nachdem sie einander noch einmal umarmt hatten, bot er ihr erneut an, zu ihm zurückzukehren, wenn sie ihr Ziel erreicht hatte. Aber Lexi wusste, dazu würde es nie kommen, machte John aber trotzdem Hoffnungen. Dabei drängte sich allerdings wieder die Vermutung in ihr auf, dass sie ihn jetzt gerade zum letzten Mal sah.

»Sei ein braves Mädchen«, sagte er und klopfte ihr aufmunternd auf die Schulter.

»Pass auf dich auf, und danke für alles«, entgegnete Lexi. Sie ging zügig von ihm fort und stieg dann in den Geländewagen vor dem Lokal ein. Das Abschiednehmen fiel ihr schwer, wobei sie es kaum erwarten konnte, endlich aufzubrechen.

Ihre Gefährten bei diesem Abenteuer waren Gordon und drei Marines: Corporal Rubio, Lance Corporal Jones und Private First Class McCamey.

Sie empfand nun die gleiche Aufregung wie ein Kind bei seinem ersten Ausflug nach Disneyland. Das Herumstreifen und wochenlange Suchen hatte endlich ein Ende, denn bald schon würde sie dem Mörder ihrer Schwester von Angesicht zu Angesicht gegenüberstehen.

Rubio drehte sich um und rief scherzhaft: »War auch jeder auf dem Klo?«

»Fahren Sie los«, befahl ihm Gordon.

»Alles klar. Du hast den Mann gehört, McCamey, gib Gas.« Bei diesen Worten schaute Rubio wieder durch die Windschutzscheibe.

Lexi betrachtete nacheinander die Männer im Wagen und schaute auch durch die Dachklappe zu Jones auf, der das M-240-Maschinengeschütz bemannte. Sie hätte nie gedacht, dass sie ihren Feldzug gegen Rahab mit solcher Feuerkraft antreten würde. Dementsprechend erregt war sie und hätte sich am liebsten sofort ins Getümmel gestürzt.

Zentraloregon

Ihre Fahrt auf der Schnellstraße verlief ohne besondere Vorkommnisse.

Da Lexi nicht selbst am Steuer saß, erhielt sie ihre wohlverdiente Ruhe. Innerhalb von zehn Minuten, nachdem sie Crescent verlassen hatten, lag sie mit dem Kopf auf einer zerknautschten Jacke und schlief tief und fest.

Der Gefreite Jones stand noch in der Luke hinter dem M-240 und war der Erste, dem etwas Verdächtiges auf der Strecke vor ihnen auffiel. Er beugte sich ins Auto und rief: »Corporal Rubio, auf zwölf Uhr … ein Fahrzeug mitten auf der Straße und zwei Personen.«

»Verstanden, ich sehe sie«, bestätigte Rubio. »Fahr noch ein Stück weiter und halt dann an, McCamey. Wir wollen uns das genauer ansehen, bevor wir uns weiter nähern.«

Der Fahrer brachte den Wagen schräg auf der Straße zum Stehen, damit sie notfalls ins Gelände ausweichen konnten.

Rubio nahm einen Feldstecher hervor und begann, den Bereich vor ihnen abzusuchen.

Jones tat es ihm mit seinem eigenen Fernglas gleich.

Da auch Gordon wissen wollte, was los war, schaute er über Rubios Schulter.

»Sieht nach einem Mann und einer Frau aus, vielleicht ein Paar?«, meinte Rubio, bevor er ihm seinen Feldstecher übergab.

Gordon schaute hindurch und sah Rubios Einschätzung bestätigt. Anscheinend handelte es sich um ein Paar, das eine Panne hatte, also konnte man erwarten, dass es einem Militärauto winken würde, um es anzuhalten.

»Jonesy, siehst du von dort oben mehr?«, rief Rubio hinauf.

»Nein, Corporal, nur zwei Personen. Eine junge Frau, höchstens dreißig, der Mann dürfte ungefähr im gleichen Alter sein. Die Motorhaube steht offen. Warte, da könnte noch jemand sein. Ich erkenne einen Kindersitz durch die Heckscheibe.«

»Corporal Rubio, wo glauben Sie sind wir im Moment?«, fragte Gordon.

»Ungefähr hier«, antwortete der Gefreite mit Verweis auf eine Karte, wo er auf eine Landstraße unmittelbar unter dem State Highway zeigte.

»Wie weit ist es von hier aus noch bis zu Rahabs mutmaßlichem Standort?«

»Ein gutes Stück, da müsste ich erst nachrechnen. Ich schätze mal, ungefähr zwanzig Meilen auf der Straße gleich hier.« Rubio folgte mit dem Zeigefinger einer gelb hervorgehobenen Linie, die zu einem roten Kreis führte.

»Sie wissen, was ich denke, nicht wahr?«, fragte Gordon.

»Ja, dass es sich um einen Hinterhalt handelt. Kann ich verstehen, aber ich habe einen Vorschlag: Ich gehe zu ihnen und höre mir erst einmal an, was sie zu erzählen haben. Sie und Jones geben mir dabei Deckung.«

Gordon überlegte kurz und stimmte dann zu. »Roger.«

Rubio stieg aus und machte sich auf den Weg die unbefestigte Straße entlang, deren Belag extrem aufgeweicht war.

Gordon stellte sich mit einem M-4 hinter die offene Tür und beobachtete, wie sich der Soldat den beiden Unbekannten näherte. Sie waren zu weit entfernt, als dass er sie hätte hören können, doch nach ein paar Gesten mit den Armen und einem abschließenden Wink kehrte Rubio unbehelligt zurück.

»Die sind sauber, ihnen ist nur der Sprit ausgegangen«, sagte er beim Näherkommen.

»Wirklich? Und warum steht dann die Haube auf?«, fragte McCamey.

»Weißt du denn nicht, dass das als internationales Notsignal gilt?«, erklärte ihm Rubio. »Grünschnabel!«

So nannte er seinen Kameraden immer, weil dieser noch kein Gefecht miterlebt hatte. Er war zum ersten Mal an einem Einsatz beteiligt gewesen, als sich der Strom im Land verabschiedet hatte. Bei Rubio und Jones handelte es sich hingegen um Veteranen aus dem Krieg in Afghanistan.

Gordon hakte nach: »Sind Sie sicher, dass Ihnen nichts verdächtig vorkam?«

»Ja, hundertprozentig. Hören Sie, ich gehe hier schließlich nicht zum ersten Mal auf Kaffeefahrt, Mr. Van Zandt. Die Zwei brauchen nur Treibstoff. Wir können ihnen ja welchen abgeben, dann sollen sie weiterfahren, wohin sie wollen.«

Gordon war die Situation trotzdem nicht geheuer.

Der Humvee rollte langsam weiter. Der Fahrer blieb dicht hinter dem Auto stehen, einem 1959er Ford Crown Victoria. Der blaue Lack an einer der Seitenwände am Heck musste schon Jahre zuvor einer Rostschicht gewichen sein. In Anbetracht des Zustandes der Mühle überraschte es Gordon, dass er überhaupt noch fahrbar war, doch im Zuge der äußeren Umstände bewiesen die Menschen eben improvisatorisches Geschick.

Als Rubio die Heckklappe zuschlug, wurde Lexi wach. Sie setzte sich aufrecht hin, gähnte und sah sich um. »Sind wir schon da?«

»Nein, wir sind auf Leute gestoßen, die Hilfe brauchen«, erklärte Gordon beim Aussteigen.

Lexi rieb sich die Augen und schaute sich die beiden durch die Windschutzscheibe hindurch an. Ihre Züge entglitten sofort, als sie den Mann erkannte.

Gordon ging gerade zu ihm und fing ein Gespräch an: »Sagen Sie mal, warum sind Sie beide denn überhaupt hier unterwegs?«

Die junge Frau antwortete augenblicklich: »Ach, wir haben eine Ranch ein Stück die Straße entlang.«

»Fein«, warf Rubio ein.

Gordon schaute sich den Ford genauer an. Der Kindersitz machte ihn stutzig. »Sie haben Nachwuchs?«, fragte er.

»Ja, eine Tochter, sie ist gerade bei ihrem Onkel«, erklärte die Frau.

Der Mann kehrte zur Fahrerseite zurück und stieg ein. Gordon behielt alles genau im Auge. Obwohl die beiden unschuldig wirkten, blieb er trotzdem wachsam und misstrauisch. Er begann, sich umzusehen. Sie standen eingekesselt zwischen einem Hang zu ihrer Rechten und einem Wald aus ausgewachsenen Kiefern auf der linken Seite.

Die Frau schickte sich nun an, mit Rubio herumzuschäkern, worauf dieser sich direkt einließ.

Der Mann blieb währenddessen hinter dem Lenkrad sitzen und rührte sich nicht.

Gordon ließ seinen Blick weiter über die Umgebung schweifen. Instinktmäßig fühlte er sich immer wieder zu dem großen Waldstück hingezogen. Er achtete auf alles, was ihm ungewöhnlich vorkam.

Lexi stieg nun ebenfalls aus dem Humvee, ohne die Tür zu schließen. Sie starrte ununterbrochen in den Seitenspiegel der Fahrertür des Ford, wo man das Gesicht des Mannes sehen konnte. Dabei ging sie hastig auf ihn zu. Ihr Körper war sichtlich angespannt, an ihrem Hals traten Adern hervor, und sie streifte Gordon achtlos im Vorbeigehen.

Er schaute sie zwar an, bemerkte jedoch nicht, dass sie eine Pistole in der Hand hielt.

Während sie sich dem Mann näherte, blieb er weiterhin auf dem Fahrersitz hocken. Sie hielt ihm die Pistole an die Schläfe und fragte: »Weißt du noch, wer ich bin?«

Der Mann schien sich zu erschrecken, als er sie sah. Dann wurde er schlagartig von Angst gepackt, weil er sich tatsächlich an ihr Gesicht erinnerte.

Ohne ein weiteres Wort drückte Lexi ab.

Die Kugel riss den Schädel des Mannes zur Hälfte weg. Hirnmasse, Knochensplitter und Blut spritzten durch den Innenraum des Wagens. Ohne einen Moment zu zögern, richtete sie die Pistole auf die Frau und schrie: »Keine Bewegung, verdammt, oder die nächste Kugel geht dir genau zwischen die Augen.« Sie baute sich vor ihr auf und hielt ihr die Pistole genau ins Gesicht.

Gordon nahm sein Gewehr von der Schulter und legte auf Lexi an, allerdings nicht in der Absicht, sie zu erschießen. »Was soll denn das?«

»Das sind welche von Rahabs Leuten. Ich habe dieses Stück Scheiße sofort erkannt, als ich aus dem Wagen geschaut habe!«

»Oh, scheiße!«, fluchte Rubio. »Sind Sie sicher?«

»Wenn man von jemandem vergewaltigt wurde, vergisst man sein Gesicht niemals, das kann ich Ihnen versichern.«

Gordon zielte immer noch mit dem Gewehr auf sie. Ihm dämmerte langsam, dass sich der Mann hinter das Steuer gesetzt hatte, damit man ihn nicht wiedererkannte.

»Gordon, ich bin auf deiner Seite«, rief Lexi. »Diese Arschlöcher wollten uns ein Stück weiter auf der Straße eine Falle stellen. Falls du mir nicht glaubst, dann frag doch sie.« Sie drückte ihre Pistole fest gegen den Kopf der Frau.

Diese bestätigte: »Sie hat Recht, weiter unten warten noch zwei von uns.«

Gordon nahm sein Gewehr nun herunter und sagte: »Na dann danke dafür, dass du sie mit deinem Schuss gewarnt hast.«

»Gib ihnen Bescheid, und sag ihr bräuchtet Hilfe mit jemandem, den ihr gerade kaltgemacht habt«, befahl Lexi der Frau.

Diese nickte nur und ging dann langsam an Lexi vorbei am Auto nach vorn. Lexi hielt ihr die Pistole wieder an den Kopf, während sie sich hineinbeugte und das blutbesudelte Sprechteil eines Funkgeräts in die Hand nahm. Sie betätigte eine Taste und sprach dann: »Hi Malcolm, wir brauchen Hilfe hier oben.«

In der Leitung knisterte es kurz, dann antwortete jemand: »Was ist denn passiert?«

»Nichts Gravierendes, wir mussten nur jemanden erschießen. Wir brauchen …« Sie hielt vor Angst inne.

Lexi drückte die Pistole noch fester gegen ihren Kopf.

»Wir brauchen eure Hilfe wegen der anderen. Bruder Clarence hält sie zurzeit in Schach.«

Daraufhin folgte eine beunruhigende Stille, doch dann sprach der Mann weiter: »Okay, wir sind gleich da.«

»Sie werden aus dieser Richtung kommen«, sagte die Frau, als sie die Straße hinauf zeigte, die hinter einer Steigung mehrere Hundert Fuß weit entfernt nicht mehr einsehbar war.

»Wie viele sind es?«, fragte Lexi.

»Drei – drei sind es. Bitte tun Sie mir nichts«, flehte die Fremde.

»Das werden wir nicht«, versicherte ihr Gordon.

Lexi achtete nicht auf ihn, sondern zog der Frau die Pistole über den Schädel, sodass sie ohnmächtig zusammenbrach.

»Was soll denn das, Lexi, warum hast du das getan?«, fuhr Gordon sie an. »Wir können uns nicht darauf verlassen, dass sie diese Typen nicht doch vorwarnt«, erwiderte Lexi und steckte ihre Waffe wieder ein. Anschließend zog sie den Schlüssel aus der Zündung und sperrte den Kofferraum auf, bevor sie die Frau packte und hinter das Auto schleifte. »Was ist, will mir niemand helfen?«

Rubio, Jones und Gordon wechselten stumme Blicke untereinander.

»Ich habe Ihnen ja gesagt, dass sie anstrengend ist«, meinte Jones scherzhaft von seinem MG aus.

Rubio trat nun vor und hob die Frau gemeinsam mit Lexi in den Kofferraum. Ein Plan war schnell gefasst, dann nahmen sie unterschiedliche Positionen ein, um den Männern aufzulauern.

Jones versteckte sich im Humvee und würde bei Bedarf das Maschinengewehr übernehmen. Gordon befand sich mit Rubio, Lexi und McCamey in dem angrenzenden Waldstück. Daraus ergab sich eine Angriffsformation in L-Form. Sie gingen davon aus, dass die Männer von vorn kommen würden. Wenn sie dann in Reichweite gelangten, um sie zu töten, würden Gordon und die anderen das Feuer eröffnen. Deshalb sprangen die Männer wahrscheinlich auf sie an, sodass Jones das MG bemannte, um sie niederzumähen. Es war eine Strategie wie aus dem Lehrbuch, die funktionieren würde, falls alles wirklich wie vorgesehen ablief.

Lexi ließ die Straße nicht aus den Augen. Sie wusste genau, dass die Verstärkung bald eintraf.

Minuten zogen sich dahin wie Stunden.

Sie hörte Gordon leise vor sich hin grummeln. Er war mit seiner Geduld offensichtlich bald am Ende.

Alles war still, nur dass gelegentlich die Bäume rauschten, wenn der kalte Wind auffrischte.

Auch Lexi wurde ungeduldig. Sie machte sich langsam Sorgen, dass die Männer sie doch von den Seiten aus angreifen würden. Diese Befürchtungen erübrigten sich jedoch, als sie endlich Bewegung am Scheitelpunkt der Steigung bemerkte.

Ein Kopf erschien, dann ein zweiter. Die beiden Männer kamen über die Kuppe, blieben aber gleich darauf stehen und besprachen sich. Der dritte fehlte.

Lexi verstand nicht, was sie sagten, doch dass sie Vorsicht walten ließen, war offensichtlich.

»Fuck«, fluchte Gordon leise.

Lexi, die nur wenige Fuß neben ihm stand, fragte: »Irgendeine Idee?«

Unverhofft knackte das Funkgerät wieder, und die Stimme von zuvor ertönte: »Bruder Clarence, wo bist du?«

»Ich knöpf mir den Linken vor«, flüsterte Lexi Gordon zu.

»Und wo ist der Dritte?«, fragte er laut.

»Bruder Clarence, Schwester Tabitha, wo seid ihr?«, fragte der Funker.

Lexi hakte ihren Zeigefinger in den Abzug ein und übte leichten Druck aus, so wie sie es gelernt hatte. Aufgrund ihrer natürlichen Bewegungsschwankungen verschwand das Ziel wiederholt aus ihrem Visier, während sie sich bemühte, ruhig zu atmen.

Gordon legte ebenfalls zum Feuern an und sagte: »Ich ziele auf den Rechten und schieße sofort.« Er drückte ab und es knallte. Lexi folgte daraufhin mit mehreren Schüssen auf den linken Mann.

Endlich erschien auch der Dritte. Er feuerte ein paar Mal in ihre Richtung, bevor er so schnell verschwand, wie er aufgetaucht war.

Lexi erhob sich und lief nun auf den Geländewagen zu.

Gordon folgte ihr, als sei es so abgemacht gewesen.

»Jones, wir müssen abhauen!«, rief sie, rutschte auf den Fahrersitz und startete den Motor.

»Halt, warten Sie mal!«, raunte Jones.

»Wir haben keine Zeit, wir müssen den anderen Wichser schnappen!«

Lexi legte den ersten Gang ein und trat auf das Gas.

Gordon lief, so schnell er konnte, was aber nicht genügte. Lexi fuhr an ihm vorbei, ohne ihn einsteigen zu lassen.

»Halt!«, schrie er.

Die roten Hecklampen leuchteten auf, als sie auf die Bremsen stieg. »Komm schon!«

Gordon eilte hinüber und sprang auf der Beifahrerseite hinein. Sofort gab sie wieder Gas und fuhr weiter.

»Hey, wir müssen auf die anderen warten!« Gordon meinte damit Rubio und McCamey.

»Keine Zeit«, sagte sie erneut, während sie auf der Straße davonraste.

Als sie der Hügelkuppe näherkamen, versuchte der Mann, den sie niedergeschossen hatte, gerade wieder aufzustehen. Lexi gab Vollgas und lenkte den Humvee in seine Richtung. Er hob die Arme, als könne ihn dies vor dem Zweitonner bewahren, der mit fünfundvierzig Meilen die Stunde heranfuhr und dabei sogar noch weiter beschleunigte.

Lexi erfasste ihn und hielt nicht an.

Gordon schaute sie von der Seite an und staunte über ihren flammenden Blick. »Wir müssen den anderen kriegen«, murmelte sie.

Kaum dass sie die Kuppe passiert hatten, suchten sie nach dem dritten Mann.

»Dort! Direkt da vorn!«, rief Jones.

Vierzig Fuß vor ihnen rannte der Kerl vor ihnen davon. Als er den Geländewagen hinter sich beschleunigen hörte, drehte er sich um und schoss mehrmals, verfehlte sie aber.

»Hat die Kiste denn nicht mehr unter der Haube?«, knurrte Lexi frustriert.

Der Mann ließ nun eine ganze Salve folgen. Dieses Mal wurde der Humvee getroffen.

»Schießen Sie auf ihn!«, befahl Gordon Jones.

Dieser reagierte jedoch nicht.

Gordon schaute durch die Deckenluke nach oben, wo der Körper des Gefreiten hin und her geworfen wurde. Er war offenbar getroffen worden.

Der dritte Mann blieb stur mitten auf der Fahrbahn stehen und verschoss seine ganze Munition auf den Wagen. Er traf zwar ihn wiederholt, richtete aber keinen wesentlichen Schaden an.

Lexi näherte sich ihm schnell, aber kurz bevor sie ihn rammen konnte, sprang er aus dem Weg und rollte die Böschung hinunter.

Sie stieg daraufhin voll auf die Bremsen. Als der Humvee abrupt zum Stehen kann, sackte Jones durch die Luke nach unten.

Er lebte zwar noch, war aber schwer verletzt.

Gordon sprang hinaus und nahm die Verfolgung des Mannes auf.

Lexi riss das Steuer bis zum Anschlag nach links und fuhr nun einfach querfeldein.

Der Fliehende hatte knapp fünfzig Fuß Vorsprung, doch sie wusste trotzdem, dass sie ihn nicht einholen konnte.

Gordon hegte währenddessen andere Pläne. Er suchte sich einen Felsen, legte sein Gewehr darauf und stellte sich dahinter. Nachdem er sich richtig positioniert hatte, zielte er auf den Rücken des Flüchtigen und gab einen einzigen Schuss ab. Er traf genau.

Als die Kugel ihr Ziel fand, drückte der Mann sein Kreuz durch und verschwand im hohen Gras.

Lexi fuhr zu der Stelle, wo sie ihn zuletzt gesehen hatte, stieg aus und stapfte zu ihm hinüber.

Er lebte noch und kroch davon.

Lexi freute sich darüber, dass er nicht gestorben war. Sie trat ihn, bis er sich gequält auf den Rücken wälzte, dann schaute er zu ihr auf, während er sich wand und vor lauter Schmerzen sein Gesicht verzog.

Sie kannte ihn genau. Während sie ihre Pistole zog, schrie sie: »Erinnerst du dich noch an mich, hä?« Sobald er sie ebenfalls erkannte, versetzte sie ihm weitere Tritte.

Der Verletzte hustete und grunzte jedes Mal, wenn ihr Fuß seinen Brustkorb traf. »Bitte, bitte nicht«, flehte er.

»Die Worte kommen mir äußerst bekannt vor. Meine Schwester hat das Gleiche gesagt, bevor du sie vergewaltigt hast, du Abschaum.« Sie trat weiter zu.

Nun brüllte der Mann wütend: »Fick dich doch, du Schlampe! Verdammte Hure!«

»Das wollte ich hören! Klingt schon viel mehr nach dir.« Sie trat noch ein paar Mal auf ihn ein.

Gordon hatte endlich zu ihr aufgeschlossen, kümmerte sich aber sofort um Jones.

Bei jedem Tritt konnte Lexi ihre Schwester wimmern hören. Die Vorstellung brachte sie nur noch mehr in Fahrt.

Der Mann fügte sich seinem Schicksal und bewarf sie weiterhin unaufhörlich mit Schimpfwörtern.

»Du hast ein loses Mundwerk, was? Du dreckiger, kleiner Motherfucker!«, brüllte ihn Lexi an. Ihre Beine taten jetzt weh, und sie schwitzte stark nach den Dutzenden Tritten. Weil sie aber nicht aufhören wollte, ihn zu erniedrigen, zielte sie nun mit der Waffe zwischen seine Beine und drückte ab.

Jetzt heulte der Mann gequält auf. Er wollte wieder fortkriechen, doch sie hinderte ihn daran. »Du bleibst schön hier. Komm zu mir.« Sie baute sich breitbeinig über ihm auf und fing an, ihm mit der Pistole ins Gesicht zu schlagen.

Gordon war gerade vollauf mit Jones beschäftigt und sah sich erst um, als er Knochen knirschen hörte. Er schaute hinüber und sah, wie sich Lexi am Kopf des Liegenden abarbeitete.

Sie wusste nicht genau, wie viele Hiebe es letzten Endes waren, aber sie ließ bald darauf von ihm ab. Allerdings nur, weil ihre Arme ermüdet waren. Als sie auf den Mann hinabschaute, war nichts mehr an seinem Gesicht intakt, anhand dessen man ihn hätte identifizieren können. Sie steckte die Waffe in das Holster zurück, erhob sich und brüllte wütend: »Arghh!«

Gordon empfand mit ihr und konnte sich nicht verkneifen, sie zu fragen: »Und wie fühlte sich das an?«

»Gut … nein, nicht gut, es war sogar verdammt großartig!«, antwortete sie. Sie schaute Gordon mit schweißgebadetem Kopf an und donnerte: »Und jetzt lass uns den Rest der Schweine umbringen.«

25. FEBRUAR 2015

»Man wird zum Gewinnen geboren, doch um ein Gewinner zu sein, muss man planen, zu gewinnen, bereit sein, zu gewinnen und erwarten, zu gewinnen.«

Zig Ziglar

Eine Meile nördlich von Rajneeshpuram

Gleich beim ersten Tageslicht zogen Gordon und Lexi los, um die Kultstätte auszukundschaften. Sie fanden ein großflächiges Areal vor – geschätzt mehr als fünfundzwanzigtausend Quadratfuß – auf dem acht gemauerte Gebäude und eine gewaltige Scheune standen. Lexi und die Männer waren am vorangegangenen Abend sehr spät angekommen, weshalb sie ihr Lager nordwestlich der Anlage aufgeschlagen hatten. Dieses lag in einem kleinen Tal mit sechs Zugangspunkten, das sich in Ost-West-Richtung erstreckte.

»Wie viele Leute hast du gesehen?«, fragte Gordon Lexi, nachdem sie vom Beobachten an der Nordseite des Tales zurückgekehrt war.

»Er hat zwei Mann an jeder Straße postiert, die auf das Gelände führt. Es sind insgesamt sechs Hauptwege, also zwölf Männer. Mir sind allerdings nur Leute aufgefallen, die in dem großen Gebäude zwischen dem Wasserbecken und der Scheune ein- und ausgehen.«

Gordon dachte daraufhin laut nach. »Ich kann mir vorstellen, was da drin gerade vor sich geht.«

»Im Innenbereich selbst habe ich acht gezählt, die den Zaun ablaufen, und nur eine Handvoll andere«, ergänzte Lexi.

»Was meinst du, wo hat er die Gefangenen eingesperrt?«, fragte Gordon.

»Ich kann nur raten, aber er scheint nur dieses eine Hauptgebäude und die Scheune zu benutzen«, erklärte Lexi. »Möglicherweise hält er ja alle nahe beisammen.«

»Hier ist eine grobe Karte des Geländes. Von hier müssten es ungefähr tausend Fuß sein.« Gordon zeigte auf ein Viereck, das das Hauptgebäude und die Scheune darstellte.

»Ihre ungefähre Stärke beläuft sich also auf …?«, fragte Rubio. Gordon und Lexi schauten einander kurz an.

»Nur zu, Einstein, was würdest du sagen?«, stichelte sie.

»Ich würde sagen, wir haben es mit ungefähr vierzig bis fünfzig Personen dort unten zu tun. Diese Schätzung beruht auf dem, was wir gesehen haben und was ich seit damals behalten habe.«

»Hat Ihre persönliche Freundin mittlerweile gesungen? Sie könnte uns vielleicht genauere Zahlen nennen«, meinte Rubio in Bezug auf die Frau, die sie mitgenommen hatten.

Lexi zeigte Rubio den Stinkefinger und hauchte ihm dann einen Kuss zu.

»Sie hat kein Sterbenswörtchen gesagt, ist also bisher vollkommen nutzlos gewesen«, erklärte Gordon.

»Ihren Worten zufolge rechnen wir folglich mit über vierzig Bewaffneten – wir sind drei Mann, eine Kampflesbe und Jonesy, mit dem wir momentan aber nicht viel anfangen können.«

»Weißt du, ich würde wahrscheinlich wirklich zur Lesbe werden, wenn ich die ganze Zeit nur deinen kleinen Pimmel sehen müsste«, wetterte Lexi.

Jones prustete laut los.

»Leute, genug Albernheiten, wir sind schließlich nicht zum Spaß hier«, ermahnte sie Gordon. »Konzentrieren wir uns also. Wir sind zu fünft, schwer bewaffnet und gut ausgebildet. Nehmen wir dieses Ding also sorgfältig in Angriff, sind wir auch imstande, ernsthaften Schaden anzurichten.«

»Das wird wahrscheinlich kein Sonntagsausflug, aber Van Zandt hat recht. Wir können ihnen die Hölle heißmachen«, stimmte ihm Rubio zu.

Gordon leitete das Gespräch und legte nun seine Ideen dar. Sein Plan sah einen nächtlichen Anschlag vor. Gemeinsam mit Lexi und Rubio würde er von Süden her ins Tal einfallen. Sie gingen davon aus, dass sich Rahab im Hauptgebäude aufhielt, und im Süden verjüngte sich ein Hang bis dicht vor die Einfahrt. Von dort aus wollten sie dann auf direktem Weg vorn eindringen. McCamey und Jones würden sich mit dem Humvee auf dem Hügel im Süden versteckt halten. Dort genossen sie nämlich eine ungehinderte Sicht und konnten jederzeit Feuerschutz geben.

Während sie verschiedene Szenarien umrissen, erwachte das Funkgerät im Geländewagen zum Leben.

»Romeo Sierra Eins Drei, hier Papa. Kommen, over.«

»Das Ding funktioniert hier draußen?«, fragte Gordon erstaunt.

»Wir befinden uns wohl in der Nähe einer Relaisstation«, vermutete Rubio und stand auf.

»Ihre Einheit stellt Relais auf?«, fragte Gordon daraufhin.

»Richtig, ein Ziel unserer übergreifenden Mission im Rahmen dieser Langstreckenpatrouillen besteht darin, das Kommunikationsnetz langsam wiederaufzubauen, und das geht nur über Relaisstationen. Wie es aussieht, haben wir ein Signal eingefangen.«

Jones beugte sich zur Seite und betätigte das Gerät. »Papa, hier Romeo Sierra Eins Drei, wir hören Sie, Lima Charlie.«

»Roger, Romeo Sierra Eins Drei, aufpassen. Brechen Sie gegenwärtigen Einsatz ab und stellen Sie sofort eine Verbindung zu Romeo Sierra Actual her, over.«

Jones wusste nicht, was er darauf antworten sollte, weshalb er das Funkgerät kurzerhand an Rubio weitergab. Dieser nahm es entgegen und stockte zunächst ebenfalls.

»Romeo Sierra Eins Drei, haben Sie verstanden?«, knarrte die Stimme. »Over.«

»Roger, verstanden. Einsatz abbrechen und Verbindung zu Romeo Sierra Actual herstellen«, bestätigte Rubio. Ihm fiel nichts Gescheiteres ein. Er nahm das Gerät wieder herunter und schaute nun Gordon an.

Dieser fragte: »Wer ist Papa?«

»Die Kommandozentrale in Coos Bay. Actual hingegen ist Gunny drüben in Klamath Falls«, erklärte Jones. Ihre Stammtruppe war in einer Hafenstadt in Oregon stationiert, die Kommandoabteilung hingegen in der anderen im Süden des Staates.

»Das war's also? Sie beide lassen uns im Stich?« Gordon klang besorgt.

»Corporal, wir könnten doch auch morgen früh zurückfahren«, warf Jones ein. »Lassen Sie es uns doch wenigstens versuchen, diesen Kerl dingfest zu machen.«

Rubio nahm Jones' Argument nickend zur Kenntnis, ging aber nicht auf Gordon ein.

Dieser fragte daraufhin: »Also bleiben Sie doch bis zum großen Finale?«

»Also gut, wir bleiben. Ziehen wir es durch.«

»Schön, dass das geklärt ist, aber was stellen wir jetzt mit dem Mädchen an?«, fragte Lexi mit einem abwertenden Blick auf die Gefangene.

Alle schauten einander an, doch niemand wusste so recht, was er darauf antworten sollte. Rubio sprach dann das Offensichtliche aus: »Wir können sie nicht einfach laufenlassen, sie kehrt dann vielleicht in ihr Lager zurück und warnt Rahab.«

»Wir wissen, dass das Lager mit großer Wahrscheinlichkeit ohnehin schon in erhöhter Alarmbereitschaft ist«, gab Gordon zu bedenken. »Die Vermissten müssen ihnen schließlich Sorgen bereiten.«

»Klar, ich bin mir sicher, dass sie äußerst vorsichtig sind«, erwiderte Lexi, »aber ob er ernsthaft erwartet, angegriffen zu werden, kann ich nicht sagen.«

»Wir haben nichts zu befürchten, wenn wir sie töten«, schlug Jones kaltherzig vor.

Daraufhin redeten alle wild durcheinander.

»Stopp, hier wird niemand ermordet«, stellte Gordon klar.

»Moment, Van Zandt, Sie haben hier nicht das letzte Wort!«, entgegnete Rubio.

»Denken Sie doch mal darüber nach, Rubio«, beharrte Gordon. »Wir brauchen das nicht zu tun.«

Die Frau war mit einem Knebel im Mund an einen Baum gefesselt. Als sie hörte, dass man ihre Hinrichtung in Betracht zog, bekam sie Panik. Sie fing an, sich zu winden und zu wimmern.

Gordon lenkte schließlich ein: »Wie wäre es mit einem Kompromiss? Sie bleibt weiterhin gefesselt. Falls wir überleben, kommen wir zurück und machen sie los. Ansonsten … tja, hoffen wir auch um ihretwillen, dass wir es schaffen werden.«

Die Gruppe ließ sich diesen Vorschlag durch die Köpfe gehen. Nicht lange, und alle stimmten zu.

»Dann wäre die Sache also geritzt«, meinte Gordon und ging zu der Frau hinüber.

Als er neben ihr niederkniete, starrte sie ihn panisch vor Furcht an.

»Hast du das gehört? Du wurdest gerade begnadigt. Wir kommen dich später holen. Ich weiß zwar nicht, ob du es verdienst, aber so ist es jetzt eben.« Mit diesen Worten ging er fort.

26. FEBRUAR 2015

»Du kannst dich niederlegen und sterben, oder aufstehen und kämpfen, mehr nicht. Es gibt kein Zurück.«

Jon English

Rahneeshpuram, Oregon

Da der Halbmond über ihnen stand, hatten sie genügend Licht, um sich auf dem Weg von ihrem Lager zum südlichen Posten, von dem aus sie die Anlage überblicken konnten, zu orientieren.

»Wie geht es dir?«, fragte Gordon Lexi.

»Unter uns gesagt, bin ich ein bisschen nervös.«

»Man muss sich nicht für seine Angst …«, begann Gordon.

Sie würgte ihn sofort ab: »Von Angst war keine Rede, ich sagte *nervös*. Ich bin nervös, weil ich nicht weiß, was ich mit mir anfangen soll, wenn er erst einmal tot ist.«

»Ich weiß, was ich tun werde: Ich kehre zu meiner Familie zurück, so schnell ich kann. Was du danach machst, ist deine Sache.« Anschließend drehte er sich um und wollte gehen.

»Gordon?«, rief sie.

Er blieb stehen und wandte sich ihr wieder zu. »Ja?«

»Ich glaube nicht, dass ich schon einmal darauf zu sprechen gekommen bin, aber das mit deinem Sohn tut mir aufrichtig leid. Ich weiß, wie es sich anfühlt, wenn man jemanden verliert, der einem nahe steht.« Sie sagte dies mit sanfter Stimme, während sie ihm zärtlich eine Hand auf den Arm legte.

»Danke, Lexi. Weißt du was? Insgeheim ahne ich, dass du gar nicht der Wildfang bist, den du zu sein vorgibst.«

Nun lächelte sie. »Das ist mein Geheimnis, aber erzähl es niemandem, okay?«

Er erwiderte ihr Lächeln und versprach: »Ich schweige wie ein Grab.« Dann ging er, um sich mit den anderen zu unterhalten, sodass sie im Stillen die Tragweite dessen verarbeiten konnte, was bald geschehen würde.

Es stimmte, ihr schwebte vor, so etwas wie eine gesetzlose Rächerin für die Neuzeit zu werden, die auf den apokalyptischen Straßen Amerikas wandelt, musste aber nun der Tatsache ins Auge sehen, dass sie ihre Vergeltung bald geübt haben würde, und diese Vorstellung lastete irgendwie schwer auf ihr.

»Geben wir uns grünes Licht.« Dies war Rubios Aufforderung an alle, ihre Nachtsichtgeräte einzuschalten. Als Zugführer würde er auch das Zeichen zum Aufbruch geben.

Sie gingen langsam und vorsichtig den Hang hinunter, wobei sie darauf achteten, nicht auf lockerer Erde oder Gesteinsbrocken auszurutschen. Binnen kürzester Zeit gingen sie am Fuß des Hügels entlang, bis sie zum Rand der Straße kamen, die zum Hauptgebäude führte.

Als sie die Fahrbahn betraten, löste sich Lexi von Rubio und Gordon, um ihre Position hinter einem Auto zu beziehen. Sie sah zwei Wachen am Vordereingang und hatte auf einmal eine Idee, wie sie die beiden rasch ausschalten könnte. Weil sie auf die Lüsternheit von Männern im Allgemeinen spekulierte, beschloss sie, mit ihnen zu spielen. Sie zog sich bis auf die Unterwäsche und ihr T-Shirt aus, legte aber noch einen Gürtel mit zwei Messern an, die sie hinter dem Rücken versteckte. Sie war nervös, also holte sie tief Luft, bevor sie auf die Wachen zuging.

Als diese einen Schattenriss näherkommen sahen, hoben sie sofort ihre Gewehre, doch dann trat Lexi ins helle Mondlicht, und sie erkannten in ihr lediglich eine halbnackte attraktive Frau, die es offenbar nur darauf anlegte, genommen zu werden. Ihnen entging dabei allerdings, dass es sich in Wirklichkeit um einen Todesengel handelte, der nun seinen Tribut forderte.

»Bitte helfen Sie mir«, hauchte Lexi, während sie ungefähr zehn Fuß vor den Wachen stehen blieb.

Sie schauten einander verunsichert an, ließen aber rasch alle Vorsicht fahren, da sie offenbar schon in sexuellen Fantasien schwelgten. Sie nahmen ihre Gewehre herunter und verließen ihren Posten, um auf Lexi zuzugehen. Mit ihrem Pflichtbewusstsein war es vollkommen vorbei, als sie sahen, dass sich ihre Brustwarzen vor Kälte steif unter dem engen weißen T-Shirt abzeichneten. Erregt und von ihrer Schönheit geblendet, hängten sie sich ihre Gewehre achtlos über die Schulter, um die Hände für Lexi freizuhaben.

Sie zögerte keine Sekunde, als die beiden in ihre Reichweite gelangten. Sie fasste sich an den Rücken, zog beide Messer hervor und stach schnell wie eine Viper zu. Jenes in ihrer rechten Hand bohrte sich in die Schläfe des einen Wächters, das in ihrer linken rammte sie dem anderen unter das Kinn und dann hinauf bis ins Gehirn. Nachdem sie beide Klingen im Uhrzeigersinn gedreht hatte, zog sie diese wieder heraus. Die Männer brachen augenblicklich tot zusammen.

Gordon, der in seinem sicheren Versteck zwanzig Fuß entfernt zugeschaut hatte, traute seinen Augen nicht. Sie hatte mit einem kleinen Täuschungsmanöver erreicht, wozu er rohe Gewalt angewandt hätte. Es war gefährlich gewesen, aber brillant.

Gemeinsam mit Rubio lief er zum Tor. Der Corporal drehte am Knauf, doch es war verschlossen. Als könne sie seine Gedanken lesen, kam Lexi mit einem Schlüsselbund zu ihnen hinüber und sperrte auf.

»Wartet hier, ich bin gleich wieder zurück«, flüsterte sie ihnen zu und verschwand.

»Was zum Henker war denn *das?*«, wisperte Rubio, der immer noch ganz verwirrt war.

»Und es gibt immer noch Leute, die sich gegen den Wehrdienst für Frauen aussprechen«, scherzte Gordon.

Als Lexi zurückkam, trug sie wieder fast alle ihre Kleider. Das Oberteil hatte sie vor lauter Hast nicht angezogen, dafür aber gleich ihre kugelsichere Weste. »Packen wir's an, Männer.«

Gordon öffnete die Tür, Lexi und Rubio traten ein.

Sie hielt sich links, er rechts. Sie kannten den Gebäudeplan zwar nicht, gingen aber anhand des Lagers in der Wüste davon aus, dass Rahab sich im Obergeschoss aufhielt.

Alle Drei suchten jetzt nach Hinweisen auf eine Treppe, entdeckten aber keine. Rechter Hand zog sich eine lange

Theke entlang, weiter voraus standen überall verteilt Dutzende kleine Tische und Stühle.

Plötzlich ging eine Tür links neben dem Empfangstisch auf. Sie hielten sofort inne, drehten sich um und legten auf ihr Ziel an.

Ein kleines Mädchen, nicht älter als acht Jahre, kam heraus und rieb sich die Augen. Sie beleuchtete ihren Weg mit einer Taschenlampe, bis zu einer Tür im hinteren Teil des Erdgeschosses. Diese öffnete sie und verschwand wieder.

Lexi ahnte, dass hinter jener, durch welche das Kind gekommen war, die Treppe lag, also schlich sie schnell darauf zu.

Die anderen vertrauten Lexis Intuition kurzerhand.

Schließlich standen sie an die Wand gedrückt mit bereitgehaltenen Waffen daneben.

Gordon berührte Lexi an einem Arm, um ihr zu verstehen zu geben, dass sie die Tür öffnen durfte.

Sie packte den Knopf, drehte und zog sie auf.

Gordon schob seinen Kopf vorsichtig durch den Spalt. Über einer weiteren Tür gleich links von ihnen hing ein Schild mit der Aufschrift TREPPE. Als er dies sah, ließ er es darauf ankommen und betrat den Flur mit erhobenem Gewehr. Er schaffte allerdings nur ein paar Schritte, dann ging die Tür auf und ein Mann kam heraus.

Gordon ließ das Gewehr seitlich an seinem Zweipunktgurt hängen und zog stattdessen Gunny Smiths Messer. Während er dem Mann mit einer Hand den Mund zuhielt, stieß er ihm die Klinge schräg nach oben gerichtet in den Hals. Blut spritzte aus der Wunde in Gordons Gesicht. Er spürte, wie der Mann sein Leben ließ und kurz darauf erschlaffte. Dann stemmte sich Gordon gegen dessen Körpergewicht und ließ ihn vorsichtig zu Boden sacken.

Während er sich noch dem Toten widmete, trat Rubio an ihm vorbei ins Treppenhaus.

Lexi ging dicht hinter ihm her. Die beide verschwanden nun in der Dunkelheit des Schachtes.

Gordon wischte sich das Blut mit einem Ärmel, so gut es ging, aus dem Gesicht.

Jetzt öffnete sich die Tür hinter ihnen und das kleine Mädchen betrat den Flur mit einem Glas Wasser in der Hand. Gordon wollte zuerst weglaufen, doch es war schon zu spät.

Sie erschrak, als sie ihn sah, und ließ das Glas vor Schreck fallen. Aus Angst vor dem fremden Eindringling schrie sie auf und strahlte ihm mit der Lampe direkt ins Gesicht.

Das Licht fiel genau auf sein Nachtsichtgerät und blendete ihn extrem. »Ahh!«, rief er und riss es sich vom Kopf. Schnell wandte er sich ab, rannte ins Treppenhaus und eilte im Dunkeln die Stufen hinauf.

Lexi und Rubio wussten anhand des Schreis der Kleinen, dass es jetzt brenzlig geworden war.

Gordon überholte sie auf der Treppe und erreichten das Obergeschoss innerhalb weniger Sekunden.

»Okay Lexi, so machen wir Marines das!«, tönte Rubio, als er eine Granate von seiner Weste zog. Er steckte einen Finger in den Verschlussring und wollte ihn gerade abziehen, als Gordon ihn zurückhielt.

»Das geht nicht … hier sind auch Kinder! Ich gehe links, Sie rechts. Lexi, du gehst … ach, wohin auch immer, egal.«

Der Schrei des Mädchens hatte garantiert auch andere erschrocken. Das Überraschungsmoment war also dahin.

Jetzt wurde jede Person, der sie begegneten, zum Ziel. Sie hörten plötzlich Stimmen auf dem Flur hinter der Tür.

Lexis Puls raste. Mit der Heimlichkeit war es vorbei, jetzt würde ein richtiges Feuergefecht beginnen.

Gordon legte Lexi eine Hand auf die Schulter und sagte: »Ich öffnete die Tür auf drei. Eins, zwei, drei!«

Aber sie stieß sie selbst auf.

Gordon wandte sich nach links, Rubio nach rechts. Lexi jagte an Gordon vorbei und kniete sich vor ihm hin. Noch bevor sie mit dem Gewehr anlegte, hatte er schon das Feuer eröffnet.

Da plötzlich auch hinter ihr geschossen wurde, musste Rubio ebenfalls auf mehrere Ziele gestoßen sein.

Jede Person, die sie anvisierte, fiel rasch zu Boden, allerdings nicht durch Treffer von Lexi, sondern durch Gordon. Er räumte das Feld kurzerhand leer.

»Ich will, dass du die Tür zur Treppe im Auge behältst!«, befahl er ihr.

»Nein, mach du das, lass mich auch mal zum Zug kommen!«, erwiderte sie.

»Verdammt, Rubio! Kommen Sie und passen Sie auf die Tür auf.«

Der Corporal hörte ihn und gehorchte augenblicklich. Er bewegte sich rückwärts zur Tür, bis er Treppe und Flur abdeckte.

»Wir nehmen uns jetzt ein Zimmer nach dem anderen vor!«, brüllte Gordon.

Lexi nahm es zur Kenntnis, begann aber eigenmächtig mit der Aktion. Sie ging zur erstbesten Tür und trat dagegen. Das Holz gab aber nicht nach, also versuchte sie es noch einmal, immer noch vergeblich. Sie setzte wiederholt an, doch die Tür wollte einfach nicht aufspringen.

Gordon kam zu ihr und wollte gerade ebenfalls dagegentreten, aber dann schlugen plötzlich mehrere Kugeln durch die Tür. Eine traf ihn im linken Oberschenkel und trat hinten wieder aus.

Lexi erwiderte das Feuer, bis sie ein volles Magazin mit dreißig Patronen in den Raum geleert hatte. Drinnen herrschte nun Stille.

»Scheiße, tut das weh!«, rief Gordon und stöhnte laut.

»Geht's denn?«, fragte Lexi.

»So läuft das nicht, das sind bestimmt drei Dutzend Zimmer hier oben. Und irgendwann muss unweigerlich seine Verstärkung aufkreuzen.«

»Vorschläge?«

»Wir brauchen jemanden, der uns sagt, wo der Typ genau steckt. Ich hätte mir doch das Mädchen schnappen sollen.«

Lexi zögerte nicht, sie ging zur Treppe und verschwand. Da sie nicht sicher war, wo das Mädchen mittlerweile abgeblieben war, nahm sie sich vor, die erste Person zu ergreifen, die sie sah. Nachdem sie die Tür im Erdgeschoss aufgetreten hatte, wagte sie sich auf den Flur hinaus. Plötzlich raschelte etwas links von ihr. Als sie sich umdrehte, sah sie das Mädchen durch ihr Nachtsichtgerät. »Na, allzu klug bist du nicht, oder?« Lexi packte sie am Arm und fuhr fort: »Du kommst jetzt mit mir.«

Nun schrie das Kind aus vollem Hals.

»Sei still, oder ich bring dich zum Schweigen«, drohte ihr Lexi, während sie das Mädchen ins Treppenhaus zerrte.

Es tat genau, was sie verlangte.

Sie gingen jetzt langsam die Treppe hinauf.

Oben stieß Lexi die Tür auf und kehrte in den Flur zurück, während sie die Kleine hinter sich herzog.

Gordon schüttelte den Kopf voller Hochachtung davor, wie gradlinig Lexi handelte.

»Wo ist Rahabs Zimmer?«

Das Mädchen antwortete nicht.

Lexi schrie sie an: »Wo ist er?«

Sie zuckte mit einem entsetzten Ausdruck in ihrem pummeligen Gesicht zusammen, dann zeigte sie auf dem Flur geradeaus und stotterte: »D-d-die ganz hinten.«

Gordon tätschelte den Kopf der Kleinen und sagte: »Danke dir.«

Lexi ließ sie ruckartig los. »Verdammtes Gör«, schimpfte sie.

»Gehen wir in Stellung«, drängte Gordon sie.

Er postierte sich, Lexi blieb dicht hinter ihm und Rubio bildete die Nachhut.

Draußen knatterten nun die MGs, was nur bedeuten konnte, dass andere Kämpfer aus Rahabs Kader näherkamen, aber von Jones und McCamey angegriffen wurden.

Die Drei stießen zügig auf dem Flur vor und bauten sich nebeneinander vor der besagten Tür auf.

Rubio kniete sich hin und brachte eine kleine Sprengladung über dem Griff an.

»Fertig«, flüsterte er.

Gordon und Lexi stellten sich mit dem Rücken an die Wand. Sie warteten gespannt darauf, dass Rubio die Zündung ankündigte.

Dies war ihr Moment! Gleich würde ihr der Mann unter die Augen treten, der ihre Schwester umgebracht hatte. Gleich würde sie endlich dazu kommen, es ihm heimzuzahlen. Lexi konnte es noch gar nicht glauben, denn es war in so vielerlei Hinsicht surreal.

»Eins, zwei, drei, die Lunte brennt!«, rief Rubio und sprengte das Schloss.

Die kleine Bombe riss ein beträchtliches Loch in die Tür.

Gordon stellte sich wieder genau davor und trat dann das kaputte Blatt ein. Anschließend stürmte er in den Raum, und Rubio folgte sofort.

Während er nach rechts stürmte, übernahm Lexi die linke Seite.

Sie gelangten zuerst in ein Wohnzimmer mit Sofas und Lehnsesseln. Nebenan lagen die Schlafräume.

Aus einem davon sprang auf einmal eine Frau mit einem Messer in den Händen hervor und lief auf Gordon zu. Er reagierte sofort, indem er ihr zwei Mal in die Brust schoss. Sie fiel tot auf einen Couchtisch.

Aus dem anderen Zimmer hörten sie das Gewimmer von Kindern.

»Raum links, ich gehe rein!«, rief Gordon.

»Raum rechts!«, entgegnete Rubio.

Als Gordon um die Ecke trat, erstarrte er. »Er ist hier, ich habe ihn!«

Rahab stand mit ausgebreiteten Armen vor ihm, als wenn er beten wollte. Sein langes glattes, pechschwarzes Haar fiel ihm auf die Schultern. Er nahm Gordons Gegenwart scheinbar gar nicht wahr, sondern blickte weiterhin nach oben und murmelte unverständlich vor sich hin.

Um ihn herum scharte sich eine Vielzahl von Kindern, die alle weinten und jammerten.

Gordon richtete den roten Punkt seines Ziellasers genau auf die Brust des Mannes, zögerte jedoch, als er sah, dass dessen gesamter Oberkörper mit Sprengstoff behangen war. Drähte führten davon ausgehend zum rechten Arm und daran hinunter in seine Hand. In ihr hielt er einen Zünder.

Lexi stellte sich neben ihren Gefährten und visierte Rahabs Gesicht an. Sie konnte nicht nachvollziehen, wieso Gordon noch nicht gefeuert hatte. Hier stand der Kerl wie auf dem Präsentierteller. Für sie war er bereits ein toter Mann.

»Lexi, du und Rubio, ihr müsst sofort von hier verschwinden. Er hat sich komplett vermint!«, rief Gordon.

Er sah außerdem noch weitere Drähte, die im gesamten Raum verlegt waren.

»Nicht feuern, nicht feuern!«

»Scheiß auf ihn«, erwiderte Lexi, doch sie fügte sich Gordons Befehl und verringerte nun den Druck auf den Abzug ihrer Waffe.

»Nein, er hat einen Totmannschalter!«, warnte sie Gordon.

Lexi konnte nicht fliehen. Dies war schließlich ihr großer Augenblick, und sie konnte auch nicht absehen, wann sie noch einmal eine Gelegenheit erhalten würde, Rahab zu töten. Sie waren zu diesem Zweck hergekommen, ohne sich Gedanken um ihre eigene Unversehrtheit zu machen.

Gordon bemerkte, dass sie weder ihr Gewehr herunternahm noch zurücktrat, also packte er sie am Kragen ihrer Weste und zog kräftig daran.

Er gab ihr einen derart heftigen Ruck, dass sie ihr Gleichgewicht verlor und dabei versehentlich abdrückte.

Ein Mündungsblitz leuchtete auf, dann trat die Kugel mitten in Rahabs Brust ein, sodass er rücklings über einige Kinder fiel. Er wusste, es war vorbei, und er hatte ausgespielt, doch diese Ungläubigen sollten mit ihm zusammen ins Gras beißen. Er schaute zur Decke hinauf, als könne er das Himmelreich bereits sehen und schrie, kurz bevor er am Boden aufkam: »Ehre sei Gott!« Mit diesen Worten ließ er den Zündknopf los.

Lexi hatte gerade wieder halbwegs festen Halt gefunden, nachdem sie von Gordon losgelassen worden war. Als sie hochschaute, sah sie, dass er das Zimmer verlassen hatte. Sie wollte ihn schnell einholen, bemerkte aber dann, dass Rubio noch in dem anderen Zimmer war … dann wurde plötzlich alles um sie herum schwarz.

Lexi öffnete ihre Augen und stöhnte. Ihre Ohren klingelten nach der gewaltigen Explosion. Sie stemmte ihre Arme auf den Boden, hielt jedoch kurz inne, sobald sie kniete, weil ein stechender Schmerz von ihrem Kreuz aus ihren Körper hinaufschoss. Sie musste immer wieder blinzeln, um einen klaren Blick zu bekommen. Während sie sich umschaute, wurde ihr das Ausmaß der Zerstörung erst richtig bewusst. Sie war umgeben von schwelenden Trümmerhaufen und einzelnen Brandherden an verschiedenen Stellen. Im orangefarbenen Schein der Feuer konnte sie erkennen, was von dem zweistöckigen Gebäude noch übrig war. Da sie hinauf zur oberen Etage schauen konnte, wurde ihr bewusst, dass sie nach der Sprengung offenbar hinuntergestürzt war.

Geschrei und Geheul drangen aus allen Richtungen auf sie ein.

»Gordon, Rubio? Wo seid ihr?«, rief sie beim Aufstehen, was ihr nur unter großen Schmerzen gelang. Während sie ihre beiden Gefährten suchte, stolperte und fiel sie mehrmals zu Boden.

Stimmen in der Ferne ließen sie kurz innehalten, weil sie sich daran orientieren wollte. Rahab war garantiert tot, aber in dem weitläufigen Lager könnten immer noch Anhänger von ihm am Leben sein. Diese würden bestimmt bald zu Lexi kommen.

Umso fieberhafter suchte sie nach Gordon und Rubio, doch vergeblich. Sie stieß auf mehrere Leichen, aber die Zwei befanden sich nicht darunter. Waren sie trotzdem tot? Hatte es sie vielleicht komplett zerfetzt? War sie von ihnen einfach im Stich gelassen worden, oder hielten sie sich noch im Obergeschoss auf? Sie hatte keine Ahnung, wie lange sie bewusstlos gewesen war, anhand des dunklen Himmels schlussfolgerte sie, dass es noch Nacht war … oder brach schon bald der Morgen an?

»Gordon … Rubio?«, rief sie noch einmal.

Keine Antwort.

Die Stimmen wurden jetzt lauter. Wem auch immer sie gehörten, die Personen kamen offenbar näher. Sollte Lexi abwarten, um herauszufinden, um wen es sich handelte? Als sie sich ihre Verfassung vor Augen führte – sie konnte unmöglich so ein Wagnis eingehen, geschweige denn schlagkräftig kämpfen – geriet sie in Panik. Sie hörte auf zu suchen und hastete auf ein nahes Gebäude zu, blieb jedoch auf halbem Weg wieder stehen, weil ihr die heftigen Kreuzschmerzen so stark zusetzten. »Verflucht«, flüsterte sie gequält stöhnend. »Noch zwanzig Fuß Lexi, das schaffst du!« Nachdem sie die Entfernung zurückgelegt hatte, versteckte sie sich hinter einem Gastank, der neben dem Gebäude stand.

Dessen Mauer warf den Schall der Stimmen zurück, die jetzt laut genug waren, um das Gesagte verstehen zu können. Daraufhin bestand kein Zweifel mehr daran, dass es sich um Handlanger von Rahab handelte.

»Überleg schnell«, sprach Lexi leise zu sich selbst. Sie nahm Bestand von den Dingen auf, die sie bei sich trug, wobei sie feststellte, dass sie das Gewehr offenbar zurückgelassen hatte. Wie gedankenlos, einfach aufzustehen und davonzulaufen …

»Was bist du nur für ein Trottel«, schalt sie sich selbst. Wenigstens fand sie ihre Zweitwaffen … eine Pistole und zwei rostige Messer steckten noch immer in ihren Futteralen.

Sie schlich zur Vorderseite des Tanks und schaute verstohlen um die Ecke. Zwischen den Trümmern konnte sie die Schatten von mehreren herumlaufenden Personen erkennen. Sie konnte nicht hierbleiben, sondern musste verschwinden, und zwar schleunigst. Indem sie sich den Lageplan des Geländes noch einmal ins Gedächtnis rief, wurde ihr klar, dass sie lediglich nach Süden und hoch in die Hügel laufen musste, wo Jones und McCamey gewesen waren. Nachdem sie zur anderen Seite des Tanks gekrochen war, sah sie allerdings nur durchdringende Finsternis. Zu bleiben kam wirklich nicht infrage … sie musste es einfach darauf ankommen lassen und ihre Beine in die Hand nehmen.

Also stand sie auf, blieb aber zuerst noch geduckt hinter dem großen weißen Tank kauern. Als sie mehrmals tief Luft geholt hatte, rannte sie los in Richtung Süden. Augenblicklich setzten wieder ihre Schmerzen ein, die sie daran erinnerten, dass sie verletzt war, aber sie biss sich auf die Zähne und unterdrückte die Schmerzschübe, die wie Stromstöße durch ihre Rippen hinaufschossen.

Der Boden war uneben, weshalb sie mehrmals beinahe hinfiel. Dadurch, dass sie ihre Schritte beim Laufen zählte, konnte sie allerdings abschätzen, dass sie die südwärts verlaufende Straße gleich erreichen würde und diese würde sie an den Fuß des Berges bringen.

Als sie unvermittelt auf Schotter trat, wusste sie, dass sie die Fahrbahn erreicht hatte. Nur noch ein kleines Stück bis zu den Hügeln … und hoffentlich bald in Sicherheit …

Allerdings nahm sie sich so verbissen vor, zu Jones und McCamey zu gelangen, dass sie den breiten Betonablauf vergaß, der im Osten vorbeiführte. Sie rannte deshalb mit dem Kopf voran geradewegs in den drei Fuß tiefen Graben und mit voller Wucht gegen eine Wand. So fest, dass sie ihr Bewusstsein verlor.

Kühler Nebel weckte Lexi. Als sie ihre Augen aufschlug, lag sie auf dem Rücken und sah den grauen Himmel über sich. Verwirrt und desorientiert setzte sie sich auf, um sich in der Umgebung umzuschauen. In Anbetracht der Helligkeit musste es ungefähr Mittag sein. Der vorherige Lärm war komplett verklungen, sodass man nur noch den kühlen Wind rauschen hörte. Sie suchte nun Rahabs Lager ab, indem sie im Schutz der Ablaufrinne langsam hin und her ging.

Beim Abtasten ihrer Schädeldecke zuckte sie zusammen, da sie eine empfindliche Stelle fühlte. Anschließend schaute sie nach unten auf das Laub und die Erde am Boden des Grabens, der ihr Bett gewesen war, nachdem sie die Besinnung verloren hatte.

Sie stöhnte, als sie hinauskroch, und hielt nur einmal inne, um sich umzudrehen.

Aber es war nichts zu sehen, niemand befand sich in der Nähe. Aus dem Gebäude, in dem Rahab gewohnt hatte, stieg immer noch Rauch auf.

Lexi fragte sich, ob Jones und McCamey wohl noch in ihrem Versteck waren, obgleich sie es bezweifelte, sah sie sich trotzdem gezwungen, nachzusehen.

Langsam stieg sie an dem zerklüfteten felsigen Hang hinauf, zu genau der Stelle, wo die beiden gewesen waren, doch nun fehlte jede Spur von ihnen. Enttäuscht und wütend trat sie ein paar Steine zur Seite, bevor sie nachdachte. Der nächste Ort, an dem sie sein könnten, war ihr Lager der vorangegangenen Nacht. Um es zu erreichen, würde Lexi allerdings eine Stunde brauchen, und das auch nur, wenn sie geradewegs durch die Anlage nach Norden ging. Sollten Jones und McCamey den Wagen genommen haben, konnte sie trotzdem früher dort sein, weil ihr Fußweg kürzer war.

Sie hatte sich zwar schon daran gewöhnt, auf sich allein gestellt unterwegs zu sein, war dabei aber noch nie so angeschlagen wie jetzt gewesen. Ihr tat vom Scheitel bis zu den Fußsohlen alles weh. Sie war ein körperliches Wrack und musste sich dringend auskurieren.

Diesen langen Marsch anzutreten wirkte fürchterlich auf sie, doch sie nahm ihre restliche Kraft zusammen und tat es trotzdem. Ihr Kopf hämmerte mit jedem Schritt, während sie sich in Gedanken mit den unterschiedlichen Ausgängen der Mission auseinandersetzte. Sie wusste nichts von den Ereignissen nach der Explosion, weshalb sie unweigerlich neugierig war. Hatte irgendjemand von Rahabs Gefolge überlebt? Was bis zur Zündung der Sprengsätze geschehen war, stand ihr noch eindrücklich vor Augen, und sie ließ das Ganze immer wieder Revue passieren. Tief in ihr keimte Wut auf, wenn sie daran dachte, dass sich Rahab selbst gerichtet hatte. Sie wusste, dass ihr Gewehr losgegangen war, doch hatte sie ihn tatsächlich erschossen? Das Einzige, was ihr Gedächtnis ein ums andere Mal eindeutig abspulte, waren Rahabs letzte Worte. Lexi hasste den Gedanken daran, ihm eventuell nicht persönlich den Garaus gemacht zu haben. Dass er so gestorben war, genügte ihr nicht, für sie hätte er um sein armseliges Leben bettelnd zugrunde gehen müssen, nicht mit wehenden Fahnen der Selbstgerechtigkeit.

So in Gedanken versunken, vergaß sie komplett die Zeit. Wie ein Roboter erklomm sie den steilen Berg und fand endlich den alten Wildpfad, der zu ihrer Lagerstelle führte. »Ich bin fast da«, sagte sie laut, als sie eine Pause machte, um sich vornüberzubeugen und kurz zu verschnaufen. Sie war dehydriert und musste dringend etwas essen. Der kühle Nebel war mittlerweile in Nieselregen übergegangen. Darum legte sie ihren schweren Kopf in den Nacken und öffnete den Mund.

»Also gut, Lexi, weiter geht's«, sprach sie schließlich und folgte dem Pfad.

Als sie auf die Lichtung trat, bemerkte die Frau sie sofort und presste sich an den Baum, an den sie gefesselt war. Vor Entsetzen, was ihr jetzt vielleicht angetan werden könnte, entglitten ihre Züge.

Angesichts dieser Miene lachte Lexi laut, während sie weiter auf die Gefangene zuging. Einen Fuß vor ihr blieb sie stehen. Während sie sich bedrohlich vor ihr aufbaute und auf sie hinabschaute, sagte sie: »Sie sind alle tot! Auch dein geliebter Anführer.«

Die Frau nuschelte etwas, was jedoch wegen ihres Knebels und des Isolierbands auf dem Mund unverständlich war.

Lexi zog daraufhin eines ihrer Messer hervor und hielt es fest in der rechten Hand. Sie bückte sich nun, um das Band durchzuschneiden.

Sofort rutschte die Frau auf dem Boden zurück und flehte: »Bitte lass mich leben.«

»Warum hast du das getan? Das ist alles, was ich wissen will.«

»Was getan?«, erwiderte sie.

Lexi ging auf ein Knie nieder und beugte sich nach vorn. Fasziniert betrachtete sie die Stahlklinge ihrer Waffe und fuhr behutsam mit einem Daumen über die scharfe Kante. »Warum hast du dich Rahab angeschlossen?«

»Weil ich keine andere Wahl hatte, genau wie du.«

»Das glaube ich dir nicht. Du warst eine seiner ersten Verehrerinnen. Er hatte dich schon länger bei sich.«

»I-i-ich …«, stammelte die Frau jetzt.

»Du oder besser gesagt deine Gruppe hat meine Schwester umgebracht, also versuch ja nicht, mich davon zu überzeugen, du seist vollkommen unschuldig. Ich habe gesehen, wie du andere Frauen am Boden festgehalten hast, damit die Männer sie vergewaltigen und verprügeln konnten. Dir fiel unter Rahabs Anhängern eine wichtige Rolle zu.«

»Ich hätte doch niemals geglaubt, dass er so weit gehen würde. Was ich getan habe, musste ich tun, um zu überleben.«

»Verschon mich bloß mit solchem Gesülze, jeder Mensch kann frei entscheiden. Auch du hattest damals die Wahl. Aber du bist geblieben, um Mithilfe zu leisten, als die Grausamkeiten an wirklich Unschuldigen begangen wurden, und ich habe jetzt ebenso eine Wahl: Töte oder verschone ich dich?«

»Bitte, ich habe eine Familie … einen Sohn«, rief die Gefangene schluchzend, der die fettigen langen braunen Haare in die Augen hingen. Regenwasser, dunkel vor Staub und Dreck, rann an ihrem Gesicht hinunter.

Lexi hielt das Messer hoch, richtete die Spitze auf sie und sprach: »Kein Wort mehr. Es gibt nichts, was du sagen könntest, um mich irgendwie umzustimmen.« Ihr Rücken tat weh, also verlagerte sie ihr Gewicht und schob auch das andere Knie unter ihren Körper.

Die Frau fing an zu wimmern.

»Ich schätze mal, ich sollte dich kaltmachen, doch wäre meine Schwester hier, würde sie mich vermutlich bitten, dich am Leben zu lassen. Sie war nämlich ein guter Mensch, weißt du? Ein lieber und sanftmütiger Mensch. Ihr habt sie erniedrigt, aber niemals gebrochen. Eigentlich wurde sie dabei nur noch stärker. Sie wollte sich nicht die

Seele rauben lassen, also setzte sie sich zur Wehr. Weil ihr diesen Kampfgeist nicht zerstören konntet, musstet ihr sie schließlich töten. Ich sehe sie noch genau vor mir, damals an jenem Tag ...«

13. JANUAR 2015

»Vergib deinen Gegnern, doch vergiss nie ihre Namen.«

John F. Kennedy

Unbekannter Ort in der kalifornischen Wüste nordöstlich von Barstow

Lexi schaute aus dem Fenster zu den gezackten felsigen Bergen im Süden. In ihren Augen standen sie für Freiheit. Jeden Morgen warf sie sehnsüchtige Blicke hinüber, wartete auf ein Zeichen und suchte Anlass zur Hoffnung darauf, dass Carey und sie endlich freikamen. Sich am Tag ihrer Gefangennahme nicht gewehrt zu haben, bedauerte sie noch immer zutiefst, doch wie hätte sie ein solches Schicksal vorausahnen sollen? Wäre so etwas für irgendjemanden, der in Amerika geboren war, begreiflich gewesen? So etwas geschah in fremden Ländern weit weg, nicht hier in einem Erste-Welt-Staat. Gerade als sie gedacht hatte, sie verstünde die Neue Welt allmählich, war es plötzlich passiert.

Sie durchlebten einen wirklich brutalen ersten Tag in Haft. Eine Atempause erhielten sie nur, als sie Rahab vorgeführt wurden. Bei dieser ersten Begegnung empfand Lexi ihn als äußerst verstörend mit seinen dunkelbraunen Augen, deren stechender Blick Seelen zu durchbohren schien. Er kam federnden Schrittes mit seinem kohlrabenschwarzen, straffen Pferdeschwanz und dem wallenden schwarzen Gewand ins Verhörzimmer. Nachdem er durch seinen sorgfältig getrimmten Bart gefahren war, sprach er mit einem breiten russischen Akzent, der sie noch ängstlicher machte. Er erklärte ihnen in aller Ruhe, dass sie nun Werkzeuge Gottes waren, mit der Aufgabe, den Männern zu dienen. Lexi versuchte, ihm mit Logik beizukommen, doch er wollte keine Debatte führen, und sie saß hier nicht in einem Klassenzimmer, um Theologie zu diskutieren. Sie und Carey waren Gefangene eines Wahnsinnigen, dem der Zusammenbruch der Zivilisation sämtliche Hemmungen geraubt hatte.

Jeder weitere Tag nach diesem ersten brachte eine Routine aus Vergewaltigung, Prügel und Missbrauch mit sich. Zunächst kämpfte Lexi dagegen an, doch ihr Widerstand schien die Männer nur noch mehr anzuspornen und bei ihren Übergriffen noch grausamer zu machen.

Carey hingegen hörte rasch auf, sich zu sträuben, und ließ sie mit sich machen, was sie wollten. Dadurch wurde sie schnell zum Liebling einiger Männer, denen nicht immer nach Kämpfen zumute war.

Dies war Lexi bis zuletzt unbegreiflich geblieben.

Mehrere Männer nahmen Carey eines Tages mit in ein Hinterzimmer. Ihr lüsternes Stöhnen wich schnell Schmerzensschreien.

Lexi putzte gerade den Raum nebenan, als sie die Männer hörte. Sie drehte sich um und die Tür flog auf. Ein Mann kam mit heruntergelassener Hose herausgelaufen, wobei er sich mit einer Hand in den Schritt fasste.

»Ahhh!«, heulte er laut.

Lexi musste zwei Mal hinschauen, um das Blut zu sehen, das von seinen Hoden aus an den Beinen hinunterlief.

Er bewegte sich so schnell, wie er es mit der heruntergelassenen Hose konnte, auf den Ausgang zu, doch der Stoff wickelte sich um seine Füße, sodass er unsanft zu Boden ging.

Ein zweiter Mann, der ebenfalls aus dem Zimmer stürzte, hielt seine blutbesudelten Hände in die Luft. Er kreischte qualvoll und fiel auf die Knie. Sein Geschlechtsteil blutete ebenfalls.

Schließlich folgte Carey – von Kopf bis Fuß rot verschmiert. Sie hielt ein langes Messer in der Hand.

Lexi schaute sie bestürzt an. Sie erkannte das Messer als Waffe des Mannes wieder, der zuerst herausgerannt war. »Carey, oh mein Gott, was hast du nur getan?«

Ihre Schwester antwortete, doch wegen des Geschreis der Männer verstand Lexi kein Wort.

Sie lief zu ihr und nahm ihre freie Hand. »Sie werden dich deshalb zur Läuterung auswählen, ist dir das bewusst?«

»Ja, aber es ist mir egal.«

»Komm, wir müssen fliehen«, drängte Lexi sie und wollte sie hinter sich herziehen, doch Carey blieb wie angewurzelt stehen. »Schnell!«

»Nein. Ich kann nicht mehr. Ich will nur noch, dass alles vorbeigeht.«

»Du gibst also auf?« Lexi versuchte, an den Stolz ihrer Schwester zu appellieren. »Du lässt dich von so einem Irren in den Selbstmord treiben?«

Carey zog sie zu sich und entgegnete: »Geh du allein, du darfst nicht mit mir gesehen werden. Ich will nicht, dass sie glauben, du hättest mir geholfen.«

»Nein!«

Die Verletzten krochen und wanden sich immer noch in ihrem eigenen Blut am Boden.

Als Lexi Carey über die Schulter schaute, sah sie den letzten Mann im Zimmer, dem es genauso ergangen war wie den anderen. »Du hast sie abgeschnitten …?«

»Ja, zwei davon.«

»Was?«

»Seinen habe ich abge*bissen*«, erklärte Carey und zeigte auf den ersten Mann. Dann schaute sie ihrer Schwester in die Augen und fuhr fort: »Nimm das hier mit, in dem Trubel werden sie es nicht vermissen. Versteck es, wenn du musst, und flieh von hier, Lexi. Bring dich in Sicherheit, wenn sich der richtige Moment offenbart.«

»Das kommt überhaupt nicht infrage, ich werde nicht zulassen, dass du stirbst.«

»Mein Leben ist schon vorbei.«

»Nein.«

Vor dem Zimmer wurden nun Rufe laut.

»Geh jetzt«, verlangte Carey wieder, nachdem sie ihrer Schwester das Messer in die Hände gedrückt hatte, und stieß sie von sich.

Lexi steckte die Waffe in eine tiefe Tasche des Kleides, das sie von Rahabs Leuten bekommen hatte, und eilte aus dem Gebäude heraus, genau in dem Moment als eine Gruppe bewaffneter Männer durch die Tür gegenüber in den Raum hineinplatzten.

Mit dem Angriff in Verbindung gebracht zu werden blieb Lexi tatsächlich erspart, und sie schaffte es auch, das Messer zu verbergen.

Carey hatte Recht behalten, niemand vermisste es. Das Durcheinander und die allgemeine Verwirrung reichten zur Deckung, allerdings nicht lange.

In Rahabs Lager wurden Strafen stets schnell und erbarmungslos verhängt. Es gab keine Gerichtsverhandlung und keine Geschworenen, nur Rahabs Wort.

Er ließ Carey zu sich bringen, nachdem man sie gewaschen hatte. Was er ihr sagte, wusste sie bereits. Sie wurde zum Tod verurteilt und würde unverzüglich exekutiert werden.

Lexi weinte bitterlich. Dies war sie – die eine Fügung, die sie mehr als alles andere gefürchtet hatte. Genau das, was nun geschehen würde, hatte sie händeringend vermeiden wollen, doch es war ihr nicht gelungen. Heute würde Carey sterben, und es gab rein gar nichts, was Lexi tun konnte, um ihren Tod abzuwenden.

In der Absicht, seinen Jüngern zu zeigen, dass er barmherzig war, erlaubte Rahab Lexi, ihre Schwester kurz vor der Hinrichtung noch einmal zu sehen. Die beiden Frauen standen sich dicht gegenüber. Carey wirkte unheimlich gelassen und friedlich.

»Darf ich nähertreten?«, fragte Lexi die Bewaffneten, von denen Carey umgeben war.

»Selbstverständlich«, antwortete einer.

Dies nutzte sie sofort aus, indem sie einen Schritt vorwärtsmachte und Careys gefesselte Hände in ihre nahm. Sie schaute auf all die Schnitte und Kratzer und auf den Wundschorf.

»Lexi, ich muss dir etwas sagen«, begann Carey leise.

Ihre Schwester hob den Kopf und schaute ihr ins Gesicht. »Was denn?«

»Ich weiß, du hasst Mom für das, was sie getan hat …«

»Carey, nicht jetzt, ich will nicht über sie sprechen. Wir haben nur kurz Zeit …«

Carey unterbrach sie bestimmt: »Bitte hör mir zu.« Erste Tränen rollten langsam an ihren roten Wangen hinunter. »Ich sage das, weil ich nun loslassen kann. Dir kommt es vielleicht seltsam vor, aber ich habe mich damit abgefunden, was passieren wird. Ich fürchte mich nicht einmal mehr davor.«

Lexi blieb fast die Luft weg. »Das darf nicht wahr sein. Nein, das ist unmöglich.«

»Ich liebe dich, Lexi. Ich liebe dich aus so vielen verschiedenen Gründen. Du bist jederzeit für mich da gewesen. Selbst wenn ich mich egoistisch benommen habe, warst du zur Stelle, und jetzt will ich dir sagen, dass ich das immer zu schätzen wusste. Darauf habe ich mich stets verlassen können. Du stehst immer mit beiden Beinen auf dem Boden, du bist eine wunderhübsche Frau und eine liebevolle Schwester, vor allem aber bist du eine Kämpferin. Sei dir im Klaren darüber, dass ich das, was ich getan habe, nur dir zuliebe getan habe, okay?«

Lexi schnappte atemlos nach Luft und weinte weiter.

Draußen wurde es unruhig und die Menge grölte – ein Zeichen dafür, dass die Zeremonie der Läuterung gleich beginnen würde.

»Du musst jetzt gehen, aber denk bitte daran: Mom mag vielleicht nicht die beste Mutter gewesen sein, und nun da ich weiß, was mit dir geschehen ist, finde ich es grässlich, ja geradezu unverzeihlich, aber du kannst nicht für den Rest deines Lebens daran festhalten.« Carey streichelte sanft Lexis Wange, bevor sie weitersprach. »Du musst Mom vergeben. Ich verlange weder, dass du es vergisst, noch dass du nach ihr suchst, sie findest und fortan auf glückliche Familie machst. Ich meine nur, dass du ihr verzeihen sollst, damit du den Hass, der in dir steckt, wenigstens teilweise abbauen kannst. Danach kannst du ja trotzdem noch hart sein und im Grunde sogar besser kämpfen, weil dein Urteilsvermögen nicht davon getrübt wird.«

Lexi schüttelte den Kopf.

»Bitte tu das für dich und für mich – vergib ihr.«

Jetzt ging die Doppeltür auf, und die Mittagssonne warf ihre Strahlen in den Raum hinein.

Carey schaute hinaus auf das Kreuz – ein großes X, das für die Feierlichkeiten verwendet wurde.

»Wirst du das tun, für *mich?*«, fragte sie.

Endlich nickte Lexi.

»Es ist Zeit zu gehen«, ließ sie ein Wachmann wissen.

Sie umarmte und drückte Carey noch einmal innig.

»Mach's gut, große Schwester«, bekam sie ins Ohr geflüstert.

Lexi nahm es zur Kenntnis und drückte Carey noch fester.

Der Wächter sagte: »Lass sie los, wir sollen sie jetzt nach draußen bringen.«

Aber Lexi konnte sich einfach nicht von ihr trennen.

»Nehmt sie auseinander«, befahl der Mann den anderen.

Schnell packten sie Lexi an den Armen, und einer umfasste ihre Taille, dann rissen sie sie los.

Ohne jegliche Kraft zum Aufbegehren schaute sie dabei zu, wie Carey hinausgeführt wurde.

Die Männer ließen Lexi los und folgten der Prozession.

Die Türflügel fielen zu, sodass es dunkel in dem Raum wurde. Nun war Lexi allein mit ihrem Kummer und ihrer Qual.

Careys letzte Worte hallten ununterbrochen in ihrem Kopf wider, doch sie wollte ihnen nicht Rechnung tragen. Ihrer Mutter zu verzeihen war einfach zu schwierig für sie. *Wie hätte sie das denn tun können? Wie sollte man jemandem nachsehen, dass er die Misshandlung eines Kindes zugelassen hatte? Was dachte sich ihre Schwester dabei, so etwas von ihr zu verlangen?*

Draußen knallte es dumpf, gefolgt von einem Raunen und vorübergehender Stille.

Lexi hob den Kopf und hielt kurz die Luft an. Es war vorbei … Carey lebte nicht mehr. Der einzige Mensch auf der Welt, der ihr etwas bedeutet hatte, war nun für immer verloren.

26. FEBRUAR 2015

»Nichts regt das Verzeihen so sehr an wie die Rache.«

Scott Adams

Eine Meile nördlich von Rajneeshpuram, Oregon

Das Wetter meinte es nicht gut mit Lexi. Es hatte zwar zu regnen aufgehört, doch dafür wehte jetzt ein kalter Wind.

Nachdem die Frau Lexis Geschichte gehört hatte, hoffte sie, freigelassen zu werden. »Was deiner Schwester zugestoßen ist, tut mir furchtbar leid, wirklich.«

»Mir auch. Ihr habt mir das kostbarste Gut meines Lebens geraubt. Sie war mein Ein und Alles. Ich war nicht nur ihre Schwester, sondern auf manche Art und Weise auch ihre Beschützerin.«

»Es tut mir leid.«

»Ja, ja, ich weiß es mittlerweile, aber tat es dir auch leid, als es geschehen ist?«, blaffte Lexi sie an. »Das sagst du doch jetzt nur, weil ich dich in meiner Gewalt habe und dein Leben am seidenen Faden hängt. Ich würde dir glauben, wenn du uns damals geholfen hättest, aber das hast du nicht. Du wurdest geschnappt und deshalb bedauerst auf einmal, was passiert ist.« Sie zitterte und bekam Gänsehaut an den Armen. »Ich bin durchnässt, ich friere, habe Hunger und einfach keine Lust mehr zu kämpfen.« Mit diesen Worten stand sie auf und schüttelte sich, um warm zu werden.

Die Gefangene zitterte ebenfalls. Sie schaute zu Lexi hoch und sagte: »Ich habe auch Hunger.«

»Ich bedauere, aber es gibt nichts zu essen.«

Der Frau entging es nicht, dass Lexi ihr Messer nach wie vor fest in der rechten Hand hielt.

In der Umgebung war es vollkommen still, abgesehen vom leisen Tröpfeln des Regens auf das Laub am Boden.

Um endlich Gewissheit über ihr weiteres Schicksal zu erlangen, fragte die Frau: »Konntest du deiner Mutter denn letzten Endes vergeben?«

»Oh, du hast mir tatsächlich zugehört«, erwiderte Lexi bitter lächelnd.

»Falls du denkst, mich zu töten bedeute Rache, irrst du dich gewaltig. Es gibt keine Rache, die so vollkommen ist wie Vergebung. Das hat mal jemand gesagt, der weiser und klüger ist als wir beide zusammen.«

»Es wird langsam spät, und ich glaube nicht, dass meine Freunde wiederkommen werden. Ich muss mich langsam auf den Weg machen«, erwiderte Lexi, während sie sich auf der Lichtung umschaute.

»Würdest du mich bitte freilassen?«, flehte die Frau sie an. »Ich tue bestimmt niemandem etwas.«

»Ich habe ihr vergeben. Es dauerte zwar eine Weile, doch letzten Endes konnte ich es.«

»Schön. Das ist gut für dich, das ist ein erster positiver Schritt.«

Lexi lachte. »Ich tat es auf dem Weg hierher – so lange brauchte ich dafür. Ich konnte einfach nicht loslassen.

Mein Hass auf sie saß wirklich ungeheuer tief. Deshalb geht so etwas nicht ohne Weiteres. Sicher, dahinsagen kann man vieles, aber immerhin hat sich dieser Hass mein ganzes Leben lang aufgebaut. Erst als ich auf euer Lager zurückschaute, wusste ich, dass das Kapitel, in dem meine Mutter eine Rolle spielte, nun abgeschlossen ist. Heute werde ich einen Neuanfang begehen.«

Die Frau nickte. Ihre Hoffnung, freigelassen zu werden, wuchs.

Lexi stellte sich wieder vor sie und ging in die Hocke, um ihr tief in die Augen zu schauen. »Ich vergab meiner Mutter, doch dir zu vergeben ist genau so schwierig. Ich denke, dass ich es eines Tages vielleicht schaffen könnte, aber du und die anderen, ihr habt so viel Leid verursacht, dass Vergebung einfach nicht ausreicht. Ich halte Verzeihen durchaus für möglich, aber Verbrechen, die jemand begangen hat, müssen trotzdem bestraft werden.«

Dies versetzte der Hoffnung der Gefangenen einen erheblichen Dämpfer.

»Die Vorstellung, einen Mörder zu töten, wäre in irgendeiner Weise moralisch relevant, ist unsinnig. Es geht nur um die Absicht dahinter. Verbessere ich mich in moralischer Hinsicht, wenn ich einen Mörder verschone und mir dabei bewusst bin, dass er auf diese Weise noch weitere Morde begehen könnte? Inwieweit ist das moralisch gut? Eigentlich machen sich diese ach so rechtschaffenen Menschen dadurch doch in gewisser Weise sogar mitschuldig. Also nein, ich finde, wer sich auf ein Podest stellt und behauptet, eine schlechte Person zu töten mache einen selbst schlecht, wählt einen feigen Weg, weil er einfach nicht die

Stärke besitzt, um das Richtige zu tun. Nachdem du jemanden zitiert hast, der angeblich klug ist, habe ich auch einen schlauen Satz für dich: Das Böse existiert, weil gute Menschen nichts unternehmen. Das ist mittlerweile wahrer als je zuvor.«

»Bitte, du musst das nicht tun«, jammerte die Gefangene.

»Da täuschst du dich gewaltig, ich muss«, widersprach ihr Lexi und schnitt ihr die Kehle durch.

Die Frau würgte und röchelte. Blut strömte aus ihrem Hals an ihrer Brust hinunter und tränkte ihren Schoß.

Lexi erhob sich langsam, putzte ihre Klinge ab und steckte das Messer wieder ein. Dann verweilte sie kurz, bis die Frau zu atmen aufhörte.

Soweit sie sich erinnerte, stand ein paar Meilen weiter nördlich ein Bauernhaus, also beschloss sie, dort hinzugehen. Sie wusste zwar nicht, ob es noch bewohnt war, doch ein anderer Ort, den sie aufsuchen konnte, fiel ihr gerade nicht ein.

Ehe sie aufbrach, warf sie noch einen Blick zurück auf die Leiche. Alles, was seit jenem schicksalhaften Tag Anfang Dezember geschehen war, kam ihr nun wie ein entsetzlicher Albtraum vor. Hier stand sie mitten in Oregon, körperlich geschwächt, geschlagen und blutbefleckt. Nach dem Totalzusammenbruch war ihr Leben zu einer Abfolge tragischer Ereignisse geworden, ein jedes schlimmer als das vorherige. Alles lief auf eine gewaltige Schlacht hinaus. Dies war das Ende eines Kapitels ihres Lebens. Fortan würde sich vieles für sie ändern, weshalb sie sich in nicht unerheblichem Maße verloren fühlte. Wer hätte das nicht getan? Wo konnte sie noch hingehen, selbst wenn sie die

Marines wiederfand – zurück nach Crescent oder sollte sie mit ihnen gehen? Würde sie sich überreden lassen, sich in *Sicherheit* bringen zu lassen? Sie wusste, das war nur eine Lüge, denn es gab keinen sicheren Ort mehr auf der Welt. Nein, sie konnte nicht zurückkehren und nahm sich deshalb vor, es auch nicht zu wagen. Sie war zum Umherziehen bestimmt.

Obwohl sie sich wie wiedergeboren fühlte, hatte sie ihre Taufe mit Blut, Schweiß und Tränen begangen. Als sie hinunter auf den Pfad schaute, der vor ihr lag, sah sie bis zu einer Linkskurve hinunter. Dieser Weg stand symbolisch dafür, dass sie in ihrem Leben voranschritt – ein unebener, steiniger Weg ins Ungewisse.

– E N D E –

An meine Leser

Hoffentlich hat euch dieses Buch gefallen. Wer meine Reihe »*The End*« gelesen hat, kennt Lexi bereits, und allen anderen habe ich hiermit eine Lieblingsfigur meiner Fans aus den Hauptromanen vorgestellt.

Solltet ihr Lexi zum ersten Mal begegnet sein und mehr über sie erfahren wollen, widmet euch »*The End*«, wo sie unter anderem im zweiten Teil auftritt – neben vielen anderen großartigen Charakteren.

Des Weiteren dürft ihr euch über die Fortsetzung dieses Bandes im Rahmen einer Trilogie freuen.

Danke fürs Lesen und wie immer: Bleibt sauber.

G. Michael Hopf

LUZIFER
VERLAG